AKLI TADJER
Das Paradies gleich um die Ecke

Akli Tadjer

Das Paradies gleich um die Ecke

Roman

Aus dem Französischen
von Doris Heinemann

blanvalet

Die Originalausgabe erschien 2014 unter dem Titel
»Les Thermes du Paradis« bei JCLattès, Paris.
Das Zitat von Romain Gary stammt aus
»Ach Liebster, das macht doch nichts«, a.d. Franz. von
Gerhard Heller, Frankfurt/M u. Berlin 1976, S. 120.
Die Zitate von Guillaume Apollinaire stammen aus Guillaume Apollinaire:
»Alkohol. Gedichte«. Aus dem Französischen übertragen von
Johannes Hübner und Lothar Klünner, mit einem Vorwort von
Gerd Henniger, Darmstadt und Neuwied (Luchterhand) 1976, S. 23.

FSC www.fsc.org
MIX
Papier aus verantwortungsvollen Quellen
FSC® C083411

1. Auflage

Umschlaggestaltung und -motiv: www.buerosued.de
ED · Herstellung: kw
Satz: Vornehm Mediengestaltung GmbH, München
Druck und Bindung: CPI books GmbH, Leck
Printed in Germany
ISBN 978-3-7645-0537-0

www.blanvalet.de

»Man soll keine Angst vor dem Glück haben.
Es ist nur ein schöner, flüchtiger Augenblick.«

Romain Gary

1

Punkt fünf Uhr simste mir Leïla, wir sollten uns, um Zeit zu gewinnen, um 19 Uhr statt in meinem Bestatterladen lieber gleich vor der Metrostation Père-Lachaise treffen. Kein Problem, simste ich zurück, komme hin. Dann zog ich mich in mein Büro zurück, um die Abrechnung zu machen.

Ein guter Tag.

Allein heute waren fünf Kunden da. Eine Rentnerin, ehemalige Leiterin einer Privatschule, bestellte den Sarg Chenonceau in heller Eiche mit Tragegriffen aus fein verziertem Kupfer, einen Grabstein in rosa Granit und aus dem gleichen Stein auch noch eine Grabtafel mit einer Widmung für den lieben Verstorbenen. Für die Beisetzung wünschte sie das volle Programm mit Chor, Messdienern, von einem orthodoxen Priester verlesenen Gebeten sowie der Heimführung der sterblichen Überreste in die Familiengruft in Milhac im Departement Lot – dieser Ausflug in das Herz Frankreichs wird auf ihrer Rechnung beträchtlich zu Buche schlagen.

Das kleine Bukett mit der lila Schleife, auf der in aufgeflockten silbernen Buchstaben »Dir, meinem Mann, der du immer in meinem Herzen wohnen wirst« steht, bekam sie als Geschenk des Hauses.

Die übrigen Kunden, ungläubige gut situierte Bohemiens aus den schicken neuen Gebäudekomplexen rings um die Buttes-Chaumont, entschieden sich für eine Einäscherung.

Einäscherungen sind hier im Viertel seit einigen Jahren sehr in Mode.

Das Eingravieren von Name, Geburts- und Sterbedatum des Verstorbenen in den schwarzen Granit der Urne ist ebenfalls ein Geschenk des Hauses. Es ist das kleine Extra der Firma Reverdy, die Zugabe an Warmherzigkeit, die mich in der freundschaftlichen, aber nichtsdestotrotz gnadenlosen Konkurrenz von meinen Nachbarn und Rivalen unterscheidet.

Kurz bevor ich zumache, schickt mir das Krankenhaus Lariboisière noch eine Mail, die Leichenkammer sei ausgebucht und ich müsse sie unbedingt gleich am nächsten Vormittag von einem Obdachlosen-Paar, das auf einer Bank am Square de Belleville an Unterkühlung gestorben ist, und von einem Ertrunkenen befreien, der an der Schleuse vor dem Hôtel du Nord aus dem Canal Saint-Martin gefischt wurde.

Kein Problem, antworte ich. Ich schicke Ihnen gleich morgen früh meine Jungs. Beste Grüße, Adèle Reverdy.

2

Im Hinterzimmer, das meinen Jungs als Küche und Ruhehafen dient, befinden sich eine Mikrowelle, das neueste Modell einer Kapsel-Kaffeemaschine, ein Kühlschrank, ein Regal, auf dem die Kleenex-Kartons für die Kummerfluten meiner Kunden stehen, ein Foto meiner Eltern, wie sie in ihrer Jugend stolz vor einem nagelneuen Leichenwagen posieren, und ein Stapel von Heften des *Magazine funéraire*, unseres Leichenbestatter-Fachjournals, die ich bereits gelesen habe und ohne besonderen Grund aufhebe. Außerdem ein einfacher weißer Holztisch, vier bequeme Stühle und, in der Ecke neben dem vergitterten kleinen Fenster, das auf meine Garagen hinausgeht, mein Sarg – ein Sully in total verschrammter Kastanie, der sich nicht mal als Sonderangebot losschlagen ließe und den ich zur Garderobe umgemodelt habe.

So viel zur »Ladenstube«.

Ach, ich vergaß, ansonsten stapeln sich da auch noch Kartons voller religiöser Symbole - Kruzifixe für die Christen, Halbmond und Stern für die Moslems, Davidsterne für die Juden - sowie künstliche Blumenbouquets und große Rollen mauvefarbener Bänder zum Schmücken der Kränze mit klassischen, aber immer noch beliebten Sprüchen wie: Du wirst immer in meinem Herzen sein. Ohne dich ist das

Leben kein Leben. Ein Engel kehrt in den Himmel zurück. Oder solchen, die absichtlich eine gewisse Distanz zum Verstorbenen ausdrücken: Meinem Vater. Meiner Mutter. Meiner Großmutter. Meinem Großvater. Meinem Gatten. Meiner Gattin …

Kurzum.

Als ich gerade mein kleines Schwarzes aus- und meine Jeans anziehe, ruft mich meine große Schwester Rose an. Sie ist gerade auf Parkplatzsuche hier im Viertel, und da sie in einem Stau steckt, dessen Ende nicht abzusehen ist, unterhält sie sich ein bisschen mit mir. Zunächst erinnert sie mich noch einmal daran, dass wir in zwei Tagen den 11. Januar haben und ich dann dreißig werde. Was ich bestimmt nicht vergesse, denn seit einem Monat vergeht kein Tag, an dem sie mich nicht daran erinnert. Auch Leïla wurde von ihr gestern und vorgestern noch einmal daran erinnert. Und dann verkündet mir Rose, sie habe eine Dummheit gemacht, eine riesige und wunderschöne, die sie nicht länger für sich behalten könne.

Zur Feier des Tages habe sie die *La Paloma* gemietet, einen Kahn, der auf dem Canal de l'Ourcq am Quai de la Loire liegt. Sie habe schon alles organisiert, den Caterer, die Blumen, den Kuchen, sie werde sich sogar um den Empfang der Gäste kümmern. Ich hätte nichts weiter zu tun, als mich zu amüsieren und nach einem Verehrer Ausschau zu halten. Da sie so gut in Schwung ist, lege ich das Telefon auf den Tisch, stelle meine schwarzen Wildlederpumps auf das untere Bord in meinem Sarg und ziehe die Doc Martens an.

Dreißig.

Es ist mir vollkommen egal, dass ich dreißig werde. Schlimmer noch, ich hasse Geburtstage. Vor allem meinen. Er wirft mich in die Zeiten meiner Akne zurück, auf Erdnussflips und gezuckerte Kondensmilch. Dabei fingen meine Geburtstage immer gut an. Ich fand es schön, mit Rose und all den anderen Gästen das unverwüstliche »Happy Birthday« zu singen. Ich fand es schön, Geschenke zu bekommen, auch die, die ich nicht schön fand. Ich fand es schön, dass unsere Eltern zum Abendessen ins Restaurant gingen, damit wir die Wohnung für uns hatten. Ich fand es schön, dass wir, kaum hatten sie die Tür hinter sich geschlossen, über die Bar herfielen, um die angebrochenen Flaschen mit Whisky - oder sonst was, Hauptsache, es machte besoffen - zu leeren. Sobald uns der Alkohol hinreichend benebelt hatte, schoben wir Tisch und Stühle an die Wände, ich drehte die Musik auf volle Lautstärke, und dann tanzten wir Rock, Salsa oder Lambada. Wenn uns die Puste ausging, unsere Beine dem Rhythmus nicht mehr folgen konnten und uns der Schweiß auf die Stirn trat, dimmte ich das grelle Halogenlicht herunter, und Rose legte die Slows auf.

Das war der Moment, in dem für mich alles zu Asche wurde. Bei den ersten Takten umarmten sich die Paare, die sich bereits gefunden hatten, zärtlich. Andere, die sich zum ersten Mal begegnet waren, wiegten sich zunächst mit einem gewissen Abstand, dann näherten sich ihre Körper aneinander an, und noch bevor die letzten schmelzenden Töne des Slows verklungen waren, tanzten sie Wange an Wange; manche wagten sogar den ersten Kuss.

Ich stand inzwischen allein und ratlos am Buffet, stopfte mich mit allem Möglichen voll und wartete darauf, dass mich jemand an sich zog. Doch niemand hat sich mir je genähert.

Ganz anders Rose, sie war umschwärmt. Sie wusste, sie hatte ein hübsches Gesicht und einen nicht minder hübschen Hintern. Das machte ihr Spaß. Sie nutzte es aus. Wenn sie einen Typen im Auge hatte, oft den Hübschesten - oder Ordinärsten -, griff sie sich einen der Pfauen, der um sie herumparadierte, schleppte ihn mitten ins Wohnzimmer, stützte ihren Kopf auf seine Schulter und schmiegte sich an ihn, wobei sie ihre künftige Beute aber immer fest im Blick behielt. Bei den letzten zitternden Klängen des Slows versuchte ihr Anbagger-Gehilfe natürlich, sie zu küssen, doch sie machte sich scheinbar entrüstet von ihm los. Dann wandte sie sich dem hübschen Kerl zu, fuhr sich mit den Händen über das lange rote Haar, das ihr auf die zarten Schultern floss, und setzte zum krönenden Abschluss ihrer Charmeoffensive ihr rehäugiges Lächeln auf. Spätestens jetzt war der hübsche Kerl ins Herz getroffen und verloren.

Jahrelang war ich der Trostpreis für die abgewiesenen Loser, rachedurstig betatschten sie meinen Hintern oder versuchten, mir noch vor den ersten Takten des Slows einen Kuss zu rauben.

Einem dieser Typen, er war noch verklemmter als ich, habe ich schließlich nachgegeben, mein erstes Mal. Es war mein achtzehnter Geburtstag. Wir waren in meinem Zimmer, das Licht war aus. Er zog sich hastig den Reißverschluss runter, ich zog mich genauso schnell aus, wir fielen aufs Bett, er lag oben. Ich schloss die Augen, bewegte die Hüften und stöhnte, um Liebe vorzutäuschen. Wie ein Kaninchen erleichterte er sich in drei Stößen, zog sich wieder an und fragte stotternd: »Na, war's gut für dich?«

Ich sagte … Nein, ich sagte gar nichts.

Er nahm seine Mokassins in die Hand und schlich sich wie ein Dieb auf Zehenspitzen aus meinem Zimmer. Ich taumelte zur Frisierkommode und starrte mich im Spiegel an: Ich fand mich hässlich wie immer, traurig wie so oft und außerdem zum Speien. Ich tuschte mir die Wimpern, besprengte mich mit Parfüm, um seinen Geruch nach nasser Wolle zu vertreiben, brachte mein Haar in Ordnung und sah dann zu, wie die mit Tränen vermischte Wimperntusche über meine blassen Wangen lief.

Wie er hieß?

Weiß ich nicht mehr.

Mein Gedächtnis hat ihn nicht behalten wollen.

Zu meinem neunzehnten Geburtstag lud Rose Étienne ein, sie kannten sich, weil sie beide Medizin studierten. Wie jedes Mal, wenn sie einen neuen Kerl anschleppte, war ich gelb vor Neid, denn mit den Jahren war sie immer verführerischer geworden und außerdem weit brillanter als ich, was Schule und Ausbildung anging. Wer uns nicht kannte, hätte nie gedacht, dass ich ihre Schwester sein könnte, höchstens ihre Freundin. Sie war alles, was ich gern gewesen wäre und nie sein würde. Wäre sie nicht meine Schwester gewesen, hätte ich mich in sie verknallt wie all die anderen auch, so viel ist sicher.

Étienne glich all ihren Exverehrern, nur in noch schöner. Er hatte breite Schultern, bräunliche Haut und zurückgekämmtes sehr schwarzes Haar wie Hugh Grant in *Vier Hochzeiten und ein Todesfall*. Und er lächelte. Sein Gesicht war ein einziges Lächeln. Dazu hatte er eine tiefe, klangvolle Männerstimme, die mir eine Gänsehaut an den Armen verursachte, als er mir sagte, ich sei ebenfalls hübsch und meine Schüchternheit verleihe mir eine Aura des Geheimnisses, die meiner Schwester fehle. Ich glaubte ihm kein Wort, aber mir wurde ganz warm ums Herz, weil er einen ganzen Slow lang seinen wohlwollenden Blick auf mir ruhen ließ.

Wir hatten zu Joe Dassins *L'Été indien* getanzt. Diese alte CD meiner Eltern hatte ich heimlich aufgelegt, weil sie vier Minuten und zweiundzwanzig Sekunden lief. Etwas Längeres hatte ich in unserer Plattensammlung nicht finden können. Ich fühlte mich wohl in seinen Armen, und ich weiß noch, dass ich mich, sobald wir Wange an Wange tanzten, an ihn schmiegte wie Rose. Doch er blieb so ungerührt wie ein Steinblock. Zum x-ten Mal war ich voller Neid und Eifersucht auf meine Schwester, und zum x-ten Mal verwünschte ich meine Eltern dafür, dass sie mich so reizlos geschaffen hatten.

Vor allem meinem Vater war ich böse. Ich habe seinen wächsernen Teint geerbt, seine lange Nase und die schmalen Lippen, die mich immer so streng und grimmig wirken lassen. Und als wäre das nicht schon schlimm genug, musste ich auch noch seine sehr hellen, kleinen blauen Augen erben. Meine Mutter verglich ihr Blau gern mit dem der Südsee-Lagunen – und das gefiel mir, bis der Junge, der in der Schule neben mir saß, all meine Illusionen zerstörte, indem er ihr Blau mit dem des WC-Reinigers in der Entenhalsflasche verglich.

Zurück zu Étienne.

Nachdem Joe Dassin die letzten Zeilen und Schabadas abgeliefert hatte, legte ich Étienne den Kopf auf die Schulter und summte: *»Et l'on s'aimera encore lorsque l'amour sera mort …«*

Darüber hatte er erst lächeln müssen und dann offen gelacht, ein vulgäres, fettes Lachen aus vollem Hals, ein

Lachen, das ihm gar nicht stand. Die Scham flammte über mein Gesicht. Er entschuldigte sich und ging zu Rose auf die Terrasse hinaus. Sie lachten beide und stießen mit ich weiß nicht mehr wem auf meinen Geburtstag an, bevor sie sich den neugierigen Blicken entzogen, um sich irgendwo unter dem kalten Sternenhimmel zu lieben.

Gedemütigt und der Lächerlichkeit preisgegeben, hatte ich mich mit Erdnussflips vollgestopft, mir eine Tube gezuckerte Kondensmilch einverleibt und den Rest Sangria aus der Schüssel getrunken. Als rings um mich alles verschwamm und mir schon übel wurde, hängte ich mich dem nächstbesten Kerl an den Hals, der im Wohnzimmer rumstand, und tanzte mit ihm.

Ich hatte damals einen derartigen Zärtlichkeitsbedarf, dass ich mich an jeden klammerte, von dem ich ein bisschen Liebe erwarten konnte.

Wie er hieß?

Weiß ich nicht mehr.

Mein Gedächtnis hat auch ihn nicht behalten wollen.

Zurück zu meiner Schwester.

Ich halte das Telefon wieder ans Ohr, um an den Gesprächsfaden anzuknüpfen, doch es ist zu spät. Sie steht bereits vor der Tür des Hinterzimmers, hübsch und sexy wie für ein erstes Date.

3

Sie küsst mich mit spitzen Lippen, setzt sich auf die Tischkante, sieht auf die Armbanduhr und sagt: »Jetzt hab ich mich ganz umsonst aufgeregt. Ich bin eine halbe Stunde zu früh.«

»Wo hast du denn deine Verabredung hier in der Gegend?«

»Das hab ich dir schon mindestens dreimal am Telefon gesagt. Du hast mal wieder nicht zugehört. Das tust du nie.«

Aus der Tasche ihres Regenmantels zieht sie die Liste der Gäste, die die Einladung zu meiner Geburtstagsparty angenommen haben. Es sind Freunde aus meiner Studienzeit auf dem Jussieu-Campus und sogar Freunde vom Arago-Gymnasium. Aufgetrieben hat sie sie auf Facebook und mithilfe anderer Freunde-Suchmaschinen für Dreißigjährige, die ihrer Jugend nachtrauern. Insgesamt werden wir fünfundzwanzig Personen sein. Sogar Onkel André kommt.

Ihr Blick verharrt auf dem Foto unserer Eltern vor dem nagelneuen Leichenwagen, und ihre Stimme wirkt plötzlich stumpf, als sie leise fragt: »Schon zehn Jahre. Genauso ein Sauwetter wie heute. Weißt du noch?«

Wie sollte ich es nicht mehr wissen. Es war zwei Monate

vor meinem zwanzigsten Geburtstag. Meine Eltern hatten vor, eine Woche Ferien in Ägypten zu machen, im Club Méd am Roten Meer. Vor allem meine Mutter wollte möglichst weit vor dem rußgrauen Pariser Himmel fliehen, um auf andere Gedanken zu kommen und den Ascheton zu vertreiben, den ihr Teint annahm, sobald es kalt wurde. Mein Vater hatte seinen Totengräbern - so nannte er seine Jungs - Urlaub gegeben. Am Tag vor der Abreise drängten sie mich, sie zum Flughafen Roissy zu fahren. Doch da ich absolut keine Lust hatte, im Morgengrauen aufzustehen, um dann in den üblichen Staus auf der Nord-Autobahn unterzugehen, schützte ich vor, ich müsse mich noch auf eine Zwischenklausur vorbereiten und sei schon furchtbar spät dran. Also riefen sie Rose an, die sich am anderen Ende von Paris, in der Rue Gazan, ein kleines Apartment mit einem Assistenzarzt-Kollegen vom Krankenhaus Bicêtre teilte, doch sie ging nicht dran. Also nahmen sie, nachdem sie uns beide heftig verflucht hatten, notgedrungen ein Taxi.

Als ich aufwachte, stellte ich das Radio an, um zu sehen, wie sich die Welt während meines Schlafs weitergedreht hatte. Nach dem Wetterbericht, der für Paris absolut scheußliches Wetter ankündigte, ging es um die Nord-Autobahn, genauer gesagt um den Zubringer zum Flughafen. Ich stellte das Radio lauter, und mir stockte der Atem, als ich hörte, dass es wegen plötzlich gefrierenden Regens zu einer Massenkarambolage gekommen sei. Ich stellte das Radio ab und den Fernseher an und suchte nach einem Dauernachrichtensender. Die eingeklemmten Opfer wurden von den Feuerwehrleuten mit Elektrosägen aus den Fahrzeugen befreit, dann sofort von den Sanitätern weggetragen und mit Krankenwagen auf die Hospitäler der Region verteilt. Die am düsteren Himmel über diesem unentwirrbaren Chaos knatternden Gendarmerie-Hubschrauber trugen noch zu Furcht und Panik bei. Der Auffahrunfall war gegen sieben Uhr passiert, etwa dreißig Menschen waren verletzt worden, neun von ihnen lebensgefährlich. Um weitere Auskünfte zu erhalten, konnte man gratis eine Sondernummer anrufen.

Ich rief meine Mutter auf ihrem Handy an, ich versuchte es noch zwei-, drei-, zehnmal, nie ging sie dran. Ich rief die Sondernummer an, und nachdem ich die Angaben zu ihrer Identität gemacht hatte, verband man mich mit dem Krankenhaus von Bobigny.

Als der Angestellte die Kühlschubladen aufzog, um uns unsere in weiße Plastiksäcke gehüllten Eltern zu zeigen, stand ich wie versteinert da, ich brachte keinen Schrei, kein Schluchzen heraus. Ich hatte mir nicht vorstellen können, dass Papa und Maman sterben könnten, ich hatte so sehr mit der Trauer der anderen gelebt, dass ich meine Eltern für unsterblich gehalten hatte. Während Rose haltlos weinte und Mamans schon kalte Hand an ihre Brust presste, hielt ich einen gewissen Abstand, schreckensstarr und beschämt, weil ich keine einzige Träne zu bieten hatte.

In diesem Augenblick trat schüchtern eine junge Frau auf uns zu: Leïla. Sie war Anfängerin in der Thanatopraxie und bot uns ihre taufrischen Künste an. Rose lehnte mit einem dankenden Nicken ab, denn wir kennen wahrhaftig genug Leichenschminker, einige sind sogar treue Geschäftspartner des Hauses Reverdy. Sie ließ jedoch nicht locker und sah uns mit diesem Hundeblick an, dem niemand widersteht. Wir gaben schließlich nach, denn an jenem Tag hatten wir weder die Willenskraft noch das Herz, wem auch immer was auch immer abzuschlagen.

Bevor der Angestellte unsere Eltern wieder in die Fächer zurückschob, sah ich sie ein letztes Mal an. Das Gesicht meiner Mutter wirkte glatt, sanft, gelassen. Der Tod hatte sie wieder zu einer Zwanzigjährigen gemacht. Zum Ebenbild von Rose. Das griesgrämige Aussehen meines Vaters hingegen war unverändert, und im Profil schien seine Nase noch länger und spitzer zu sein als zu seinen Lebzeiten.

Erst am Abend des Unfalltags, als ich allein in der stillen großen Wohnung war, überfiel mich die Trauer, und ich begann zu weinen.

Ich ging in ihr Schlafzimmer, öffnete den großen Spiegelschrank, nahm das Familien-Fotoalbum heraus und legte mich damit auf ihr Bett, um Spurensuche zu betreiben. Auf einem Bild war ich etwa vier, fünf Jahre alt. Eine Zeit der Unschuld und Unbeschwertheit. Ich war mit meiner Schwester und meinem Vater im Freizeitpark »Jardin d'Acclimatisation«. Wir saßen auf den Holzpferdchen eines Karussells am See. Ich blickte kess in die Kamera und zeigte breit lächelnd sämtliche Zähne. So viel Frechheit bewies, dass ich mich damals wohl für hübsch gehalten hatte. Rose war zu dieser Zeit dreizehn und ich acht. So stand es auf der Rückseite des Fotos. Dann posierten wir mit meiner Mutter vor dem Löwenbrunnen auf dem Platz vor der Grande Halle de la Villette. Meine Mutter trug ihren Mantel mit dem Pelzkragen, wir Parkas in Olivgrün und gleichfarbige Schals.

Was machten wir an einem so grauen Tag im Parc de la Villette?

Vermutlich den traditionellen Sonntagsspaziergang. Rose war sich ihrer verführerischen Ausstrahlung bereits sehr bewusst; im Dreiviertelprofil, mit wehendem Haar, drückte sie die Brust heraus, damit ihre kleinen Brustwarzen zu sehen waren. Und ich wusste bereits, dass ich nicht fotogen war. Meine Mutter sagte immer, es liege an meiner zu blassen Haut, die das Licht nicht einfange, aber das sei ihr egal, sie liebe mich auch ohne strahlenden Teint. Übrigens war es nicht nur das äußere Licht, das mir fehlte, ich hatte schon damals eine Art Schleier, etwas endgültig Erloschenes im Blick. Auf einem anderen Foto war ich als Jugendliche zu sehen, an Allerheiligen, ich stand mit meinem Vater auf der Terrasse, auf der einige Grab- und Grabsteinmodelle ausgestellt sind. Wir waren umringt von Blumenkübeln mit Heide und bunten Chrysanthemen. Ich stand steif, die Hände hinter dem Rücken verschränkt, das Haar in einem strengen Herrenschnitt, wie ich es auch jetzt noch trage, und schien mich zu fragen, was ich da in diesem Blumenmeer zu suchen hatte, aber ich lächelte. Auch Papa lächelte und sah mich liebevoll an.

Selbst mit diesem Lächeln fand ich uns trist und reizlos.

Und dann das Foto, das kurz vor dem Unfall aufgenommen worden war, ich ging mit Onkel André über den Bohlenweg in Deauville, seine Hand lag auf meiner Schulter, ich war dicht neben ihm. So blätterte ich und betrachtete diese Splitter aus dem Leben der Familie Reverdy, bevor ich als Waise einschlief.

Jetzt, zehn Jahre nach ihrem Tod, glaube ich immer noch, sie wären vielleicht noch am Leben, wenn ich sie damals zum Flughafen gefahren hätte, statt gemütlich im warmen Bett zu liegen. Manchmal denke ich auch, ich wäre heute vielleicht bei ihnen auf dem Friedhof Père-Lachaise in unserem Familiengrab, und das wäre dann auch in Ordnung.

Einige Monate nach der Beisetzung ertrug ich es nicht mehr, in der großen Wohnung zu leben, allein mit meiner Trauer und meinen Gewissensbissen. Ich mietete zwanzig Minuten Fußweg von meinem Geschäft entfernt, in der Rue du Chemin-Vert, eine Dreizimmerwohnung mit Blick auf einen baumbestandenen Hof und hörte nun statt des Verkehrslärms des Boulevard de Ménilmontant die Spatzen zwitschern.

Zu jener Zeit traf ich auch Leïla wieder, sie hatte sich inzwischen selbstständig gemacht und kam zu uns, um uns ihre Dienste anzubieten. Wir tranken im Hinterzimmer einen Tee und erzählten uns aus unserem Leben. In Bruchstücken, mit Seufzern und mit einem Lächeln, mit wahren Lachkrämpfen und langen schweigenden Pausen. Sie wohnte in der nördlichen Banlieue, in Saint-Ouen, außerhalb des Boulevard Périphérique. Sie machte gerade eine schwere Zeit durch, wegen ihres Jobs. Nachdem sie ihre Eltern jahrelang belogen hatte, hatte sie ihnen schließlich erzählt, dass sie nicht Kosmetikerin war, sondern Thanatopraktikerin.

Thanatopraktikerin?

Sie hatten das Wort nicht verstanden.

Sie hatte ihnen erklärt, dass es immer noch um Kosmetik ging, nur an Leichen. Detailreich beschrieb sie die Freude, die es ihr machte, den Verstorbenen ihre Würde zurückzugeben, bevor sie die Gesellschaft der Lebenden verließen.

Verblüffung. Klagen. Unverständnis.

Ihr Vater, eine Säule der Moschee ihres Viertels, verlangte, dass sie diese Arbeit aufgab, die nicht im Einklang mit den Gesetzen des Islams stehe. Leïla widersprach ihm mit einer Entschlossenheit, die sie selbst überraschte.

Das andere Martyrium, das sie ertragen musste, war eine typische Moslem-Geschichte, wie man sie in den Zeitungen manchmal im Vermischten liest. Ihre Eltern hatten für sie eine Heirat mit einem bärtigen Cousin, Typ Burka-Verfechter, arrangiert, der schon seit Abschluss der Oberschule ein Auge auf sie geworfen hatte. Und wo er schon mal dabei war, hatte ihr Vater auch noch den Imam alarmiert und ihn gebeten, seine Tochter zur Räson zu bringen. Doch weder Vater noch Imam konnten sie dazu bringen, den Beruf, an dem ihr so viel lag, oder ihren Junggesellinnenstand aufzugeben. Die Verlobung scheiterte. Die Eltern, die den Spott und die Verachtung des ganzen Viertels ertragen mussten, zahlten dem Verehrer den Brautpreis zurück und gaben ihrer Tochter eine Woche Zeit, sich vom heimischen Herd zu verabschieden.

Leïla wohnte einige Zeit bei mir, bis sie einen Freund fand, dann kam sie wieder zu mir, und dann verließ sie mich wieder, um neue Abenteuer zu erleben.

Seit zwei Jahren wohnen wir wieder zusammen.

Für wie lange?

Das weiß niemand.

Sie lebt ihr Leben. Ich meins. Weil sich unsere Leben in vieler Hinsicht gleichen, verbringen wir viel Zeit miteinander.

Ein Handy klingelt in einer Handtasche. Rose zuckt zusammen, liest den Namen auf dem Display und verlässt den Raum, bevor sie das Gespräch annimmt. Ich nutze die

Gelegenheit, um meinen Mantel überzuziehen und meinen Sarg wieder zu schließen.

Sie kommt zögernd zurück, und dabei steigt ihr die Röte vom Hals bis zur Stirn. Sie sagt: »Du rätst nie, wen ich gestern Abend auf der Ehemaligenparty der Medizinischen Fakultät wiedergetroffen habe.«

Nein, ich errate es nicht.

»Er wohnt hier gleich in der Nähe, Rue Oberkampf 104. Und mit ihm gehe ich heute Abend essen.«

Ich errate es immer noch nicht.

»Étienne. Weißt du nicht mehr? Du nanntest ihn immer Hugh Grant. Er ist inzwischen Augenarzt, Oberarzt am Krankenhaus Quinze-Vingt. Ich hab ihn zu deinem Geburtstag eingeladen. Er hat angenommen. Das war doch eine gute Idee, Étienne einzuladen, oder?«

»Kein Problem«, antworte ich, wie ich auch »Ist mir egal« hätte antworten können. Dann fragt sie mich, wen ich denn von mir aus einladen wolle. Außer Abdelmoumen, Marcel, Georges, Lucas, den alten Arthur und Leïla habe ich niemanden auf der Liste.

Ich verblüffe, nerve, ärgere sie.

Während sie sich den Mantel zuknöpft, schimpft sie: »Deine Totengräber und deine Leichenschminker-Freundin, wie nett! So wirst du nie einen Mann finden, liebes Schwesterlein. Lass frischen Wind in dein Leben. Geh unter die Leute. Tu was, verdammt noch mal!«

Es ist kurz vor halb acht. Leïla schickt mir eine SMS voller mit Ausrufungszeichen vermischter Schimpfwörter, um mich daran zu erinnern, dass ich schon eine halbe Stunde zu spät dran bin. Rose streicht sich das Haar zurecht, wir umarmen uns, und sie verlässt das Geschäft, endlich.

Am Ende der Ausstellungshalle, auf der kleinen Terrasse, wo sich im grauen Abendlicht nur noch die beunruhigenden Schatten der Grabsteine und -stelen abzeichnen, sitzt der alte Arthur auf dem Grabstein, auf den er sich seit vielen Jahren jeden Abend setzt, und raucht eine Zigarette. Ich winke ihm aus der Ferne zu und wage mich in den eisigen Wind auf dem Boulevard de Ménilmontant.

4

Leïla zieht sich wütend die beige Wollmütze über die von der Kälte geröteten Ohren und schließt den Reißverschluss ihrer Daunenjacke mit Synthetikpelzverbrämung bis zum Kinn.

»Ich bin so lange vor dem Metroeingang hin und her gegangen, dass mich ein Kerl angesprochen hat, der hat mich tatsächlich für eine Nutte gehalten. Jetzt beeil dich wenigstens, wir kommen noch zu spät.«

»Wohin bringst du mich?«

»Überraschung.«

In großen Sätzen springt sie die Stufen der Metrostation Père-Lachaise hinunter, und ich folge ihr. Sie sieht sich nicht nach mir um, sondern läuft immer schneller, während sie halb auf Arabisch halb auf Französisch vor sich hinschimpft. Sie nimmt ihre Zornausbrüche eigentlich selbst nicht ernst, aber das Schimpfen erleichtert sie. Es ist ihre Gewohnheit, ihr Markenzeichen, da kommt ihre mediterrane Seite zum Vorschein. Wenn sie fertig geflucht hat, lacht sie schallend, in Krämpfen, als würde sie immer wieder von einem nicht zu unterdrückenden Schluckauf gepackt, der sie tiefrot anlaufen lässt. Zorn und Lachen – damit entspannt sie sich nach ihren harten Arbeitstagen. Binnen zehn Jahren hat sich Leïla zur gefragtesten Thanatopraktikerin gemausert. Bei ihr wirken die Toten so lebendig, als wären sie wiederauferstanden. Im letzten Jahr erkor unser Fachblatt *Le Magazine funéraire* sie zur besten Thanatopraktikerin ihrer Generation. Diesen Titel haben wir gefeiert: freudig, ausgelassen und einsam.

Sie rennt immer schneller. Wir entwerten unsere Tickets und machen einen letzten Sprint, damit wir die Bahn, die gerade in der Station hält, nicht verpassen. Wir steigen in den letzten Wagen und setzen uns nebeneinander. Gegenüber sitzt ein Typ in Anzug mit Weste, der genauso streng wirkt wie meine Arbeitskluft. Er liest sehr konzentriert in *Les Échos*. Er ist weder schön noch hässlich, weder jung noch alt, weder dick noch dünn. Herr Mustermann in der Metro. Leïla zieht die Mütze vom Kopf und befreit ihre langen dunklen Locken. Eine widerspenstige Strähne fällt ihr in die Stirn. Sie schiebt sie mit dem Handrücken zur Seite. Herr Mustermann hört auf zu lesen. Er ist verwirrt von Leïlas schwarzen Augen, die sie jeden Morgen sorgsam mit einem Kajalstrich auf dem Unterlid betont. Er deutet den Hauch eines Lächelns an und mustert sie begehrlich. Leïla holt genervt Luft, verdreht die Augen, bis nur noch das Weiße zu sehen ist, und stößt die Luft dann hörbar aus. Je mehr Herr Mustermann lächelt, desto trauriger wirkt er, und je trauriger er wirkt, desto weniger macht er her. Leïla flüstert mir ins Ohr, sie werde gleich ihre Anti-Anbagger-Waffe ziehen, wenn er nicht aufhöre, sie wie ein Pferdehändler zu begutachten. Herr Mustermann lässt nicht locker. Leïla zieht die Handschuhe aus und zeigt mir drei Finger ihrer rechten Hand. Ich nicke bewundernd.

»Drei. Alle Achtung.«

»Der Letzte war ein Transvestit, den sie letzte Nacht im Bois de Boulogne aufgelesen haben. Sein Gesicht war mit dem Cutter zerhackt. Das war mir für heute Abend zu viel Arbeit. Ich hab ihn wieder in die Kühlung getan. Ich kümmer mich morgen um ihn.«

Herr Mustermann beugt sich diskret – glaubt er wenigstens – vor, um besser lauschen zu können. Die Falle schnappt zu. Leïla jubiliert. Ihre erste Leiche habe sie morgens um zehn im Krankenhaus Saint-Antoine in Angriff genommen. Ein Motorradfahrer im besten Alter, noch am Unfallort auf dem Place Colonel-Fabien verstorben. Sein Helm sei beim Aufprall geplatzt. Also: Schädel eingedrückt, Kiefer gebrochen, von der Nase nicht mehr viel übrig. Nicht wiederzuerkennen. Ein Graus. Die Familie habe ihr ein Foto bringen müssen, sonst hätte sie ihm sein menschliches Aussehen nicht zurückgeben können. Danach sei sie ins zwölfte Arrondissement gerast, um einen Alten aufzuhübschen, den man tot in seinem Bett gefunden habe. Der Gerichtsmediziner habe gemeint, er sei schon drei Tage tot gewesen. Ein Kopf wie eine faulige Orange, und dann habe er sich auch noch entleert, als sie ihn bearbeitet habe. Sie habe den Anus mit einer Wattekugel zustopfen müssen, um den weiteren Austritt von Fäkalien zu verhindern. Herr Mustermann wird blass, fast schon grün, ich kann es im funzeligen Licht der Metro nicht genau unterscheiden. Sein Augenzwinkern, der auf- und abschnellende Adamsapfel und die zitternden Hände verraten seine Angst vor dem Tod.

Leïla, die keine fünf Minuten Zeit für ein Mittagessen gehabt hat, zieht einen Apfel aus der Tasche ihrer Daunenjacke und beißt mit gesundem Appetit hinein, bevor sie fragt: »Na, und du? Wie viele Beerdigungen hattest du heute?«

Ich klappe nacheinander Daumen, Zeigefinger, Mittelfinger, Ringfinger und kleinen Finger aus.

Leïla hebt anerkennend den Daumen, doch dann sagt sie einschränkend: »Andererseits sollten wir uns nichts drauf einbilden, der Winter ist schließlich unsere Hauptsaison.«

Herr Mustermann verschanzt sich hinter seiner Zeitung, um dem Blick von Leïlas schwarzen Augen zu entgehen.

Wir steigen am Gare du Nord in einen RER-Zug um und fahren bis zur Station Halles.

5

Es ist kalt und nieselig, es schneidet in die Wangen, und ich spüre, wie die Feuchtigkeit durch meinen Mantel dringt. Mit großen Schritten laufen wir zwischen den schlecht geparkten Autos durch die Gassen des Montorgueil-Viertels. An der Rue Montmartre bleibe ich stehen. Ich habe es satt, ihr immer weiter nachzulaufen. Ich will jetzt von ihr wissen, wohin wir gehen.

Leïla dreht sich zu mir um und nimmt meine Hand. Sie strahlt plötzlich, als sie sagt: »Wir sind fast da. Beeil dich, bald ist der verkaufsoffene Abend vorbei.«

Wir biegen nach rechts in die Rue Jean-Jacques-Rousseau ein, und nach wenigen Metern stehen wir vor Louboutin, dem bekannten Luxus-Schuhdesigner.

Leïlas Lächeln wird noch strahlender. »Hier ist meine Überraschung. Du suchst dir ein Paar Schuhe aus. Das ist mein Geburtstagsgeschenk.«

Ich bin gerührt, sie hat mich mitten ins Herz getroffen, aber vor allem ist es mir ein bisschen peinlich, ich wage nicht zu sagen, dass mir mein Dreißigster vollkommen egal ist. Ich möchte ihr sagen, wie viel lieber ich mit ihr zusammen zu Abend essen würde, wir zwei Junggesellinnen, wie wir es schon so oft getan haben. Mir fehlen die Worte, schließlich sage ich mit beschämt gesenktem Blick:

»Du bist verrückt. Das darfst du nicht machen. Das kostet dich …«

»Vier Leichen. Was sind schon vier Leichen für die beste Freundin?«

Ich ziehe ihr die Mütze über die halb entblößten Ohren und küsse sie fest auf beide Wangen. Sie wird rot, dann öffnet sie die Tür zum Geschäft.

An diesem verkaufsoffenen Abend herrscht Gedränge. Ein vom Schlussverkauf erhitztes und aufgereizt schnatterndes Gedränge Gutverdienender. Leïla macht sich auf die Suche nach einer Verkäuferin und kommt mit einem winzigen jungen Mädchen mit blitzenden Augen zurück, das wie ein quirliges Mäuschen wirkt – das Kleid, die Lebhaftigkeit, einfach alles. Ich setze mich auf einen gelb und schwarz gestreiften Sessel, der einem afrikanischen Herrscher zur Ehre gereicht hätte, und ziehe meine Schuhe aus. Die Verkäuferin mustert meine Füße und empfiehlt mir zwei Modelle, die Maudissima, weil ich die Fesseln einer Tänzerin hätte, und die Pigalle, zehn Zentimeter hohe Stilettos in festlich schwarzem Lack.

Mit einem Schlag vergesse ich meine dreißig Jahre und den Geburtstag. Ich bestaune das Paar Pigalle wie ein Kind. Das Stelzenartige daran weckt Domina-Instinkte in mir. Ich schlüpfe in den einen, dann gleich in den anderen Schuh.

Die Verkäuferin kniet sich hin, tastet durch das Leder nach meinem großen Zeh und nickt dann zustimmend, die Schuhe seien wie für mich gemacht. Dann raunt sie mir vertraulich zu: »Wissen Sie, Madame, das ist das Lieblingsmodell von Königin Rania von Jordanien und von Jennifer, der Sängerin.«

Ich stolziere über den Teppich, der im selben Rot gehalten ist wie die Schuhsohlen, mache leicht schlingernd ein paar Schritte rückwärts, dann eine Pirouette und frage Leïla: »Na, wie findest du sie?«

»Mir persönlich gefallen die Maudissima besser. Man kann sie sowohl zu schicken als auch zu lässigen Sachen tragen, wohingegen die Pigalle einen sehr passenden Namen haben. Das soll natürlich nichts heißen, aber dieser schwarze Lack und die hohen Stiletto-Absätze, das wirkt ein bisschen … Na ja, du verstehst.«

Die Verkäuferin reißt empört die Augen auf. Ich auch. Doch als ich wieder in meine Doc Martens steige, packen mich Gewissensbisse. Hinkend, mit schleifenden Schnürsenkeln, stürze ich zur Kasse und schlage ihr vor, dass ich wenigstens einen der Schuhe bezahle, da sie ihr doch nicht gefielen.

»Kommt nicht infrage«, erwidert sie. »Wenn ich liebe, dann ganz und nicht halb … Trotzdem, sie sind ziemlich nuttig.«

Nach dem Schuhkauf verbringen wir den restlichen Abend in einer Karaoke-Bar in der Rue des Victoires und brüllen die dämlichen Texte der Lieder von Dick Rivers und vielen anderen angestaubten Rockstars mit, bis wir heiser sind. Und dann taucht in all dem Chin-Chin, Auf-dein-Wohl, Auf-was-du-liebst, in all dem Freuden- und Begeisterungsgeschrei der Traumprinz auf, dunkle Locken, Samtstimme und leidender Blick. An eine mondlose Nacht gelehnt, singt er: *Trottoirs mouillés / Les Marroniers / Bonsoir.* Niemand will hören, was er von regennassen Bürgersteigen und Kastanienbäumen an seinem dreißigsten Geburtstag singt. Niemand singt mit. Nur ich. Die verschränkten Arme auf dem Tisch, singe ich, einen Kloß im Hals, jedes Wort mit. Leïla sieht, dass ich nicht mehr von dieser Welt bin, und hält mir ihren restlichen Mojito hin, um mich an sie zu erinnern. Ich leere ihn in einem Zug und singe gemeinsam mit Julien Clerc weiter: *Avec mes souvenirs d'enfance / J'ai eu trente ans / Je suis content / Bonsoir.*

Kindheitserinnerungen und dreißigste Geburtstage hin und her, auch wir sind zufrieden und zudem wunderbar melancholisch und beschwipst, als wir mit der letzten Metro heimfahren. Da wir noch nicht schlafen können, geht Leïla zwecks Inspektion meiner Garderobe in mein Zimmer. Sie kommt mit einem Kleidchen in sommerlichen Farben zurück, ich hatte es für ein Rendezvous mit einem Typen gekauft, der dann nie aufgetaucht ist. Nun soll ich es anziehen, damit wir sehen, wie es zu meinen Pigalle passt.

Ich gehorche.

Das hätte ich nicht tun sollen. Die Zeit hat ihre Spuren hinterlassen, wie es in den Groschenromanen heißt. Ich habe inzwischen einen so dicken Hintern und so breite Hüften, dass ich den Reißverschluss nicht mehr zubekomme. Wütend ziehe ich das Kleid aus und werfe es in den Wäschekorb.

»Ich zieh eins von meinen schwarzen Arbeitskleidern an. Das reicht doch.«

»Kommt nicht infrage, dass du dich an deinem Geburtstag als Miss Bestattungsgewerbe verkleidest. Morgen kauf ich dir ein Kleid. Eins, das gerade eng genug sitzt, um die Kerle anzumachen.«

»Ich hab keine Lust, anderen zu gefallen.«

»Du machst dir was vor. Niemand hat Lust, niemandem zu gefallen.«

Natürlich mache ich mir etwas vor, natürlich träume ich von einem normalen Leben mit einem normalen Mann, mit dem ich normale Sachen tun würde, ins Kino gehen, ins Restaurant, auf einer Caféterrasse etwas trinken, über den Markt bummeln, über Nichtigkeiten reden, um Nichtigkeiten streiten, Ferien machen, ich wäre sogar mit Berck-Plage zufrieden, ein echtes stinknormales Leben eben. Aber bislang hatte ich noch keinen Freund. Keinen richtigen, meine ich. Jedes Mal bin ich an Verheiratete, Durchgeknallte oder Frustrierte geraten. Keiner von ihnen blieb länger, als seine Lügen vorhielten.

Ich öffne den Küchenschrank. Da liegt eine Tube gezuckerte Kondensmilch, ich packe sie mit beiden Händen, presse und sage dann, den Mund voll mit der weißlichen zähen Flüssigkeit: »Du begreifst einfach nicht, dass mir nichts je stehen wird. Dass ich von innen und außen hässlich bin. Wie sollte sich da ein normaler Mann für mich interessieren?«

Leïla, die meinen Pessimismus deprimierend findet, erwidert: »Du bist nicht hässlich. Du findest dich hässlich. Das ist ein Unterschied.«

»Und was ändert der?«

»Nichts.«

Sie lacht. Ich lache auch, weil ich mich so dumm, so kindisch finde. Doch jetzt, um ein Uhr morgens, ist meine Stimmung schwärzer als der Asphalt der Bürgersteige.

Bevor sie in ihr Schlafzimmer geht, gibt sich Leïla das

feierliche Versprechen, mich an meinem Dreißigsten mit dem richtigen Mann zusammenzubringen.

Bevor ich selbst schlafen gehe, laufe ich im Wohnzimmer in meinen neuen High Heels hin und her und finde, dass sie einen hübschen Fuß machen.

6

Sie sitzen zu zweit vor mir. Er, ganz blau im Gesicht, knetet die Hände und fragt sich, was er dem lieben Gott angetan hat, dass er in den ersten Tagen seines Ruhestands als Witwer dasteht. Sie ist seine Tochter. Etwa in meinem Alter. Eine Bohnenstange mit vom Weinen geröteten Augen. Ihr Mantel ist von besonders deprimierender Farbe, und aus den Ärmeln ragen schmächtige, knochige Handgelenke. Ich, die Hände flach auf dem Schreibtisch, den Kopf leicht in ihre Richtung geneigt, sitze sehr aufrecht und versuche, einen guten Eindruck zu machen, denn meine Laune heute ist obermies. Er lockert die Krawatte und fährt sich mit zitternder Hand durch das schüttere weiße Haar, während er seinen unendlichen Kummer zu ersticken versucht. Nach fünfunddreißig Ehejahren ist seine Gattin heute Morgen um eins gestorben.

Zu dieser Uhrzeit fand ich mich fett, kindisch und hässlich. Und ich verdrückte eine Tube gezuckerte Kondensmilch, sodass mir für den Rest der Nacht auch noch schlecht war. Alles nur Leïlas Schuld. Hätte sie nicht in meinem Kleiderschrank gewühlt, dann hätte ich beim Einschlafen noch Julien Clercs melancholische Klänge im Kopf gehabt und wäre froh und munter erwacht. Stattdessen habe ich bis drei Uhr kein Auge zugetan. Ich bin groggy, und wenn ich groggy bin, geht mir alles auf die Nerven.

Er schluchzt, senkt den Kopf und wischt mit dem Daumen die Tränen weg, die über seine schlecht rasierten Wangen laufen. Seine Tochter ergreift seine Hand und bringt stotternd und unter tiefen Seufzern ein paar Satzfetzen hervor.

»Die Leber, Zirrhose. Es ist ungerecht, Maman trank überhaupt nicht … Ihr Unternehmen wurde uns vom Krankenhaus empfohlen. Man bringt Ihnen Vertrauen entgegen, Madame Reverdy. Die Leber. Maman trank nicht.«

Sie öffnet ihre Handtasche, eine große Tasche aus Jute- und Kaninchenlederflicken, und holt den Totenschein heraus. Ich werfe einen flüchtigen Blick darauf, um mir noch einmal den Namen der Verstorbenen ins Gedächtnis zu rufen. Jetzt ist der Zeitpunkt gekommen, zu dem ich meine Vorschläge hinsichtlich der Bestattung machen muss. Der Moment, in dem der Kunde sich der materiellen Realität der Trauer bewusst wird. Und außerdem der Moment, in dem ich Empathie zeigen muss, ohne dabei rührselig zu werden. Ich blicke ihr tief in die Augen und frage bewusst neutral: »Wünschen Sie eine kirchliche Beerdigung, Madame Legrandin?«

Sie nickt und erklärt gleich, dass ihre Mutter praktizierende Katholikin gewesen sei.

Ich notiere es gewissenhaft, bevor ich weiterfrage: »Klassische Musik oder einen Popsong für die Trauerfeier?«

»Maman ist … war Portugiesin.«

Zum ersten Mal spricht sie in der Vergangenheit von ihrer Mutter, sie erstarrt. Sie bringt kein Wort mehr heraus, sie ist am Rande einer Ohnmacht. Er hebt den

Kopf und sagt, er möchte, dass *Lisboa a noite* von Amalia Rodriguez gespielt wird. Bei diesem Lied hätten sie sich ewige Treue geschworen. Das ist noch nicht alles. Er möchte, dass die Trauerfeier in der portugiesischen Kirche in Villiers-sur-Marne stattfindet und dass seine Frau auf dem dortigen Gemeindefriedhof, auf dem bereits ihre Mutter liegt, begraben wird.

Ich notiere es.

Und außerdem?

Sie verstehen mich nicht.

Ich erläutere es ihnen: »Manchmal äußern die Menschen noch einen letzten Wunsch, was ihre Bestattung angeht. Letzte Woche hatte ich jemanden, der von Johann Sebastian Bachs Cello-Suiten begleitet werden wollte. Er war Musiker. Wir erleben hier vieles, müssen Sie wissen. Also, hatte Madame Legrandin einen besonderen Wunsch?«

Sie antworten mit einem genervten Achselzucken.

Und nun kommt der entscheidende Moment: die Auswahl des Sargs. Ich drehe ihnen den Bildschirm meines Computers zu und klicke die Datei »Särge« an, damit alle Modelle, die mit einer Lieferzeit von vierundzwanzig Stunden bestellbar sind, über den Bildschirm ziehen.

Sie sind bestürzt. Das ist der Klassiker. Die Wirkung des Sargs. Wir sehen uns alle darin liegen, auf dem Rücken, in unseren Festtagskleidern, die Hände über dem Bauch verschränkt, mit wächserner Haut, Augen und Mund geschlossen und mit diesem besonderen Ausdruck der Gelassenheit, der noch den schlimmsten Schuft wie einen Wohltäter der Menschheit aussehen lässt.

Er bittet mich, den Computer auszustellen. Er möchte

meine Särge in natura sehen, um sich selbst ein Bild von ihrer Qualität zu machen.

Vater und Tochter folgen mir in den Nachbarraum, wo aufrecht sieben Särge stehen, deren Preise erheblich voneinander abweichen, je nach Ausführung.

Die Wände sind mit lila Samt bespannt, das sepiafarbene Licht lädt zur inneren Sammlung ein. Er bleibt vor jedem Sarg stehen, betastet das gepolsterte Innere, streicht mit den Fingerspitzen über das Holz und wiegt die Tragegriffe in der Hand, während seine Tochter niedergeschlagen im Türrahmen steht. Schließlich zeigt er mit dem Finger auf zwei Särge: den Chamonix und den Richelieu.

Ich nicke beifällig und sage: »Diese Särge sind mehr als nur Särge, Monsieur Legrandin, sie sind eine zusätzliche Hommage an den Verstorbenen.«

Er nickt. Er schüttelt den Kopf. Er weiß nicht mehr weiter, ist verloren. Er ruft seine Tochter mit einer leichten Kinnbewegung zu sich.

»Welchen findest du besser, Chérie?«

Die Tochter, die ihre Fassung immer mehr verliert, zögert, bevor sie sich dazu durchringt, zu uns zu treten.

Mit dem Handrücken streiche ich leicht über den Deckel des Chamonix. Ein Mittelklasse-Modell in heller Buche mit champagnerfarben schimmernder Seidenpolsterung und schmiedeeisernen Tragegriffen. Alles ganz schlicht, ich empfehle ihn meistens zurückhaltenden kleinbürgerlichen Kunden. Der Richelieu in lackierter Eiche ist ein Spitzenmodell. Mit seinen bonbonrosa Kissen zur cyclamfarbenen Seidenbespannung über einer Polsterung aus unverweslichen Fasern und mit den fein ziselierten Messing-Tragegriffen findet er vor allem bei wohlhabenden Kunden mit einer Schwäche für Kitsch Anklang.

Er geht vom einen zum anderen und fragt mich schließlich nach den Preisen.

Der Chamonix kostet zweitausendfünfundzwanzig Euro, zu denen noch etwa dreihundert Euro für das religiöse Symbol kommen. Der andere dreitausendfünfhundert, religiöses Symbol inklusive.

Die Tochter, von meinen Preisen entsetzt, erwacht aus ihrer Lethargie und wendet sich an ihren Vater, der den Reizen des Richelieu zu erliegen beginnt.

»Wirklich, Papa, der Kummer raubt dir dein Urteilsvermögen, dieser Sarg passt überhaupt nicht zu Mamans Persönlichkeit.«

»Deine Mutter hat diesen kleinen Luxus für ihre letzte Reise wahrlich verdient.«

»Für diese Kiste ein Vermögen zu zahlen wäre obszön.«

Sie beschreibt ihre Mutter, die das Herz auf dem rechten Fleck hatte, ein Herz, das für die kleinen Leute schlug. Ehrenamtliche Mitarbeiterin des Roten Kreuzes. Bescheiden, zurückhaltend, eine Heilige und meilenweit entfernt von diesem Sarg, dem nach Ansicht der Tochter nur noch Girlanden und Pailletten fehlen.

Das Handy in meiner Tasche klingelt. Auf dem Display blinkt Leïlas Name. Ich gehe hinaus in die Ausstellungshalle, bevor ich drangehe. Sie ist bei H & M und braucht eine Auskunft. Sie hat im Schlussverkauf ein Kleid und einen Minirock entdeckt, die mir fantastisch stehen müssten, nur kann sie sich nicht mehr an meine Größe erinnern.

Sie ist ganz aufgeregt.

»Achtunddreißig? Vierzig? Sag schon! Schnell, bevor man's mir wegschnappt.«

»Einen Minirock? Du kennst doch meine Knie! Das geht gar nicht. Du machst Witze.«

Vater und Tochter sind mir gefolgt und stehen jetzt laut streitend hinter mir.

Leïla kann mich nicht mehr verstehen und wird lauter: »Sag bloß nicht, du trägst Zweiundvierzig, denn dann muss ich in eine andere Abteilung.«

Es macht ihr Spaß. Sie bekommt einen Lachkrampf. Wie eine Geisteskranke. Ich lege auf, am Rande eines Nervenzusammenbruchs. Er, bleich vor Zorn, ist wild entschlossen: Seine Gattin wird diese Welt im Richelieu verlassen oder gar nicht. Seine Tochter wirft ihm vor, er habe keinen Respekt vor ihrer Mutter, wenn er sie in einen Sarg für Emporkömmlinge sperren wolle. Er ist am Ende seines Lateins, seine Hände flattern wie Schmetterlingsflügel. Stammelnd wendet er sich an mich.

»Madame, bitte sagen Sie meiner Tochter, dass der Richelieu mehr ist als ein Sarg, dass er eine zusätzliche Hommage ist.«

Die Tochter fleht mich an, den Vater zur Vernunft zu bringen. Ich halte es nicht mehr aus, ich sehe rot – und schlage vor: »Und wenn wir über eine Einäscherung nachdächten? Das würde vielleicht alle Gemüter beruhigen.«

Das Wort Einäscherung ernüchtert sie. Schließlich ist er derjenige, der sich geschlagen gibt. Madame Legrandin bekommt den Chamonix.

Ich seufze auf und frage abschließend: »Ist Ihre Entscheidung endgültig? Die Särge können weder zurückgegeben noch umgetauscht werden.«

Sie ist es.

Was die Traueranzeigen angeht, den Papierkrieg mit der Verwaltung, Tag und Uhrzeit der Abholung, die Rechnung, was all das angeht, verspreche ich, sie möglichst bald anzurufen. Sie hören mir nicht mehr zu, sie gehen, gebeugt von der Last ihres Unglücks, der eine von nun an Witwer, die andere auf immer verwaist.

Letzten Endes ist es immer der Tod, der gewinnt. Alles andere ist Kleinkram, sagte mein Vater immer, wenn er einen Fall abgeschlossen hatte. Die kleine Philosophie eines Sargträgers, aber dennoch Weisheit.

7

Meine Jungs sind am späten Nachmittag noch einmal ins Geschäft gekommen, nach zwei Beerdigungen, die eine war gegenüber auf dem Père-Lachaise, die andere auf dem Friedhof von Pantin. Abdelmoumen, Marcel, Lucas und Georges sind bester Laune und absolut bereit, zu Ehren meines Geburtstags die Nacht durchzufeiern. Alle außer dem alten Arthur; er verzichtet auf das Fest, er sei nach zwanzig Uhr immer so müde, sagt er und setzt sich auf seinen Grabstein, um eine zu rauchen.

Abdelmoumen, meine rechte Hand, tönt vor seinen Kollegen herum und will unbedingt, dass ich den ersten Slow mit ihm tanze. Ich stelle mich taub. Er lässt nicht locker. Ich gebe nach.

Kaum bin ich wieder zu Hause, ruft mich Rose an. Sie hat zwei Neuigkeiten für mich. Eine schlechte und eine, die ziemlich viel Ähnlichkeit mit einem schlechten Witz hat. Die erste Neuigkeit ist, dass sie leider nicht, wie sie gehofft und versprochen hat, die Gäste empfangen kann, denn sie muss kürzestfristig eine schwer an Grippe erkrankte Kollegin vertreten. Doch sie hat Étienne versprochen, ihn, sobald ihr Dienst um ist, am Krankenhaus Quinze-Vingt abzuholen, und dann kommen sie gemeinsam zu meiner Geburtstagsfeier.

»Ach, Étienne!«, sagt sie bewegt. Sie habe sich vor, während und nach dem Abendessen bis über beide Ohren in ihn verliebt. Er sei mehr als eine wiederauferstandene Jugendliebe, er sei die Liebe für den Rest ihrer Tage. Und dann erzählt sie mir völlig ungehemmt von ihrer schlaflosen Nacht bei Étienne. Sie brauche nur an ihn zu denken, und schon habe sie Schmetterlinge im Bauch, ein Kribbeln in den Beinen und ein Beben in der Scheide. Die zweite Neuigkeit ist keine, sondern der Vorschlag, mich bei Parship anzumelden, sollte ich am Abend meines Geburtstags niemanden finden, der gewillt sei, sein Geschick an das meine zu binden. Diese Idee stamme von einer Krankenschwester auf ihrer Station, die nämlich habe auf diesem Weg einen Ehemann gefunden, nachdem sie seit unvordenklichen Zeiten auf Hochzeiten und Taufen immer nur das Mauerblümchen gewesen sei.

Verblüfft. Ich bin verblüfft, dass sie immer noch mein Liebesleben zu steuern versucht, als hätten ihr unsere Eltern auferlegt, über mich zu wachen, bis ich endgültig unter der Haube bin. Wenn ich Raucherin wäre, hätte ich mir jetzt eine angesteckt, um meine Nerven zu beruhigen. Aber ich rauche nicht, und deshalb kürze ich lieber das Gespräch ab, indem ich behaupte, da sei gerade ein Kunde ins Geschäft gekommen.

Ohne Scheiß, sie will, dass ich bei Parship mitmache. Aber ich bin doch schon seit anderthalb Jahren bei denen! Bisher habe ich nur narzisstische Perverslinge, Verheiratete, einen bei *Bauer sucht Frau* abgelehnten Landwirt und zwei frustrierte Typen kennengelernt, die unfähig sind, im realen Leben zu kommunizieren.

Die Frustrierten machen mir nichts aus, ich bin selbst frustriert, und wie. Das Kleid in den Sommerfarben hatte ich für einen von ihnen gekauft. Wir hatten uns vorher gemailt, gesimst und Fotos geschickt. Er fand mich nichtssagend, aber annehmbar. Ich fand ihn so banal, dass er Dings hätte heißen können. So weit, so gut. Von Mail zu Mail, von SMS zu Telefonat hatten wir uns zu dem Traum verleiten lassen, die Addition unserer beiden Einsamkeiten könne unser Glück sein. Er war Einkaufsleiter bei einer Tiefkühlkost-Marke. Ich hatte ihm nichts von meinem Job verraten, weil ich nur zu gut weiß, welche Angst und Ablehnung er auslöst. Da er unbedingt wissen wollte, womit ich meine Tage verbrächte, wenn ich nicht auf Partnerbörsen nach Junggesellen fahnden würde, hatte ich erklärt, meine Arbeit bestehe in einer Art Begleitung. Mit diesen wenigen schwammigen Worten hatte er sich zufriedengeben müssen.

Schließlich verabredeten wir uns für zwanzig Uhr im Au Select, der großen Brasserie am Boulevard du Montparnasse. Ich wartete bis spät in den Abend hinein, aber er kam nicht.

Tags darauf schickte er mir einen Strauß roter Rosen mit einem Kärtchen, auf dem er sich dafür entschuldigte, unsere Beziehung nicht weiterführen zu können, er habe im Internet entdeckt, dass ich ein Bestattungsinstitut hätte. Er könne sich ein Leben mit einer Totengräberin nicht vorstellen, auch nicht mit einer Totengräber-Chefin.

Nach diesem harten Rückschlag ließ ich mein Parship-Konto ruhen und zog das Kleid in den Sommerfarben nie wieder an.

Leïla kommt erschöpft von H & M zurück, als ich uns gerade Thunfisch-Mayonnaise-Sandwichs zum Abendessen mache. Sie stellt ihre Tüten auf den Küchentisch und holt ein enges, ganz schlichtes schwarzes Stretchkleid heraus, das sicher sehr sexy ist, und einen roten Minirock aus Leder, den ich gleich wegschiebe.

Ich zwänge mich in das schwarze Stretchkleid. Vorn bringt es wurstpellenartig meinen Bauch zur Geltung, im Profil sieht mein Hintern aus wie eine Fahrradgarage.

Leïla grimassiert kopfschüttelnd und bemerkt: »Du musst aufhören, über die Erdnussflips und die Kondensmilch-Tuben herzufallen, sobald du ein Problem hast.«

Ich bin ganz ihrer Meinung. Um ihr eine Freude zu machen, wage ich einen Versuch mit dem roten Leder-Minirock. Es ist zum Fürchten, zum Lachen und zum Erbarmen.

Ich sehe nur meine dicken Knie, meine immer noch zu starken Hüften und meine geradezu fluoreszierend weißen Waden. Jetzt probiert ihn Leïla an; ihre langen braunen Beine passen perfekt zum roten Leder. Sie dreht sich um sich selbst, stellt eine Hüfte heraus, schwingt den Po und fragt mich, wie ich es finde.

Neidischer Seufzer.

Wir essen schließlich halb nackt unsere Thunfisch-Sandwichs auf und reden über allerlei, über Bestattungen und das Zusammenflicken von Leichen. Dann geht Leïla in ihr Schlafzimmer und nimmt den Nähkasten und das schwarze Stretchkleid mit, sie will versuchen, es bis morgen Abend umzubauen.

Ich öffne das Küchenfenster, um die kalte Nachtluft einzuatmen und diesen verteufelten Tag zu vergessen. In der Ferne läuten die Glocken der Kirche Saint-Jean Mitternacht.

Ein neuer Tag bricht an. Ich summe: »*Promets-moi de faire silence, avec mes souvenirs d'enfance, j'ai eu trente ans, je suis content, bonsoir …*«

8

Auf der großen viereckigen Uhr am Pont de Crimée ist es neunzehn Uhr fünf. Wir laufen schon über eine Viertelstunde durch Kälte, Wind und Nieselregen über den Seine-Kai und suchen die *La Paloma*.

Ich kann nicht mehr. Mir tun die Zehen weh, die Knöchel, die Waden, die Knie. Ich habe das Gefühl, dass mein Blut nicht mehr zirkuliert. Meine Füße werden implodieren, so viel ist sicher. Ich gebe mich geschlagen, hinke unter die Markise der Bar Les beaux gosses de la Villette und lasse mich erleichtert auf den nächsten Stuhl in Reichweite meines Hinterns fallen. Ich ziehe die Pumps aus und massiere mir die Füße bis zu den Knöcheln – welche Wonne.

Leïla zieht die Kapuze ihrer Daunenjacke ins Gesicht, um sich vor den Windböen zu schützen, und zeigt lächelnd ihre makellos aufgereihten Zähne.

»Auf zehn Zentimeter hohen Absätzen laufen ist ein Beruf, das lässt sich nicht improvisieren.«

»Es tut nicht weh. Ich wollte nur mal durchatmen.«

Von wegen! Meine Füße leiden Todesqualen, und meine Waden sind so hart und knotig, dass ich den Beginn eines Krampfs fühle. Wenn ich nicht meinen Stolz hätte, würde ich sie bitten, mich auf dem Rücken hinzutragen. Leïla ruft einen der Kellner zu sich, der herausgekommen ist, um Tische und Stühle in die Bar zu räumen. Sie fragt ihn, ob er weiß, wo die *La Paloma* liegt. Er betrachtet sie aus großen gierigen Augen, sein Blick bleibt an ihrem recht hoch sitzenden Minirock hängen. Dann zeigt er vage auf einen Kahn, den letzten vor dem früheren Zollgebäude von Paris, seine roten und weißen Lichterketten funkeln im Abendblau.

Ich ziehe die Schuhe wieder an und denke dabei, dass der Abend noch gar nicht begonnen hat und ich schon nicht mehr einen Fuß vor den anderen setzen kann. Leïla packt mich am Arm, und wir stolpern mühsam auf die *La Paloma* zu.

Ein Mann mit rötlich braunem Teint, sehr schick in seiner Uniform eines Kapitäns für schwimmende Ausflugslokale, empfängt uns an der Gangway. Nach einem zerstreuten Händedruck für Leïla nimmt er die mit goldenen Abzeichen verzierte weiße Kappe ab und heißt mich mit einem Handkuss willkommen.

»Danke, Monsieur«, sage ich.

Er möchte, dass ich ihn Kapitän Henri nenne.

»Kein Problem, Kapitän Henri«, sage ich.

»Danke, Madame Reverdy.«

»Adèle genügt«, sage ich und seufze.

Als wir auf dem von ockerfarbenem Licht beschienenen hellen Holzdeck stehen, lehnt sich Kapitän Henri mit einem Räuspern an die Reling und beglückt uns mit der Geschichte der *La Paloma*. Dieser ursprünglich flämische Kahn habe Ladungen aller Art über die europäischen Kanäle befördert, bis er ihn gegen Ende des letzten Jahrhunderts erworben und zu einer Location für Hochzeiten, Geburtstage und nachmittägliche Senioren-Tanztees umgestaltet habe. Leïla murmelt, dieses ganze Gewäsch interessiere sie nicht. Kapitän Henri hat es gehört, doch er fährt ungerührt fort, während ihm der feine Regen das von blonden und rötlichen Stoppeln gezierte Gesicht wäscht. Der Laderaum des Schiffs sei zu einer Disco mit Bar und Musikanlage vom Feinsten umgebaut worden, der DJ habe die neueste Technologie zur Verfügung.

Und außerdem?

Zwei Hostessen seien angefordert worden, um die Schüchternen unter uns zum Tanzen zu animieren.

Unten an einer Wendeltreppe, die zur Tanzfläche führt, scheint ein mit rotem Samt bezogenes Kanapee ausschließlich für mein Gesäß bestimmt zu sein. Als leisen akustischen Hintergrund höre ich eine Flughafenmusikversion von Vivaldis *Vier Jahreszeiten*. Neben der Bar legt ein livrierter Kellner, assistiert von aknegeplagten und unbezahlten Lehrlingen, letzte Hand ans Buffet.

Neunzehn Uhr dreißig.

Kapitän Henri schlägt vor, dass wir es uns schon mal gemütlich machen, während wir auf die Gäste warten. Eine aus dem Nichts auftauchende Hostess befreit uns von Handtaschen, Daunenjacke und Mantel.

Unwiderstehlich. Kapitän Henri findet uns unwiderstehlich, mich in meinem schwarzen Stretchkleid, das meinen Körper an den richtigen Stellen betont, und Leïla in ihrem roten Minirock, der ihre langen Beine zeigt; von Letzteren kann der Kapitän den Blick kaum lösen.

Ich bewege mich in kleinen Schritten vorwärts. Mitten auf der Tanzfläche, genau unter der buntfacettierten Discokugel, bleibe ich stehen. Plötzlich wird mir schwindelig, ich habe einen Knoten im Magen, ich zittere, mir ist kalt, und ich habe Angst. Angst, die alten Bekannten von der Uni und vom Gymnasium wiederzusehen, Angst, wieder an meine Erinnerungen und Sehnsüchte anzuknüpfen, Angst, alte Wunden aufzureißen, Angst, man könnte mich gealtert finden, Angst vor mir selbst, Angst vor allem. Ich möchte nie dreißig werden.

Ein Kellner kommt mit einem Silbertablett voller Champagnergläser vorbei. Leïla nimmt zwei, und wir leeren sie in einem Zug. Sie, um ihren Durst zu löschen, ich, um beschwipst zu werden und mich zu vergessen.

Zwanzig Uhr.

Kapitän Henri lässt uns vor dem Buffet allein, das übervoll ist mit Fleisch und Wurst, Petit Fours und kleinen Gläschen mit Meeresfrüchten und Gemüse. Leïla nimmt mit spitzen Fingern ein Petit Four mit Anchovis und mustert mich von oben bis unten, während sie es sich schmecken lässt.

»Das Kleid ist wirklich toll. Du kannst stolz auf mich sein. Wenn du nicht den schönsten Mann des Abends verrückt machst, kann man auf gar nichts mehr hoffen. Und du, wie findest du mich?«

»Schön und ein bisschen ordinär. Eine echte Männerfalle.«

»Ich bin nicht hergekommen, um Spitzen zu klöppeln.«

Ich nehme noch ein Glas Champagner und leere es wieder in einem Zug. Der Champagner ist kühl, er steigt mir zu Kopf, und er betäubt, genau, was ich jetzt brauche. Der Beweis: Ich spüre meine Füße nicht mehr.

Zwanzig Uhr fünfzehn.

Caroline tritt ein. Wir haben uns eines Junimorgens im

Schulhof des Lycée Arago, wo wir nervös rauchend auf die Abi-Noten warteten, zum letzten Mal gesehen. Sie war die Schönste in der Klasse. Und schön ist sie geblieben. Noch schöner, als ich sie in Erinnerung hatte. Es ist ihr peinlich, dass sie die Erste ist. Sie hält mir einen Strauß weißer Rosen mit reichlich Farn drumherum hin. Wir umarmen uns. Ich bin überrascht und verwirrt, dass sie meinetwegen eine lange Fahrt auf sich genommen hat. Als ich es sage, erwidert sie, ich hätte dasselbe für sie getan, hoffe sie wenigstens. Dann weist sie mich mit leicht gereiztem Unterton darauf hin, dass sie mit dem RER aus Bourg-la-Reine gekommen ist, wo sie mit Mann und Kindern – sie hat drei – wohnt, und dass sie zweimal in eine andere Metro hat umsteigen müssen, um hierherzugelangen. Aber bei genauerer Überlegung bereue sie es nicht, es sei ihr eine Freude, die beste Freundin wiederzusehen. Ich lächle höflich, denn so habe ich sie nie gesehen. Sie war eher hochmütig und unerreichbar für ein so einfaches Mädchen wie mich. Sie tritt einen Schritt zurück, reißt die Augen auf und ruft: »Nicht zu fassen! Mit den Jahren bist du das Ebenbild deines Vaters geworden. Nase, Augen, Mund, einfach alles. Du hast sogar seinen speziellen Gesichtsausdruck.« Sie nimmt ein Glas Orangensaft, wir stoßen an, und sie fügt hinzu: »Rose hat mir nicht gesagt, ob du geheiratet hast. Hast du?«

»Kein Mann. Kein Kind. Allein.«

»Du weißt ja nicht, wie glücklich du dich schätzen darfst, Adèle. Wenn ich noch einmal entscheiden dürfte, würde ich wie du die Freiheit wählen.«

Die Gäste tauchen paarweise oder auch einzeln auf, jeder mit einem Blumensträußchen oder einem quaderförmigen Päckchen, das, vermute ich, eine Pralinenschachtel enthält.

Leïla regelt den Verkehr der Neuankömmlinge. Den einen rät sie zu einer kleinen Pause an der Bar oder am Buffet, den anderen zu ein paar Tanzschritten, denn inzwischen heizt der DJ die Stimmung mit einem Hit aus den Achtzigern an. Sie gehorchen brav und winken mir nur kurz freundschaftlich zu.

Pierre, ein Klassenkamerad vom Gymnasium, hält sich nicht an ihre Regeln, er rempelt alle beiseite, nimmt mich in die Arme und schwört, ich hätte mich zwar verändert, aber zu meinem Vorteil.

Da ich nicht weiß, was ich zu diesem etwas dick aufgetragenen Schwall von Liebenswürdigkeit sagen soll, gebe ich verlegen zurück: »Du hast dich auch nicht verändert. Als hättest du die ganze Zeit im Winterschlaf gelegen.«

»Alte Schmeichlerin. Ich nehme jedes Jahr zwei Kilo zu. Ich bin nicht mehr weit vom Doppelzentner entfernt. Und wer ist schuld?«

Er richtet seinen Blick auf seine Gattin, eine kleine Frau mit sprödem gelbem Haar; auch die Augen sind gelb und der Gesichtsausdruck trübe. Sie trägt einen viel zu weiten Nerzmantel und am Kragen eine Brosche mit Diamantsplittern. Wir küssen uns auf die Wange, es sind unbeholfene Küsse, dann überreicht sie mir ihren kleinen Veilchenstrauß und trippelt diskret rückwärts Richtung Buffet.

Und dann sind da noch Philippe, Anne, Stéphanie, Laurent, Yasmina, Christine, Ali, Marc, Roxane, Hubert – Bekannte von der Uni. Wir trinken, stoßen an, tauen unsere Erinnerungen auf, schweifen ab, verlieren den Gesprächsfaden, deuten ein paar Tanzschritte an, um zu beweisen, dass wir noch die Energie aus unseren Zwanzigern haben, stoßen noch einmal auf die alten Freundschaften an und stellen fest, dass uns die Zeit nichts anhaben konnte.

Wenn man es so auf jede nur mögliche Weise hin und her dreht, wird es allmählich albern.

Und jetzt Xavier.

Als ich ihn zuletzt gesehen habe, war er dünn wie ein Bleistift, trug das verfilzte Haar zum Pferdeschwanz gebunden und zu jeder Jahreszeit einen Parka, der über und über mit Parolen bedeckt war: gegen die Kapitalisten, die Rassisten, die Atomkraft und Lara Fabian. Heute steckt er in einem gut geschnittenen petrolblauen Anzug, hat Fett am Hals und auf den Lidern, eine geschwollene Nase und als Sahnehäubchen den Schmerbauch eines Trinkhallenwirts. Seine fleischigen Lippen schmieren wie Nacktschnecken über meine Wangen, er stinkt nach Pastis und dem Schweiß eines langen Tages.

In der Abschlussklasse war ich total verliebt in diesen Typen, weil er so aufmüpfig war. Er hatte sich selbst zum Che Guevara des Gymnasiums ernannt und brachte linksgerichteten Politikern wie Oliver Besancenot grenzenlose Bewunderung entgegen. Manche lachten darüber, andere machten sich Sorgen, aber das Gros der Schülerschaft kümmerte sich nicht weiter um seine Hirngespinste.

Am Wochenende schleppte er mich zu allen möglichen Demos, deren Ziele mir oft unklar waren. Doch ich folgte ihm, denn ohne ihn war das Leben noch trostloser als die Wege auf dem Père-Lachaise. Hätte er von mir verlangt, mich in einer Metro in die Luft zu jagen, ich hätte es getan, so sehr faszinierte er mich.

Er behält meine Hand in seiner. In einer dicklichen Hand, der laschen Hand des ausrangierten Guerilleros.

Es ist mir unangenehm.

Er spürt es und lässt mich los. Er lächelt.

Ich erwidere das Lächeln und sage mit etwas schwankender Stimme: »Wie ist es dir ergangen, mein lieber Xavier? Immer noch weit links, und die bösen Arbeitgeber sollen sich gefälligst am Riemen reißen?«

Sein Lächeln wirkt jetzt gezwungen. »Da muss ich dich enttäuschen. Ich bin der Inhaber des Bar-Tabac am Place Voltaire. Weißt du noch, wo wir unsere Nachmittage verbrachten, wenn wir den Unterricht schwänzten.«

Ich klopfe ihm auf den Schmerbauch.

»Eins jedenfalls ist klar, du hast an Bauchumfang gewonnen, was du an Überzeugungen verloren hast. Aber sag's mir zum Trost, du hast doch trotz allem bei der Präsidentenwahl Hollande gewählt?«

»Trotz allem. Und du?«

»Marine beim ersten Wahlgang, Sarko beim zweiten.«

»Machst du Witze?«

»Findest du denn nicht, dass es bei uns zu viele Schwarze und Araber gibt?«

»All die Mühe bei deiner politischen Erziehung, und das kommt dabei heraus.«

»All die Mühe, mich von Demo zu Demo geschleppt zu haben, um dann bei Tabak, Alkohol und Rubbellosen zu enden.«

Er steckt den Tiefschlag ein, ein wenig beschämt und resigniert. Ich möchte ihm sagen, dass es nur ein Witz war, dass ich eine schlechte Bürgerin bin, eine schlechte Republikanerin, dass ich nicht wählen gegangen bin, weil mir seine trotzkistischen Tiraden die Politik endgültig verleidet haben. Aber ich sage nichts. Aus Angst, er könne meine Laune genauso beschissen finden wie damals, als wir sechzehn waren.

Ein Kellner bringt uns Champagner, wir stoßen auf unsere verlorenen Illusionen an, auf die Jahre, die so unbemerkt vergangen sind, auf all die Menschen, die zu meinem Dreißigsten gekommen sind. Plötzlich völlige Leere, wir haben uns nichts mehr zu sagen. Er weicht meinem Blick aus und wendet den Kopf, um Leïla zu bewundern, die sich zu »Staying alive« auf der Tanzfläche austobt. Sie rollt mit den Schultern, den Hüften, den Brüsten, schüttelt das ebenholzschwarze Haar und macht Hubert ganz kirre, der sich verrenkt, wie er nur kann, um John Travolta nachzuäffen.

Xavier ist derart fasziniert von Leïlas schwingendem Becken, dass ihm der Mund offen stehen bleibt.

Ich nähere mich seinem Ohr und sage: »Soll ich dich mit ihr bekannt machen?«

»Nicht nötig. Ich sehe sie nur an. Eine Augenweide. Du weißt ja, dass mich hübsche Frauen immer angezogen haben.«

»Deshalb hast du mich ja auch immer vernachlässigt.«

Lächerlich. Grotesk. Es ist lächerlich und grotesk von mir, diese Bitterkeiten einer frustrierten Gymnasiastin wieder hochkommen zu lassen. Xavier zieht eine Visitenkarte aus seinem Portemonnaie, streichelt mir den Nacken und schlägt mir vor, die verlorene Zeit in seiner Wohnung über dem Bar-Tabac nachzuholen.

Abstoßend. Erbärmlich. Mein erster Liebhaber ist abstoßend und erbärmlich.

Ich lasse ihn stehen.

Abdelmoumen, Marcel, Luc und Georges kommen im Gänsemarsch herein, die Hände in den Hosentaschen und eingeschüchtert von den vielen Leuten, die trinkend und lachend in Erinnerungen kramen. Sie versuchen, sich einen Weg zu mir zu bahnen, doch Leïla, die ihre Show beendet hat, zieht sie zur Bar.

Jemand haut mir auf den Hintern.

Ich zucke zusammen und sehe mich um, es ist Onkel André am Arm seines neuesten Püppchens. Sie ist augenscheinlich in meinem Alter. Vielleicht auch jünger. Er nimmt mich fest in die Arme und wünscht mir alles Glück dieser Welt, wenn möglich, noch ein bisschen mehr. Ich reagiere mit dem Vorwurf, dass er mich gar nicht mehr besucht. Er gibt es zu und klagt über den Job: Tote, nichts als Tote. Er leitet das große Bestattungsunternehmen gegenüber dem Friedhof Montparnasse. Nach all den Entschuldigungen und Klagen stellt er mir endlich seine aktuelle Begleiterin vor. Sie heißt Nina. Sie ist brünett, ihr Gesicht, ihr Lächeln und überhaupt der ganze Mensch, alles recht hübsch. Sie kraust das Näschen, zieht die Stirn in Falten, als müsse sie schwer nachdenken, und fragt mich dann, was mir im Leben wichtig sei.

Ich werfe Onkel André einen bedeutungsschwangeren Blick zu und antworte: »Na, die Toten natürlich.«

Onkel André lacht.

Ich auch.

Sie verdreht die Augen zum Himmel, bestürzt über diese Antwort, über die nur lachen kann, wer, wie wir, im Post-mortem-Business ist.

Ich fasse mich wieder und frage: »Und Sie, Nina, was ist Ihnen im Leben wichtig?«

Sie senkt den Blick. Wahrscheinlich das Gleiche wie all den anderen Frauen, die den Weg meines Onkels gesäumt haben, sie befriedigt seine Launen als Gegenleistung für seine finanzielle Großzügigkeit, für Heiratsversprechungen und Sonntagsausflüge nach Deauville, Letztere nur bei schönem Wetter.

Meine Mutter mochte ihren Schwager nicht besonders. Sie fand ihn vulgär: in Herzensangelegenheiten, im Geiste, in seiner Kleidung und seinen Manieren. Das ist mit dem Alter nicht besser geworden. Mit seinen künstlich verschlissenen Jeans, den über dem schlaffen Fleisch taillierten Hemden, den Goldringen, der sonnenbankgebräunten Haut und dem spärlichen, tiefschwarz gefärbten Haar ist er der Inbegriff des Sechzigjährigen, der jeden Morgen gegen die Zeit kämpft und sie trotzdem nie einholen kann. Dennoch, ich liebe ihn. Schlimmer noch, ich bete ihn an.

Nach dem Tod unserer Eltern verlor ich die Orientierung, ich war leckgeschlagen, drohte unterzugehen. Rose, die ganz in ihrem Medizinstudium aufging, wollte das Familienunternehmen loswerden, um sich mit ihrem Anteil der Erbschaft eine kleine Wohnung zu kaufen. Ich hatte die Uni geschmissen, ich wollte aus Paris fliehen.

Wohin?

Egal.

Verschwinden, nur das hatte ich im Sinn.

In Wahrheit floh ich vor mir selbst. Wie immer.

Und Onkel André war es, der mich wieder flottgemacht hat. Auf humorvolle Art brachte er mir bei, mit mir selbst zu leben. Er hat mich die Liebe zum Beruf gelehrt, was meine Eltern nicht hatten tun wollen, weil sie sich für mich eine weniger düstere Zukunft gewünscht hatten.

Welche?

Sie hatten keine Ahnung, aber sie sahen meinen Arbeitsplatz weit entfernt vom Sensenmann, von Krematorien und den Zypressenalleen der Friedhöfe.

Er lehrte mich die Schönheit von Chrysanthemen, Heidekraut und künstlichen Blumen sehen. Die Schönheit von Regentagen und Allerheiligen-Vormittagen. Er lehrte mich, dass die Hebamme den Lebenden die Tür zur Welt öffnet und der Totengräber sie wieder schließt. Er lehrte mich Mitgefühl, Empathie und die richtigen Worte, um den Familien in ihrem Leid beizustehen. Und außerdem lehrte er mich Flirttechniken zwecks Männerfang, doch diese Techniken erwiesen sich zu meinem großen Kummer als furchtbar ineffizient.

An sonnigen Sonntagen fuhr er mich in seinem glänzenden Mercedes nach Deauville. Während wir über die Bohlenwege spazierten, erzählte er mir von meinem Vater, den er geliebt hatte wie sich selbst, und von meiner Mutter, die er von Herzen verabscheut hatte. Er sprach davon, dass ich die Fackel der Familie Reverdy weitertragen müsse, weil ihn keine Frau lange genug ausgehalten habe, um ihm Nachkommen zu schenken. In solch ernsten Augenblicken sah ich meinen Onkel nicht mehr nur als verlebten Playboy für mittellose Püppchen.

Er führte unser Unternehmen eine Zeitlang weiter und bestellte meine Schwester und mich dann zu einem Familienrat ein, um uns eine verantwortungsvolle Entscheidung abzuverlangen: verkaufen oder weitermachen. Rose war großzügig und erklärte sofort, wenn ich Lust hätte und es mir zutraue, die Nachfolge unserer Eltern anzutreten, werde sie weiterhin zur Miete wohnen und sich mit ihrem Anteil Dividenden im Jahr begnügen.

Damals hatte ich zu gar nichts Lust. Schon gar nicht

dazu, den Totengräber zu spielen. Niemand träumt von einem Job im Totengeschäft. Und da keine von uns beiden weitermachen wollte, schlug Onkel André vor, wir sollten an einen Kollegen verkaufen, der sich gern am Père-Lachaise niederlassen wollte.

Mich überlief ein Schauer, ich schloss die Augen, ich dachte an Maman und Papa. Vor allem an Papa. Ich erinnerte mich, dass er mich immer ein bisschen mehr geliebt hatte als Rose, denn auch wenn er es sich vielleicht nicht eingestanden hatte, hatten ihn sicher Schuldgefühle geplagt, weil er mich als sein Ebenbild gezeugt hatte. Ich erinnerte mich an unsere verschworenen Blicke und unsere Lachkrämpfe bei den Sonntagsessen. Ich erinnerte mich daran, wie glücklich er morgens immer in sein Bestattungsinstitut ging. Ich erinnerte mich daran, dass er mein Held war, viel größer und stärker als Onkel André und sämtliche Zorros des Viertels. Und natürlich packten mich auch wieder die Gewissensbisse, wie jedes Mal, wenn ich an Papa und Maman denke und daran, wie ich am Tag ihres Unfalls im warmen Bett geblieben bin. Das Unternehmen weiterführen war, als würde ich sie um Verzeihung bitten, sie weiterleben lassen, ihnen eine Ehre erweisen.

Diese Schuldgefühle sind Unsinn, das weiß ich, aber es liegt in meiner Natur, ich kann nichts daran machen, so bin ich eben.

Als ich die Augen wieder aufschlug, sagte ich: »Ich trage die Fackel weiter.«

Tags darauf ließ Onkel André über meinem Geschäft eine schwarze Marmortafel anbringen, auf der in goldenen Lettern stand: Bestattungsinstitut Reverdy & Tochter.

9

Das grelle Licht des Stroboskops, das die Fluten der Discomusik rhythmisch antreibt, wird langsam schwächer und hinterlässt ein exakt auf die Slows abgestimmtes sanft-süßliches Licht.

Onkel André fasst mich um die Taille und zieht mich auf die Tanzfläche, während der DJ verkündet, jetzt müsse man aber gaaanz eng tanzen. Ich flehe Onkel André an, mich zu verschonen, meine Füße ertragen das Martyrium nicht länger, das ich ihnen zumute. Doch er will nichts davon hören. Bei den ersten Noten erkenne ich »Je t'aime«, den Song, der Lara Fabian berühmt gemacht hat.

Auf den Partys in der Gymnasialzeit war dieses Lied immer das Signal für enge Umarmungen und intensive Küsse. Ich hatte es mit Xavier versucht. Und jedes Mal hatte er mich zurückgestoßen, weil er fand, es sei grottenspießig, ausgerechnet während der vier Minuten drei Sekunden dieses Lieds den Speichel zu mischen und sich zu befummeln. Er verschanzte sich lieber in seiner Ecke hinter Bier und Shit, um über den großen Umsturz nachzudenken, während ich blöd herumstand und die Paare beneidete, die in endlose, sehnsuchtsvolle Küsse versunken waren.

Pierre hat seine Gattin am Buffet abgestellt und geht auf Nina zu, die allein an der Bar steht; erst lächelt er sie nur an, dann lädt er sie mit eindeutigen Gesten dazu ein, sich mit ihm im Takt von »Je t'aime« zu wiegen. Sie nimmt an. Onkel André sieht rot. Er lässt mich mitten auf der Tanzfläche stehen, um den Frechling zu verjagen, der in seinem Revier zu wildern wagt.

Abdelmoumen, den ich gar nicht habe kommen sehen, legt mir die Hand auf die Schulter und erinnert mich daran, dass ich den ersten Slow ihm versprochen habe. Der Alkohol hat ihn enthemmt. Er umarmt mich und summt: *»Je t'aime, comme un fou, comme un soldat …«* Er drückt seine Wange an meine, drängt sich an meine Brust, reibt sich an meinem Becken, tritt mir auf die Zehen und säuselt: »Wenn Sie einen Mann suchen, Chefin, einen echten, dann können Sie auf mich zählen.«

»Aber ich zähle ja auf Sie. Sie sind ein musterhafter Angestellter.«

»Ich meine, einen Mann, mit dem Sie eine gute Zeit haben können. Abdel und Adèle, zwei Namen, die sehr gut zusammenpassen. Oder?«

»Nehmen Sie sich zusammen. Denken Sie an Ihre Frau und Ihre Kinder.«

»Ich habe Lust auf Sie, Chefin. Jetzt, sofort. Wir können es an Deck in der frischen Luft machen, wenn Sie mögen.«

Seine kleinen grauen Augen, die breiten Nasenlöcher, der Schnurrbart – ein Modell zwischen Stalin und Hitler – sind in Reichweite meines Mundes. Ich stoße ihn zurück. Während Lara Fabians letzte Liebesworte klagend verklingen, lockert Abdelmoumen seinen Griff und stottert tief beschämt: »Verzeihen Sie mir, Chefin. Es liegt am Alkohol. Unser Prophet verbietet uns, Alkohol zu trinken, damit wir keinen Unsinn reden. Ich hätte auf ihn hören sollen.«

»Ich verzeihe Ihnen. Aber das nächste Mal hören Sie auf Ihren Propheten. Sein Rat ist gut.«

Ich stütze mich auf seine Schulter, damit er mich zu dem roten Samtsofa führen kann, das noch frei ist. Ich setze mich. Er sieht mich traurig an, dann schleppt er sich mit den Schritten eines zum Tode Verurteilten zu seinen Kollegen, die in ein lebhaftes Gespräch mit den Hostessen verwickelt sind.

Dreiundzwanzig Uhr.

Endlich kommt Rose. Sie schreitet die Wendeltreppe herunter, dicht gefolgt von Étienne. Abgesehen von zwei Falten an den Mundwinkeln und den weißen Haaren, die sich an seinen Schläfen angesiedelt haben, ist er noch genau so, wie ich ihn in Erinnerung hatte. Rose küsst mich, fragt, wie das Fest läuft, ob ich Spaß habe, ob ich mich darüber freue, dass meine Freunde gekommen sind, doch ich höre sie nicht. Ich betrachte den schönen jungen Mann hinter ihr, dessen Brille ebenso schwarz ist wie seine Haut und der mit seinem weißen Stock herumtastet, um die unterste Stufe der Wendeltreppe zu meistern. Auch Étienne küsst mich jetzt, zweimal auf jede Wange, doch ich spüre nichts, er gratuliert mir zum Geburtstag, doch ich höre ihn nicht. Mein Horizont ist völlig ausgefüllt von diesem schwarzen jungen Mann. Étienne dreht sich um, nimmt ihn am Arm und stellt ihn mir vor: Er heißt Léo.

Léo lächelt, sein Lächeln ist eine Sonne, deren Strahlen mich ins Herz treffen. Meine Rippen werden eng, ich ringe nach Atem, bekomme keine Luft mehr. Noch nie habe ich etwas derart Heftiges, Überwältigendes erlebt.

Rose spricht immer noch mit mir.

Worüber?

Ich weiß es nicht.

Ich höre nichts.

Ich bin nur noch ein einziges Schwindelgefühl.

Étienne führt Léo zum Samtsofa und folgt dann Rose, die sich mit Leïla am Buffet stärkt.

Ich setze mich neben Léo und stelle mich ihm vor. Er hält mir die Hand hin, ich ergreife sie und frage: »Sind Sie ein Freund von Étienne?«

»Ja, ein Freund natürlich auch, aber auch einer seiner Patienten. Ich war heute der Letzte in seiner Sprechstunde. Und da ich heute Abend nichts Rechtes vorhatte, haben er und Ihre Schwester mich netterweise zu Ihrem Geburtstag eingeladen. Sie meinten, es würde mich auf andere Gedanken bringen, wenn ich mal andere Leute sähe.«

Er lacht über seinen Witz.

Die Musik verstummt, die Discokugel mit ihren Facetten dreht sich nicht mehr, noch ein wenig Gemurmel, Lachen, dann wird es still. Man hört nur noch die Dielen knarren und das Rauschen der Heizung im Bauch der *La Paloma*. Kapitän Henri übernimmt das Mikro des DJ und verkündet, den Blick fest auf mich gerichtet, mit einer für solche Anlässe gut geübten Stimme, jetzt sei es an der Zeit, mich zu feiern.

Laute Freudenschreie von Leïla.

Man klatscht.

Ich weiß nicht, was ich sagen soll, also verteile ich wie ein Filmstar mit den Fingerspitzen Handküsschen, ziehe meine High Heels aus, die ich schlichtweg nicht mehr ertrage, und gehe barfuß zum Buffet, wo die beiden Lehrlinge und ihr Meister stocksteif und stolz neben der Geburtstagstorte stehen. Eine Pyramide aus sahnegefüllten

Windbeuteln, übergossen mit einer Soße aus roten Früchten und gekrönt von rosa Kerzen, die zwei Ziffern bilden: die Drei und die Null.

Mit einem Atemzug blase ich meine dreißig Jahre aus. Die Blitzlichter der Fotoapparate und Handys blenden mich. Ich mime mit vollmundigem Lächeln große Freude.

Sie singen »Happy Birthday, Adèle«. Sie stampfen mit den Füßen. Klatschen in die Hände. Skandieren meinen Vornamen. Verlangen nach einer Rede.

Ich erröte, trete einen Schritt vor und sage, mir fehlten die Worte, um auszudrücken, wie überrascht, gerührt und verwirrt ich sei, dass sie alle gekommen seien, und das nur meinetwegen. Und dass mir fast die Tränen kämen.

Ich weiß, diese Worte sind banal, man hört sie auf allen Geburtstagen, wo der Gefeierte ein ebenso wenig begnadeter Redner ist wie ich, doch sie haben den Vorzug, von Herzen zu kommen.

Ich würde gern Rose danken und an Papa und Maman erinnern, die dort oben sicher sehr stolz darauf sind, zwei Töchter zu haben, die sich noch mehr lieben als zwei Schwestern. Doch ich habe vor Rührung einen Kloß im Hals, also lächle ich und sage: »Danke ... Nochmals danke.«

Da haben wir's, unter meinen Lidern sticht es, und ich sehe sicher selten dämlich aus mit meinem Stück Kuchen in der Hand und den Tränen, die mir über die Wangen laufen.

Zum Glück setzt jetzt wieder laute Musik ein, die Discokugel dreht sich immer schneller und lässt goldene und silberne Lichtstrahlen über uns alle zucken.

Leïla umarmt mich, und dann kommen sie alle einer nach

dem anderen und wünschen mir bald einen netten Mann, später dann Kinder und zudem immerdar eine gute Gesundheit, damit ich diese künftige Familie durchbringen kann.

Rose nimmt mich in die Arme, sie zittert. Ein Kellner reicht uns Champagnergläser. Wir trinken. Wir weinen. Wir lachen. Plötzlich tritt ein Ernst auf ihr Gesicht, den ich an ihr noch nicht kenne. Sie sagt: »Ich möchte so sehr, dass du glücklich bist, Schwesterchen. Dass du jemanden findest, der dich liebt und den du liebst. Dass du ein erfülltes Liebesleben hast, was heißt erfüllt, schon ein normales Liebesleben fände ich beruhigend. Du verstehst mich?«

Ich verschlucke mich, finde es schockierend, dass sie sich derart in mein Privatleben mischt, noch dazu vor Étienne, der ihr leicht über die Hüfte streicht, um sie zum Tanzen zu animieren. Doch leider hat meine Schwester absolut recht: Ein Liebesleben ohne Leidenschaft und Zuneigung würde schon reichen, um mir die Illusion zu schenken, ich sei kein lebloser Körper mehr.

Der DJ dreht lauter, damit wir zu einem Hip-Hop-Stück rumtoben, und Étiennes Hartnäckigkeit führt endlich zum Ziel.

Eine halbe Stunde nach Mitternacht.

Onkel André verspricht beim Abschied, er werde mich bald besuchen.

Wann?

Er weiß es nicht, aber er schwört es: Ehrenwort eines Totengräbers.

Ich esse ein kleines Stück vom Geburtstagskuchen, mehr schaffe ich nicht, meine Kehle ist wie zugeschnürt. Ich werde geradezu magnetisch von Léo angezogen, der allein auf dem roten Samtsofa sitzt.

Ich setze mich neben ihn, sehe ihn an und kann den Gedanken nicht unterdrücken, dass niemand es verdient, blind zu sein, und er schon gar nicht.

Unsere Schultern berühren sich, und mein Herz beginnt beim Kontakt mit seiner Haut, wild zu schlagen.

Er streicht mir mit der Hand über den Arm und fragt: »Sind Sie wieder da, Adèle?«

»Ich glaubte … Ich meine, ich dachte, Sie könnten nichts sehen.«

»Manchmal kann ich hell und dunkel unterscheiden, aber die meiste Zeit verbringe ich in einer Art Grau, in dem ich so gerade eben Umrisse erkennen kann. Den Rest errate ich. Und Sie, das springt ins Auge, sind gestresst.«

»Ja, wegen der Party.«

»Tanzen Sie nicht gern?«

»Ich bin körperlich nicht sehr gewandt, und meine Füße …«

Er streckt seine schwarze Hand aus, die Handfläche nach oben, und legt sie mir auf den Schenkel. Ich bekomme Gänsehaut. Darüber muss er lachen, dann sagt er: »Ich werde Sie massieren, dann geht es Ihnen besser. Geben Sie mir Ihren linken Fuß. Man muss immer mit dem linken Fuß anfangen, dem auf der Seite des Herzens.«

Ich zögere, er besteht darauf, ich gebe nach und setze meinen Fuß auf sein muskulöses Knie.

Er beginnt die Massage mit der flachen Hand, damit ich mich an seine Berührung gewöhne. Er macht kleine kreisende Bewegungen auf meinem Knöchel, erst in die eine, dann in die andere Richtung. Dann klemmt er meinen Fuß zwischen seine Knie und geht mit seinen langen, schlanken Fingern zwischen meine Zehen. Er massiert sie einen nach dem anderen und rollt sie vom Ansatz bis zur Spitze zwischen Daumen und Zeigefinger. Danach beugt er sie vor und zurück. Es ist reines Glück. Beim anderen Fuß ist es noch sanfter, löst noch mehr Schauer aus, sodass ich nicht etwa entspannter bin, sondern in einem gewaltigen Aufruhr. Zum Abschluss streichelt er mir die Fersen und bittet mich, meinen Kopf ganz leer zu machen, an nichts mehr zu denken und langsam und tief zu atmen. Es gelingt mir nicht, mir ist kalt, mir ist heiß, innerlich koche ich. Er legt meine Füße auf seinen Schenkeln ab und fragt mich, ob es mir besser gehe.

»Es war wundervoll. Wo haben Sie das Massieren gelernt?«

»In den Thermes du Paradis, das ist der Hamam in der Wohnanlage Cité du Paradis. Dort habe ich Étienne kennengelernt, ich meine Professor Drumont. Er ist Stammkunde.«

»Ich dachte, Sie wären einer seiner Patienten?«

»Vor allem bin ich sein Masseur. Als ich ihm sagte, ich bräuchte einen neuen Augenarzt, bot er mir an, zu ihm in die Sprechstunde zu kommen.«

Der DJ legt einen Slow auf, den letzten vor dem Ende der Party. Léo erstarrt, als er die klagende Mundharmonika und die emotionsgeladene Stimme der Sängerin hört.

Es ist das Lied aus *Out of Rosenheim*, einem Film, den er als Kind mit seiner Mutter im Kino gesehen hat. Er hat wieder eine Wüstenpiste bei Las Vegas vor Augen, Wind mit bläulichem Staub, eine kaputte Kaffeemaschine, eine schwarze Kellnerin mit Bleistiften im Haar, eine von ihrem riesigen Koffer behinderte teutonische Walküre und Sonnenaufgänge in den Farben einer Feuersbrunst. Er summt: *»I am calling you … Can't you hear me.«*

Nur Rose und Étienne wiegen sich schmachtend auf der Tanzfläche, die anderen sind an der Bar. Und meine Jungs, die sich den ganzen Abend gelangweilt haben, sind längst verschwunden und vergnügen sich in einem Spielsalon, in dem Abdelmoumen Stammgast ist.

Am liebsten würde ich Léo eng an mich drücken und ihn in die brennend heiße Wüste von Vegas entführen, doch ich traue mich nicht. Ich lehne weiterhin an seiner Schulter und summe mit: *»I am calling you …«*

Ein Uhr morgens.

Das Fest ist aus. Die Kugel mit den bunten Facetten dreht sich nicht mehr, das gedämpfte Licht wird vom grellen und kalten der Neonröhren ausgelöscht. Leïla und Hubert ziehen untergehakt ab, ohne sich um jemanden zu kümmern. Kapitän Henri gibt mir sein Ehrenwort, dass die Blumen und Geschenke schnellstmöglich zu meiner Wohnung gebracht werden.

An Deck der *La Paloma* danke ich den früheren Schul- und Unifreunden noch einmal dafür, dass sie mich nicht vergessen haben. Wir versprechen uns, uns nie wieder aus den Augen zu verlieren. Tauschen Telefonnummern aus. Schwören uns gegenseitige Hilfe und Solidarität für alle Notfälle. Wir wissen genau, das sind die typischen, von Gähnen unterbrochenen Sätze am Ende einer Feier, und ab morgen wird der Alltag uns wieder in alle Winde zerstreuen, doch es tut uns gut, es wenigstens einen Abschied lang zu glauben.

Léo steht vor mir, groß, schön, stark und mit diesem Lächeln, das mein schönstes Geburtstagsgeschenk ist.

Ich nehme seine Hand und halte sie lange fest. Meine Schwester und Étienne entreißen ihn mir, und die drei verschwinden in der dunstigen Januarnacht.

Ich gehe allein nach Hause. Ich bin so aufgewühlt, dass ich meine Füße nicht mehr spüre. Ich schwebe.

10

Den Kopf im Kopfkissen vergraben, denke ich nur noch an ihn. Er verfolgt mich bis in die letzten Seelenwinkel. Ich habe wieder sein Lächeln, die weißen Zähne, die rosa Handflächen und die schwarze Haut vor Augen. Ich höre, wie er mir das Lied aus *Out of Rosenheim* ins Ohr summt. Ich stelle mir vor, wie seine geschmeidigen Finger über meinen Nacken gleiten, meine Brüste, meinen Bauch und meine Hüften. Ich bin derart aufgewühlt, dass ich es nicht länger aushalte; ich springe aus dem Bett und suche im Internet nach den Öffnungszeiten der Thermes du Paradis. Mit zwei Mausklicks reserviere ich mir einen Termin für den Abend.

Ich lege mich wieder ins Bett, schließe die Augen, zähle Schäfchen, Särge, Leichenwagen, Chrysanthemen, Kruzifixe. Nichts zu machen, der Schlaf will nicht kommen.

Es ist drei Uhr, als Leïla meine Schlafzimmertür, die ich halb offen gelassen hatte, ganz öffnet. Ihr Haar ist verstrubbelt, und ihre Augen sind ganz klein und rot vom Schlafmangel, aber sie ist glücklich darüber, das Ende der Nacht mit Hubert erlebt zu haben. Sie waren noch gemeinsam im Cabaret sauvage und haben sich ein Konzert mit andalusischer Musik angehört, bei dem arabische und jüdische Sänger auftraten, die sich für eine Annäherung zwischen den beiden Bevölkerungsgruppen einsetzen. Dann hat er sie vors Haus zurückbegleitet, und die beiden haben sich ein baldiges Wiedersehen versprochen. Sie setzt sich auf das Fußende meines Betts, schweigt einen Moment und fragt mich schließlich, wie Hubert zu unserer Unizeit gewesen sei.

Von allen, die zu meiner Party gekommen sind, ist er der Einzige, den ich in schlechter Erinnerung gehabt hatte. Nämlich als Teilzeit-Angeber, Vollzeit-Arroganzler sowie unverbesserlichen Aufreißer auch an Sonn- und Feiertagen, und genau so habe ich ihn auch wiedergefunden, ein getreues Ebenbild seiner selbst: ein durchtriebener Schaumschläger und Wichtigtuer. Im Grunde weiß ich nicht, warum er die Einladung angenommen hat, denn wir hatten nichts gemein, wir hatten uns nichts zu sagen, und jetzt fällt mir ein, dass er mich an der Uni sogar zu der Handvoll unfickbarer Frauen zählte.

Leïla hakt nach: »Also, wie war Hubert? Schüchtern? Ein Charmeur? Witzig? Romantisch? Los, rede, ich will's wissen.«

»Hast du dich verliebt?«

Sie wagt nicht, es sich einzugestehen, aber sie ist verknallt, und wie. Seine guten Manieren, die kleinen Aufmerksamkeiten – er hat ihr bei einem pakistanischen Straßenverkäufer einen Strauß Narzissen gekauft und über ihre gar nicht so lustigen Scherze gelacht. Auch seine Männlichkeit, seine Beschützerpose und die Schönschwätzerei sind nicht unschuldig an ihrer Verknalltheit.

Ganz beiläufig streckt sie sich neben mir aus, während sie weiter von Hubert schwärmt. Er wohne mit seiner Frau, von der er in nächster Zukunft geschieden werde, in La

Tour-d'Auvergne. Es sei nur noch eine Frage von Tagen, bis das Scheidungsurteil gesprochen werde. Er arbeite für einen Fernsehsender, der über TNT ausstrahle, habe aber nicht allzu viel darüber geredet.

»Ach, Hubert ist also beim Fernsehen«, sage ich.

Es ist das »Ach« einer vor Müdigkeit kaum noch zurechnungsfähigen Adèle, der Huberts Leben an allen möglichen Körperteilen vorbeigeht.

Ich ziehe die Decke bis zum Kinn hoch und drehe mich zur Wand. Leïla steht auf. An der Schlafzimmertür bleibt sie noch einmal stehen und fragt: »Wer ist eigentlich der Schwarze, mit dem du den ganzen Abend geredet hast?«

»Er heißt Léo. Wie findest du ihn?«

»Die Sorte Mann, die eine Sonnenbrille trägt, um aufzufallen, ist nichts für mich. Außerdem habe ich bemerkt, dass er mit deinen Füßen rumgemacht hat und dass du es schön zu finden schienst. Dein Léo ist nicht zufällig ein kleiner Fetischist?«

»Wie bösartig du doch sein kannst, wenn du's drauf anlegst. Léo ist Masseur, und er ist blind, oder wenigstens sieht er schlecht, ich weiß auch nicht, wie man das nennt. Und jetzt träum schön, ich muss schlafen.«

Ich gähne noch ein »Gute Nacht« und knipse die Nachttischlampe aus.

Das Wohnzimmer steht voll mit den Blumen und Geschenken, die Kapitän Henri hat anliefern lassen. Ich schaffe ein bisschen Ordnung in diesem Blumenchaos und räume die Pralinenschachteln weg, teils in die Küchenschränke zu den Erdnussflips und den Tuben mit der gezuckerten

Kondensmilch, teils in meinen Kleiderschrank zu den Louboutins, die ich so bald nicht wieder anziehen werde.

Leïlas Schlafzimmertür steht offen, ich stecke den Kopf durch den Türrahmen, doch sie ist nicht da, ich stelle ihr einen Strauß weiße Rosen auf den Nachttisch neben die schon verwelkten Narzissen. Dann dusche ich kalt, um mich mental wieder in Schwung zu bringen. Im Spiegel an der Badezimmertür betrachte ich mich von vorn und im Profil. Heute Morgen erscheint mir mein Hintern ein bisschen weniger gepolstert, die Augen wirken ein bisschen weniger blass und die Brüste ein bisschen weniger schwer. Fast könnte ich mich okay finden. Und das macht mir gute Laune. Ich bin so fröhlich, dass ich wagemutig zu dem rosa Kaschmirpulli greife, den ich nur einmal anhatte, weil er über der Brust so eng ist und deutlich über dem Nabel endet. Ich ziehe Jeans und Mantel an und nehme, bevor ich gehe, noch mein Schwimmzeug aus der Kommode, einen neongelben Bikini, den ich im letzten Sommer gekauft, jedoch nie getragen habe, weil mich ein verheirateter Mann, den ich im Internet aufgegabelt hatte, sitzengelassen hat. Wir hatten für die allerersten Frühlingstage ein romantisches Wochenende in La Rochelle gebucht. Am Tag vor der Abreise sagte er alles ab, um zu Frau und Kindern zurückzukehren, in sein Haus auf dem Land in Trifouillis-les-Oies, glaube ich. Vielleicht auch in Perpète-les-Oies, ich weiß es nicht mehr.

Ich stecke also den neongelben Bikini in die Tasche und mache mich, alberne, aber mitreißende Melodien pfeifend, auf den Weg zur Arbeit.

Über Paris gleißt ein blauer Himmel, auch davon wird mir warm ums Herz. Im Hof unseres Hauses schwatzt

Madame Cottard, die man nie ohne ihre von Hautgeschwüren halb kahl gefressene alte Pinscherhündin sieht, mit einem Schwarzen, groß, mit edlem Kopf und sehr elegant in dem mausgrauen Overall der Angestellten der Stromversorgung. Ich muss gleich an Léo denken. Idiotisch, aber so ist es eben.

Am Boulevard Richard-Lenoir scharen sich Afrikaner in bunten Gewändern um einen Stand mit Fäustlingen, Palästinensertüchern und dicken Mützen. Auch hier kann ich nicht anders, ich denke an Léo.

Noch ein Stückchen weiter steht ein völlig normal wirkender Schwarzer vor dem Darty-Markt und wird von zwei Polizisten kontrolliert, die genauso schwarz sind wie er. Es wird zur Obsession. Ich sehe überall Schwarz. Ich bin so verwirrt, dass ich die Straße überquere, um auf der anderen Seite weiterzugehen.

11

Meine Jungs sind schon am Werk, als ich in meinem Laden ankomme. Wir begrüßen uns mit einer vagen Handbewegung. Ich gehe ins Hinterzimmer, öffne meinen Sarg, hänge meinen Mantel an die Stange und tausche meinen rosa Pulli gegen eine weiße Bluse und die Jeans gegen mein kleines schwarzes Trägerkleid. Dann gehe ich zum Schreibtisch und fahre den Computer hoch. In meiner Mailbox sind zwei Nachrichten: eine vom Krankenhaus Tenon, eine von Lariboisière: zwei Leichen abzuholen. Eine Obdachlose, die auf dem Vorplatz des Gare de Lyon erfroren ist, und ein im Lüftungssystem des Centre Pompidou ersticktes Roma-Kind.

Leichen der Saison, wenn man so will.

Ich rufe Abdelmoumen, damit er sich um das Nötige kümmert. Der ruft Arthur, der jeden Tag ein bisschen krummer geht, Marcel, der immer adrett ist wie ein Hengst auf der Landwirtschaftsschau, und Lucas und Georges, die gerade mit Blumengießen fertig sind, und alle vier steigen in den vor dem Laden geparkten Leichenwagen.

Sie sind kaum außer Sichtweite, da betritt Hubert mein Büro, ganz lässig und mit strahlendem Lächeln. Ein bisschen zu strahlend für meinen Geschmack. Er behauptet allen Ernstes, rein zufällig in die Gegend geraten zu sein.

Amüsiert erwidere ich: »Wir haben uns mehr als zehn Jahre nicht mehr gesehen, und jetzt sehen wir uns an zwei Tagen gleich zweimal. Ziemlich viel für einen einzelnen Zufall, findest du nicht?«

Er kratzt sich den Nacken und gibt zu, dass an seinem Besuch nichts Zufälliges ist. Er hat den Weg zu mir auf sich genommen, damit ich ihm von Leïla erzähle, denn seit sie sich in der Nacht getrennt hätten, vergehe keine Minute, in der er nicht ihr Bild vor Augen habe. Die reinsten Halluzinationen. Er sehe sie überall: auf den Werbebildern hinten auf den Bussen, als Schauspielerin in einer Serie, an der Decke seines Wohnzimmers, wenn er auf dem Sofa sitze, als normannische Bäuerin auf der Schachtel seines Lieblings-Camemberts, als Nutte in schwarzem Latex, wenn er über den Place Pigalle gehe. Er macht mit der Faust eine kreisende Bewegung über seinen Bauch, um zu veranschaulichen, wie Leïla seine Eingeweide aufgewühlt hat, und fügt hinzu: »Selbst als ich in meine Frau verliebt war, ist mir so was nicht passiert. Hast du so was je erlebt?«

»Bushecks und Camembertschachteln noch nie. Die Zimmerdecke manchmal.«

Ich lade ihn zu einem Kaffee im Hinterzimmer ein. Ich öffne meinen Sarg und hole aus dem kleinen Versteck, das ich hinter dem Brett für die Schuhe gebastelt habe, zwei Volluto-Kapseln. Während der Nektar aus der Maschine in unsere Tassen rinnt, bleibt Hubert stocksteif wie ein Gehenkter vor meinem Sarg stehen.

Lächelnd frage ich: »Macht dir meine Garderobe so viel Angst?«

Er nickt und stammelt, der Tod habe ihm immer Schauer

über den Rücken gejagt. Ich halte ihm seinen Kaffee hin, er entspannt sich und lächelt so schief, dass er aussieht wie ein kranker Affe.

Zu Leïla also.

Alles. Er will alles über sie wissen. Ihre Hobbys, ihre Phobien, ihre Vorlieben, ihre Abneigungen, ihre Träume, ihre Albträume, ihre Fantasien, welche Art Mann sie bevorzugt, damit er bei ihrem nächsten Treffen bloß keinen Fehler macht, denn er ist sich sicher, sie ist die Frau seiner künftigen Tage und Nächte. Abschließend erklärt er, Leïla und er, das sei wie eine Erleuchtung, wie in den Kitschromanen, die seine Frau gelesen habe, als sie noch gemeinsam in Urlaub gefahren seien. Ein Mann, eine Frau, die sich Hals über Kopf verlieben, und es ist Liebe, echte Liebe. Ich, die ich nie die geringste Sympathie für ihn hatte, empfinde plötzlich so etwas wie Empathie, fast sogar Verschworenheit, denn auch für mich wäre mein Geburtstag ein hübsches erstes Kapitel eines Liebesromans. Die Junggesellin wider Willen, die sich ebenso widerwillig zu ihrer Geburtstagsparty begibt. Die ihren herrenlosen Hintern auf ein rotes Samtsofa setzt und sich mit Champagner betrinkt, um zu vergessen, dass sie nichts mehr von der Liebe erwartet, und plötzlich das Wunder: Ein in unendliches Dunkel getauchter schöner Kerl taucht auf. Léo, er ist schwarz, und er ist dreißig, wie sie. Sie, sie heißt Adèle, sie hat einen Teint wie eine Kerze, und sie fühlt sich seit unendlich langer Zeit nicht mehr wohl in ihrer Haut.

Zu zweit sind sie die Vereinigung der Gegensätze.

Und außerdem?

Überlässt sie ihm ihre Füße, die er mit einer Zartheit massiert, die sie nie vergessen wird.

Und außerdem?

Ist sie vom Blitz der Liebe getroffen, und alle künftigen Kapitel müssen noch geschrieben werden.

Hubert geht hin und her, von meinem Schweigen genervt, auch er nur ein halber Mensch, und wie einen Hilferuf richtet er die Bitte an mich, Leïlas Persönlichkeit möglichst genau zu umschreiben, damit er alle Trümpfe in der Hand hat. Ich gebe nach, aber zuallererst frage ich ihn, ob sie ihm von ihrem Job erzählt hat.

Hubert nickt eifrig.

»Und du bist nicht schockiert?«

»Visagistin, daran ist doch nichts Abschreckendes. Sie hätte sich ja auch wie du aufs Leichengeschäft verlegen können.«

Am liebsten würde ich ihn sofort wegschicken, aber um meiner Freundschaft mit Leïla willen beherrsche ich mich. Ich will keine weitere Minute mehr an ihn verschwenden. Ich komme gleich auf den Punkt. Leïlas Haupteigenschaft sei ihr großes Herz. Ich öffne meine Arme so weit wie möglich. Ein riesiges Herz. Ihr Hauptfehler: Sie sei durchgeknallt und verrückt. Eigentlich nur verrückt.

Ja, das habe er schon im Cabaret sauvage geahnt, als sie auf einen Tisch gesprungen sei, um einen orientalischen Tanz aufzuführen. Als sie da so den Bauch, die Hüften und den Po habe kreisen lassen und sich unter dem Jubel eines aufgeheizten Publikums mit ihren Händen ins rabenschwarze Haar gegriffen habe, das habe ihn zugleich hingerissen und beunruhigt. Sie sei in Trance gewesen, wie an ein Atomkraftwerk angeschlossen. Sein Gesicht wird plötzlich düster, er senkt den Kopf und fragt: »Mal ehrlich, glaubst du, ich könnte ihr gefallen?«

»Leïla hat keinen ›Typ‹. Sie nimmt sich, und sie wirft weg. Ihrem letzten Verehrer ist es schlecht ergangen. Nach einem Monat hat sie ihm den Laufpass gegeben. Dabei sah er gut aus. Ohne dich verletzen zu wollen, aber besser als du. Rein äußerlich, meine ich. Man hat ihn am Pont Tolbiac aus der Seine gefischt. Ich habe mich um seine Beerdigung gekümmert.«

»Machst du Witze?«

»Armer kleiner Hubert, wenn du verliebt bist, könnte man dir jeden Bären aufbinden. Dann bist du richtig süß.«

Ich tippe auf das Ziffernblatt meiner Uhr, um ihm zu bedeuten, dass die ihm zugemessene Zeit abgelaufen ist und ich keineswegs die Absicht habe, eine Zugabe zu spielen.

In diesem Augenblick kommt Georges herein und zeigt mit dem Kinn auf einen bereits in Trauerkleidung steckenden Kunden, der ratlos seinen Rollstuhl durch den Ausstellungsraum steuert.

Beim Abschied bittet mich Hubert noch, Leïla nichts von seinem Besuch zu erzählen.

Ich nicke, dann schüttele ich den Kopf und antworte schließlich: »Mal sehen.«

12

Die Januarkälte hat eine Menge von einzelnen Frauen, einzelnen Männern, gemischten und ungemischten Paaren vor die Pforten der Thermes du Paradis getrieben. Ich stecke zwischen einem Mädchen-Mädchen-Paar und einem kleinen Herrn, der seine Glatze unter langen, von Ohr zu Ohr gekämmten Strähnen zu verbergen versucht. Als er am Tresen der Empfangsdame, einer jungen Asiatin in lachsfarbenem Baumwollkittel, ankommt, drückt er sorgfältig eine von einem tückischen Luftzug verwehte Strähne wieder an ihren Platz und sagt: »Guten Abend, Chan. Wie gewöhnlich, die Behandlung Entspannung in Marrakesch.«

Dann lehnt er sich vor und flüstert, er habe morgens angerufen, um Léo zu buchen.

Die Empfangsdame schaut auf den roten Post-its nach, die ihren Tresen umrahmen: Ja, er hat Léo gebucht. Sie holt unter dem Tresen einen Weidenkorb hervor und legt einen blauen Frotteebademantel, zwei Badetücher, einen Luffahandschuh und eine kleine Packung mit schwarzer Flüssigseife hinein, dann reicht sie ihm ein Gummiarmband mit der Nummer seines Kleiderspinds.

Der kleine Herr holt eine Kreditkarte aus seinem Portemonnaie und gibt seine Geheimnummer ein.

»Der Nächste bitte!«

Der Nächste ist eine Nächste. Die Empfangshostess wirft einen flüchtigen Blick auf den Bildschirm ihres Computers. Die Reservierung, die ich letzte Nacht vorgenommen habe, ist richtig eingetragen worden.

Aber es gibt ein Aber: Ich habe nicht genau angegeben, welche Art Behandlung ich haben will. Ich zögere kurz, entscheide mich dann wie mein Vordermann für die Entspannung in Marrakesch, ohne zu wissen, was das eigentlich ist, und füge hinzu, ich sei gekommen, um von Léo massiert zu werden.

So leid. Es tut ihr so leid. Léo, dessen fachkundige Hände dem Hamam zu seinem guten Ruf verholfen haben, ist den ganzen Abend ausgebucht. Als Ersatz schlägt sie mir Zina vor, die früher zu den besten Masseurinnen im privaten Hamam des Königs von Marokko gehört habe. Angesichts meiner großen Enttäuschung ahnt sie, dass ich drauf und dran bin, einfach kehrtzumachen, und geht in den kleinen Teesalon neben dem Empfang, um dort mit einem Mann zu sprechen, seine Haut ist kupferfarben, er trägt eine silberbestickte weiße Dschellaba. Offenbar der Chef.

Nachdem die Verhandlungen beendet sind, geht sie wieder hinter ihren Tresen und bietet an, mich auf die Warteliste zu setzen, wenn ich ein wenig warten wolle. Manchmal sage ein Kunde in letzter Minute ab, dann sei ich die Erste, die an seinen Platz käme.

Ich nehme das Angebot mit unverhohlener Freude an.

Doch schon zieht sie wieder ein besorgtes Gesicht. Bei der Entspannung in Marrakesch werde die Haut mit synthetischem Luffa massiert und das Massageöl sei nur ein Arganöl-Ersatz; zudem dauere die Massage nur eine Viertelstunde.

Sie seufzt bedauernd.

»Was will man machen, für fünfzig Euro bekommt man nicht das Paradies.«

Aber es gebe durchaus eine Möglichkeit, die Massagezeit zu verlängern, doch dann müsse ich mich für die Bio-Behandlung Entspannung im Paradies entscheiden. Dabei würde meine Haut mit fein gemahlenen Kichererbsen aus biologischem Anbau gepeelt, und zwar mittels eines Handschuhs aus Bio-Luffafasern, und dann würde ich dreißig Minuten mit einem nach – natürlich ebenfalls biologisch erzeugten – Orangenblüten duftenden Mandelöl massiert. Das Ganze für nur hundertdreißig Euro.

Ich muss schlucken, ich halte sie und ihren Chef für ausgemachte Gauner, und während ich wütend meine PIN eingebe, packt sie einen rosa Frotteebademantel, Badetücher, einen Luffahandschuh und ein Tütchen gemahlene Kichererbsen in meinen Korb. Sie gibt mir noch ein Gummiarmband mit der Nummer vierundfünfzig, und ich folge dem Lichtpfeil, der die Richtung zur Frauen-Umkleide weist.

Ich räume meine Kleider in den Spind, nehme den Korb mit den Badesachen und gehe durch einen gebogenen Gang. Er ist gesäumt von Kerzen und Duftlampen, die herrliche Jasmindämpfe verströmen, und mündet in einen Innenhof, dessen Wände Darstellungen des Paradieses zieren, wie die Moslems es sich vorstellen. Ein wirklich himmelblauer Himmel, ein Teppich aus unendlichem Grün, Bäche von sprudelndem Wasser, von Milch und Honig. Und Palmen, in deren riesigen Schatten schwerbrüstige Odalisken ruhen.

Ich hänge Bademantel und Weidenkorb an eine Garderobe und umrunde auf der Suche nach dem Massagesalon den Patio. Halb nackte Männer und Frauen liegen plaudernd in Liegestühlen, andere entspannen sich in lasziven Posen auf heißen Fliesen. Im Kaltwasserbecken, durch dessen Glasdach das Dunkel der Nacht und die Sterne zu sehen sind, schwimmen zwei Männer, die nach jedem Stoß laut röchelnd Luft holen. Neben den vom warmen Wasserdampf vernebelten Duschen steht auf einem gerade noch lesbaren Schild, dass sich die Ruhe- und Massageräume im Untergeschoss befinden. Am liebsten würde ich die Peeling-Etappe wegzappen, um gleich zur Massage zu gelangen, aber das geht nicht. Es gibt ein Protokoll, das eingehalten werden muss. Erstens: Dampfbad. Höchstens zwanzig Minuten. Zweitens: Peeling. Drittens: Dusche und Schwimmbad. Viertens: Ruheraum. Fünftens: Massage.

Eine Angestellte, deren Gesicht, T-Shirt und Dreiviertelhose vor Wasser triefen, will mein Gummiarmband; sie wird mich mit der Spindnummer aufrufen, wenn ich gepeelt werden soll. Ich gebe ihr das Armband und trete ins Dampfbad ein.

Eine starke, nach Eukalyptus riechende Hitze packt mich bei der Gurgel, ich schwanke und setze mich auf eine Keramikbank zwischen das Mädchen-Mädchen-Paar und eine auf dem Rücken liegende Frau, die mit halb geschlossenen Augen und nackter Brust in ihrem Schweiß badet. Man könnte sie glatt für tot halten. Die feuchte Hitze dringt in Wellen aus den Öffnungen im Boden: Meine Glieder werden schwer. Mein Körper wird weich, ich lasse mich langsam auf den Rücken sinken und lege die rechte Hand aufs Herz; es klopft wild. Neben mir raunt sich das Mädchen-Mädchen-Paar zärtliche Worte zu, und das ist schön.

»Vierundfünfzig!«

Die Angestellte muss meine Nummer zweimal wiederholen, um mich aus meiner angenehmen Betäubung zu wecken. Ich gehe zur Garderobe zurück, hole meinen Korb und lasse mich in den Peeling-Raum führen.

Wir liegen hier zu mehreren Frauen und Männern auf dem Bauch, reglos ausgestreckt auf den weiß gekachelten Tischen. Die Matrone, mit der ich es zu tun bekomme, ist alt genug, um Enkel zu haben, dennoch strotzt sie vor männlicher Kraft. Sie paniert meinen Körper mit den gemahlenen Kichererbsen und macht sich dann energisch ans Werk. Frottiert Rücken, Nacken, Arme, Schenkel, Schenkelinnenseiten, Fußsohlen. So viel zur Rückseite. Jetzt kommt dasselbe mit der Vorderseite: Schultern, Arme, Handgelenke, Hände, Finger. Wegen der Brust zupft sie am Träger meines Bikinioberteils, ich soll es ausziehen. Dann reibt sie mir mit demselben Schwung über die Brüste. Ich stoße kleine Schmerzenslaute aus. Doch die rühren sie nicht. Und dann Bauch, Schenkel, Knie, Waden Knöchel, Zehen. Mir ist überall heiß. Dennoch, ich wüsste nicht zu sagen, warum, aber in diesem Leid ist auch etwas Lustvolles.

Sie ist fertig mit meiner Häutung und besprengt mich mit einem kühlen Wasserstrahl, um die toten Hautzellen wegzuspülen, die mich vom Kopf bis zu den Füßen beschmutzen. Dann gibt sie mir einen Klaps auf den Po, damit ich dem Nächsten Platz mache. Mein Körper schmerzt und ist ganz rot, als ich in den Ruheraum hinuntergehe; unten an der Treppe erwartet mich eine weitere Angestellte und verlangt wieder mein Armband, damit sie mich aufrufen kann, wenn ich an der Reihe bin.

Im bläulichen Licht des Ruheraums wirkt die Haut stärker rosafarben oder dunkler braun, je nachdem. An jeder Seite des mit Bildern aus dem Orient geschmückten Raums liegen dicke schwarze Matratzen, und durch die absolute Stille gleitet eine Kellnerin, die einem muslimischen Paradies entstiegen zu sein scheint und Pfefferminztee und Honig-Makrouds anbietet.

Ich strecke mich auf einer der Matratzen aus. Nicht auf irgendeiner, sondern auf der, die den Massagekabinen am nächsten liegt, und von dort aus verfolge ich aufmerksam alles, was vor sich geht. Jedes Mal, wenn jemand aus einer der Kabinen kommt, führt die Angestellte einen neuen Kunden hin.

Es ist zweiundzwanzig Uhr, der Ruheraum hat sich ziemlich geleert. Wir sind nur noch zu fünft: der kleine Herr mit der ungehorsamen Haarsträhne, noch ein Kerl, der in Embryonalstellung auf seiner Matte liegt, und hinten, bei der Treppe, das Mädchen-Mädchen-Paar.

Plötzlich erscheint Léo an der Tür seiner Massagekabine, in großgeblümten Bermudas, mit nacktem Oberkörper und mit Schlappen an den Füßen. Seine Augen sind hinter einer seltsamen Brille mit getönten runden Gläsern verborgen wie hinter einer Taucherbrille. Hinter ihm kommt eine Frau aus der Kabine und rückt die Körbchen ihres Oberteils zurecht, während sie sich verabschiedet. Léo lächelt, er lehnt jetzt am Türrahmen und streckt einen Finger nach dem anderen, bis die Gelenke knacken. Die Angestellte holt den kleinen Herrn, der noch schnell seine Strähnen in Ordnung bringt, bevor er die Kabine betritt.

Ich möchte endlich mit Léo allein sein, und dennoch fürchte ich mich vor dem Augenblick. Ich frage mich, ob ich mich nicht zu rasch habe entflammen lassen, zu stark, wegen einer Kleinigkeit, denn jetzt kommt sie mir wie alte Kotze wieder hoch, meine letzte Liebesgeschichte.

Sie hatte am 21. Juni begonnen. Wie jedes Jahr hatte das *Magazine funéraire* am Tag des Sommeranfangs ein Fest im *Hotel Meurice* veranstaltet, damit die Junggesellen unter den Bestattern noch vor den Sommerferien Seelengefährten finden konnten. Ein Typ, der einen Laden gegenüber dem Friedhof von Aubervilliers betrieb, hatte mich angesprochen. Er hieß Charles. Und war am Boden zerstört, seit seine Gattin ihn wegen eines Konkurrenten sitzenlassen hatte, der mehrere Niederlassungen von Action funéraire im Großraum Paris leitete.

Charles fand Gefallen an mir. Mein Lächeln, mein Esprit, mein Plaudern, mein Umsatz – alles gefiel ihm. Fast jedenfalls. Er hatte nur einen Vorbehalt: Er fand mich ein bisschen rundlich, nicht sehr, aber doch genug, um mich darauf hinzuweisen. Und er, so niedergeschlagen, gewöhnlich und zerknirscht er war, brachte mich immerhin dazu, weitere Entwicklungen ins Auge zu fassen.

Wir hatten uns von unseren Kollegen auf die Hotelterrasse zurückgezogen, die über den Tuilerien schwebt, und uns dort mit Weißwein betrunken. Als der Alkohol zu wirken begann, küsste er mich erst auf den Nacken und dann auf den Mund. Der Form halber hatte ich mich noch geziert: »Nein, nicht so, nicht so schnell, mich muss man erst zärtlich dazu überreden, dass ich mich gehen lasse.«

Da er drängender wurde und ich auch in mir das Feuer des Begehrens aufsteigen fühlte, gab ich mich ihm hin. Es war kurz und heftig, aber es tat mir gut, weil ich schon seit Monaten keinen Sex mehr gehabt hatte.

Am nächsten Abend trafen wir uns abends wieder, um unsere Einsamkeiten an einem Restauranttisch unter dem Laub der Platanen der Buttes-Chaumont zu vereinen.

Bis dahin lief alles gut.

Doch wenn Charles mich küsste, umfasste er meine Taille und kniff mich in die Speckröllchen. Ich verfluchte mich, denn das Fett über meinen Hüften war das Werk der gezuckerten Kondensmilch und der Erdnussflips, in denen ich an besonders einsamen Abenden schwelgte.

Bis dahin lief alles noch halbwegs gut.

Um ihm zu gefallen, hatte ich mit der Dukan-Diät begonnen, Hähnchenbrust, magerer Schinken, harte Eier und stilles Wasser, so viel man wollte. Es war nie genug. Sonntagmorgens nahm er mich mit ins Stadion, um mich dort vor irgendwelchen Gazellen, die natürlich viel schneller rannten als ich, auszulachen.

Eines Sonntagmorgens war ich mit dem linken Fuß zuerst aufgestanden. Ich warf das Buch von Dukan in den Mülleimer, schmiss das Diätfutter aus dem Kühlschrank und rief ihn an, um ihm zu sagen, ich würde ab sofort auf die Diät, die Runden im Stadion, seine kleinen Demütigungen und ihn selbst verzichten. Dann ging ich zu McDonald's und bestellte einen doppelten Cheeseburger, eine Maxiportion Pommes, eine Cola und einen Milchshake.

Göttlich!

Anders lässt es sich nicht sagen, es war göttlich.

Vierundfünfzig!

Ich bekomme kaum Luft, als ich die ziemlich dunkle Massagekabine betrete. Léo zieht den Vorhang hinter mir zu, breitet ein frisches Badetuch auf der gepolsterten Liege aus und sagt, ich solle mich auf dem Bauch darauflegen, die Arme am Körper ausgestreckt.

Ich gehorche schweigend.

Er gießt sich nach Orangenblüten duftendes Mandelöl in die Handflächen und legt seine rechte Hand auf meinen rechten Schenkel.

Ich zucke zusammen, als hätte ich einen elektrischen Weidezaun berührt.

Léo murmelt sanft und ruhig: »Entspannen Sie sich. Denken Sie an nichts mehr. Vergessen Sie mich. Ich existiere nicht.«

Er legt die andere Hand auf meine Wade und streicht langsam über das ganze Bein nach oben, hin und her, hin und her. Mein Herz spielt verrückt, so verrückt, dass ich fürchte, es könnte bersten und mein Leben würde jetzt gleich in seinen Händen enden. Das andere Bein: immer ein leicht dahingleitendes Streicheln, eine Wonne. Auf meinem Rücken folgen seine tanzenden Hände meiner Muskulatur. Ich errate ein L für Liebe, noch eins für Léo und ein A für Adèle. Ich wünschte, seine Hände würden mich nie verlassen. Mein Körper lockert sich. Ich entspanne mich endlich. Er macht eine Pause, damit ich mich auf den Rücken drehen kann. Er beugt sich über mich, um mir Nacken und Schultern zu massieren. Ich sehe jedes Detail in seinem Gesicht. Seine schwarze Haut, feucht von der Anstrengung, die hohen Wangenknochen, die stumpfe Nase, die vollen Lippen, alles verzaubert mich.

Er malt die Buchstaben des Wortes Liebe auf meinen Bauch. Seine Hand streift meine, am liebsten würde ich seine Hand ergreifen und sie an meine Lippen führen, um sie zu küssen, aber wieder fehlt mir der Mut.

Er nimmt die Taucherbrille ab, die verhindert, dass ihm der Schweiß in die Augen läuft, und zum ersten Mal begegne ich seinem Blick. Es ist ein starrer, ausdrucksloser, ein leerer Blick, der Blick eines toten Fischs.

Er gießt sich noch ein wenig Öl in die Hände und macht sich wieder über meine Schenkel, die Waden und die Füße her. Mit kleinen kreisenden Bewegungen massiert er mir die Knöchel. Langsam. Sehr langsam. Die Zehen. Glied für Glied lässt er sie zwischen seinen Fingern rollen. Es ist noch außergewöhnlicher als auf meiner Geburtstagsparty. Ich kann nicht länger schweigen, er muss wissen, welche Wonne er mir bereitet, doch noch bevor ich den Mund öffne, wird sein Gesicht von einem Lächeln erhellt, er sagt: »Guten Abend, Adèle. Sie wissen es vielleicht nicht, aber ich habe Augen an den Fingerspitzen.«

Rot vor Verlegenheit stottere ich ein paar unverständliche Laute.

13

Ich gehe vor den Thermes du Paradis hin und her, klatsche in die Hände, um sie zu wärmen, und warte auf Léo.

Ich war es, die die Initiative ergriffen und ihn eingeladen hat, nach seiner Arbeit etwas trinken zu gehen. Gleich, nachdem er mich enttarnt hatte. Wir hatten eine Zeitlang verlegen geschwiegen, und dann fragte er mich, während er weitermassierte, ob mich der Zufall in den Hamam geführt habe.

Ich antwortete mit Paul Éluard, dass es keinen Zufall gebe, nur Verabredungen.

»Waren wir verabredet?«

»Wir sind verabredet, Léo.«

Und dann atmete ich tief durch und fügte, voller Stolz auf meinen Wagemut, hinzu: »Wie wär's mit einem schönen heißen Tee? Hätten Sie Lust? Ich habe nämlich große Lust auf einen Tee.«

Er auch. Unter der Bedingung, dass wir ihn anderswo als in dem kleinen Café der Thermes du Paradis trinken würden. Er fürchtete, es könne Gerede geben, man könne ihm unterstellen, er würde Kunden anwerben, um sich etwas hinzuzuverdienen. Manchmal werde er darum gebeten. Oft von Junggesellen, die zu wenig Streicheleinheiten bekämen, oder reichen Alten, die das Vergnügen der Massage auch zu Hause genießen wollten.

Léo lehnt immer ab. Nicht aus Gründen der Moral, sondern weil er, nachdem er acht Stunden ununterbrochen Menschenfleisch geknetet hat, nur noch zwei Sachen will: essen und Musik hören, um dann einzuschlafen.

Das Mädchen-Mädchen-Paar geht an mir vorbei, beide sind in einen marineblauen Dufflecoat gekuschelt. Ich hebe leicht die Hand, und sie beantworten den Gruß mit einem diskreten Lächeln, bevor sie im dichten Nebel der Nacht verschwinden.

Ich gehe vor den Thermes du Paradis hin und her, klatsche in die Hände, um sie zu wärmen, und singe laut und falsch: *»I am calling you.«* Ich habe nur diese wenigen Wörter im Gedächtnis behalten, also summe ich ergänzend »iou, iou, iou«, damit es sich auf *you* reimt.

Ich gehe vor den Thermes du Paradis hin und her, klatsche in die Hände, um sie zu wärmen, und höre hinter mir eine Stimme: *»Can't you hear me …«*

Ich drehe mich um. Er steht vor mir, groß, stark, beruhigend. Er schüchtert mich ein. Er findet es witzig, dass ich eben so falsch gesungen habe.

Ich fasse mich wieder und frage: »Kennen Sie hier im Viertel ein nettes Lokal?«

»Wir gehen zum Général. Kommen Sie.«

Mit der Spitze seines weißen Stocks sondiert er den Asphalt, um den Eispfützen und nachlässig geparkten Motorrollern auszuweichen, dabei schiebt er auch den Abfall zur Seite. Ich würde ihn gern am Arm nehmen, doch ich fürchte, er könne meinen, ich würde mich bereits an ihn klammern, also bleibe ich auf Distanz, in seinem Kielwasser, in seinem Schatten.

Nach der Rue Papillon biegen wir rechts in die Rue Lafayette ein und stehen vor der Bar du Général. Düsterer geht's nicht. An der Theke hat sich eine Reihe Saufköpfe festgesaugt; vor sich eine Reihe Biergläser, beschimpfen sie den Barkeeper, der gelangweilt gähnt und auf die Uhr schielt.

An den Tischen sieht es nicht besser aus. Keine menschliche Seele. Und dieses Licht, grau, braun, grünlich, eigentlich nicht zu bestimmen, aber ganz sicher geeignet, einem für den Rest der Woche die Laune zu vermiesen.

Léo legt die Hand an den Griff der Glastür und fragt, bevor er die Tür öffnet, ob mir das Lokal recht sei. Nein. Ich schüttle den Kopf und merke erst mit Verspätung, dass er mich ja nicht sieht. Ich bin nicht daran gewöhnt. Noch nicht.

Er wiederholt: »Gefällt es Ihnen, Adèle?«

»Es wirkt ein bisschen wie eine Kaschemme aus den *Elenden*. Wissen Sie nichts Fröhlicheres?«

»So spät am Abend ist hier im Viertel nichts anderes mehr offen.«

Ganz in der Nähe, links von uns, spiegelt sich die rote Neonschrift eines Hotels auf dem nassen Bürgersteig und verzerrt unsere Schatten. Rechts, Richtung Gare du Nord, ist alles ausgestorben, alles tot. Ich schlage vor, ein Taxi zu nehmen, bis zum Place de l'Opéra zu fahren und im Café de la Paix einen Tee zu trinken. Léo ist einverstanden. Aus reiner Höflichkeit. Das merke ich an dem verkniffenen Lächeln auf seinen vollen Lippen.

Wir warten schon fünfzehn Minuten, und immer noch

kein Taxi. Léo niest, schlägt den Mantelkragen hoch und murrt, während er heftig mit seinem Stock auf den Bürgersteig schlägt: »Die Hitze im Hamam und dann die Kälte auf der Straße, wir holen uns noch den Tod.«

Ich will gerade die Hoffnung auf das Café de la Paix aufgeben und den Général betreten, da zeigt er mit dem Finger auf den Mond und sagt, er wohne über der Bar du Général und wenn ich wolle, würde er mich gern auf ein Glas einladen, aber er müsse gleich sagen, dass er keinen Tee habe. Nur etwas Rum und Zitrone, gerade genug, um einen guten Grog zu brauen, der uns aufwärmen würde.

Ob ich Lust hätte?

Und wie.

Ein Taxi rollt langsam auf uns zu, hält, der Fahrer lässt die Scheibe herunterfahren, doch ich winke ihn energisch weg, soll er anderswo auf Kundenfang gehen.

14

Léo schließt die Tür hinter mir. Ich stehe im Dunkeln, völlig reglos, die Dunkelheit ist für mich beängstigend und aufregend zugleich. Mein Herz hängt irgendwie verkehrt in der Brust, es schlägt, dann nicht mehr, ich weiß es auch nicht. Hinter mir spüre ich seinen warmen regelmäßigen Atem. Er legt mir unbefangen die Hand auf die Schulter. Ich zucke zusammen, er sagt: »Ich höre Sie nicht mehr, Adèle. Alles in Ordnung?«

»Die Dunkelheit, ich bin nicht daran gewöhnt.«

Er lacht, dann drückt er auf den Schalter, und es ward Licht, wie es in der Bibel heißt.

Bei Léo ist alles winzig, aber sauber und aufgeräumt. In einer Ecke des Apartments sind eine Dusche und das WC untergebracht, in einer anderen eine Kochnische mit Edelstahlspüle, Schränken, einer Kochplatte und einem kleinen Kühlschrank, auf dem ein Wasserkocher und eine Mikrowelle stehen. Auf dem Boden der Fernseher und ein CD-/DVD-Player. Den verbleibenden Platz teilen sich ein kleiner weiß beschichteter Pressspan-Kleiderschrank, ein schmales Bett, zwei nicht zusammenpassende Stühle, ein runder Bistrotisch und ein gemütlicher orangefarbener Sessel. An der weiß verputzten Wand ein Poster, auf dem vor schneebedeckten Bergen eine Bernhardinerhündin ihren Wurf Welpen umsorgt. Was die Aussicht betrifft, so bietet ein rechteckiges Dachfensterchen den direkten Blick zum lieben Gott.

Ich schaue mir noch einmal die Bernhardinerhündin und ihre Jungen an und kann ein gerührtes Lächeln nicht unterdrücken. Ich frage ihn, ob er Hunde liebt.

»Hunde? Warum fragen Sie mich das?«

»Das Poster.«

Er schüttelt verstimmt den Kopf und seufzt: »Diese Schufte, da haben sie mich schön drangekriegt.«

Und dann lacht er darüber, dass man ihn übers Ohr gehauen hat.

Zwischen Weihnachten und Silvester hatten zwei Leute von der Straßenreinigung bei ihm geklingelt. Gegen ein Neujahrsgeschenk von zehn Euro würden sie ihm auch ein Poster schenken. Léo entschied sich für eins von Bruce Springsteen, seinem Lieblingssänger. Für einen weiteren Euro hatten sie es mit Heftzwecken über seinem Bett befestigt. Ich versuche, mein Lachen über diesen schlechten Streich zu unterdrücken, doch es gelingt mir nicht lange, und ohne es zu merken, als wäre es ganz selbstverständlich, gehen wir zum Du über.

Léo hängt meinen Mantel auf einen Kleiderbügel in seinem Schrank, krempelt die Ärmel hoch und füllt den Wasserkocher mit Leitungswasser. Ich biete ihm meine Hilfe an. Er lehnt ab. Ich lasse nicht locker. Das nervt ihn. Er bittet mich nachdrücklich, mich in den Polstersessel zu setzen und ihn allein werkeln zu lassen.

Ich sehe ihm dabei zu.

Er holt eine Zitrone aus dem Kühlschrank und schneidet sie auf dem Tisch mit einem langen Messer in exakt gleiche Viertel. Seine Gesten sind sicher, knapp, präzise. Er öffnet den Schrank, nimmt zwei Tassen und stellt sie auf den Tisch, dann greift er zur Rumflasche, die er mit einem raschen Tasten unter Öl- und Essig- und diversen anderen Flaschen ausfindig macht. Er gießt eine ordentliche Portion Rum in jede Tasse, dann dreht er sich um, nimmt den Wasserkocher und schüttet heißes Wasser auf den Rum. Ohne dass ein einziger Tropfen danebengeht. Ich bin platt. Er zieht einen Stuhl heran und setzt sich neben mich. Ich presse eins der Zitronenviertel in die Grogs und lasse meine Tasse gegen seine klingen.

Er trinkt einen kleinen Schluck, entspannt sich, indem er seine langen Beine ausstreckt und sich auf seinem Stuhl zurücklehnt, und fragt: »Wolltest du mich aus einem besonderen Grund sehen?«

»Ich fand, wir waren ein bisschen überstürzt auseinandergegangen. Ich dachte, wenn ich dich nicht bald wiederträfe, wärst du nur noch eine Erinnerung an meinen Dreißigsten.«

»Ich wollte dich auch gern wiedersehen, aber ich hatte nicht den Mut, Étienne um deine Telefonnummer zu bitten.«

»Hättest du aber haben sollen. Ich habe ja auch den Mut aufgebracht, zu dir zu kommen.«

»Früher, als ich noch alles im Auge behalten konnte, war ich ziemlich forsch, was Frauen anging … Aber jetzt.«

Ich trinke hintereinander zwei Schlucke Grog, er ist stark, er brennt am Gaumen und in der Kehle, aber er wärmt von innen. Ich sehe ihn an, mit jeder Minute gefällt er mir ein bisschen besser. Wenn ich ein Kerl wäre, ein echter, würde ich nicht lange fackeln, ich würde ihm meine Hände fest auf die Schultern legen, ihm in die Augen sehen und voller Selbstvertrauen sagen: »Ich habe Lust auf dich. Und du hast auch Lust auf mich, das spüre ich. Wir haben schon genug Zeit verloren. Los.«

Und dann hätte ich ihn an mich gepresst und ihm einen Guinness-Rekord-verdächtigen Zungenkuss verpasst. Aber ich bin nur Adèle Reverdy, also sehe ich ihn weiter an. Als wollte ich dieses anscheinend nicht enden wollende verlegene Schweigen brechen, frage ich ihn, wie lange er schon nichts mehr sieht. Er nimmt seine dunkle Brille ab, fährt sich mit der Hand über die Lider, fixiert mich mit seinem toten Blick und sagt: »Seit zwei Jahren.« Er setzt die Brille wieder auf und tastet auf der Sessellehne nach meiner Hand. Ich gebe sie ihm, und er sagt: »Magst du den Zirkus?«

»Den Zirkus? Warum fragst du mich das?«

»Weil ich Trapezkünstler war. Ich war der Schwarze Engel, der fliegende Verrückte vom Zirkus Amar.«

Jeden Morgen eine andere Stadt, jeden Abend ein anderes Publikum. Und hoch oben schwang sich Léo von einem Trapez zum anderen und machte einen Salto nach dem anderen, zweifache und dann sogar dreifache Saltos vorwärts.

Den Hang zur Akrobatik hatte er von jeher im Blut gehabt. Als kleiner Junge kletterte er auf das Dach des Hochhauses mit Sozialwohnungen in Gentilly, wo er wohnte, und schlug auf einer schmalen Brüstung dreißig Meter über dem Erdboden Rad oder machte einen Spagat oder sonstige Faxen, um den anderen Jungs zu imponieren. Später machte er auf demselben schmalen Sims Streck- und Bücksprünge oder lief dort auf den Händen, um den Mädchen zu imponieren. Je unverfrorener er dem

Tod eine lange Nase zeigte, desto stärker stieg ihm das Adrenalin zu Kopf und desto mehr Spaß hatte er dabei.

Mit achtzehn Jahren meldete er sich an der Zirkusschule in Rosny-sous-Bois an, zum großen Kummer seiner Mutter, einer senegalesischen Immigrantin, die ihren Sohn gern als Arzt oder Anwalt gesehen hätte, eben als jemanden, den man mit »Herr« anredet. Drei Jahre später ging er als bester Trapezkünstler seines Jahrgangs ab und schloss sich dem berühmten Zirkus Amar an.

Der Beginn eines schönen Lebens.

Er, der nie aus seiner Vorstadt herausgekommen war, reiste im gelb-roten Zirkuswagen kreuz und quer durch Europa. Er wurde immer kühner, seine Nummern immer ausgefeilter, und es begeisterte ihn immer mehr. Er bestand sogar darauf, ohne Netz zu arbeiten. Er wollte sich keine Grenzen mehr setzen.

Eines Sommertags baute der Zirkus sein Zelt auf der Festwiese von Reuilly am Bois de Vincennes auf. Es war schon länger als zwei Jahre her, dass er seine Mutter und die Kumpel aus dem Viertel gesehen hatte. Er würde dafür sorgen, dass ihnen die Augen übergingen, er würde ihnen zeigen, dass aus dem halsbrecherischen kleinen Racker auf dem Sims des Hochhausdaches, der das Volk jubeln ließ, inzwischen einer der größten Trapezkünstler geworden war.

Am Abend kamen seine Mutter und eine ganze Delegation der Freunde aus Gentilly in die Vorstellung, um seine Kunststücke aus der ersten Reihe zu verfolgen. Als Monsieur Loyal verkündete, nun würde der unvergleichliche, der herrliche, der tollkühne Schwarze Engel die Manege betreten, um eine Nummer vorzuführen, die sich auf immer ins Gedächtnis eines jeden Bewunderers der Trapezkunst einbrennen würde, wurde lautstark applaudiert, und dann, als wäre es gar nicht anders möglich, trat Stille ein, als er in seinem schönen strahlenden Anzug erschien.

Er überreichte seiner Mutter das goldbestickte schwarze Cape und kletterte anschließend mit nacktem Oberkörper am Seil hoch, und zwar nur mit der Kraft seiner Arme. Als er die richtige Höhe erreicht hatte, griff er nach dem Trapez und vollführte eine akrobatische Figur und Verdrehung nach der anderen.

Das Publikum fand es toll.

Er machte zwei Saltos vorwärts. Das Publikum verlangte nach mehr. Es folgte ein dreifacher Salto vorwärts. Plötzlich richtete er sich auf der Trapezstange auf und legte die Hand aufs Herz. Monsieur Loyal verlangte absolute Ruhe, denn zum ersten Mal wolle der Schwarze Engel einen vierfachen Salto vorwärts wagen.

Léos Kehle ist trocken geworden, seine Tasse ist leer, ich gebe ihm meine. Er trinkt den Grog, er ist kalt, aber das ist ihm egal, er ist nicht mehr hier bei mir. An diesem Punkt der Erzählung ist er allein auf seinem Trapez und schickt sich an, die Gesetze der Schwerkraft herauszufordern. Dabei denkt er: Ich mache diesen vierfachen Salto nicht vorwärts, sondern rückwärts. Ich möchte Maman imponieren, meinen Kumpels, der ganzen Welt.

Trommelwirbel. Alle hielten den Atem an. Um Schwung zu holen, wiegte sich Léo mit der Kraft seines Bauchs, seiner Schultern, seiner Schenkel und seines Kreuzes vor und zurück. Sobald er die Sterne in Reichweite sah, sprang er ab.

An den Rest kann er sich nicht mehr erinnern. Nach einem Monat wachte er aus dem Koma auf, mit gebrochenem Kiefer und vernebelter Sicht. *The show must go on*, der Zirkus Amar zog in andere Städte weiter, zu anderen Zuschauern, anderen Trommelwirbeln, und ließ Léo auf dem schmalen Krankenhausbett zurück.

Wenn ihn die Melancholie überwältigte, legte er seiner Mutter den Kopf auf die Schulter wie einst als Kind und weinte um sein früheres Leben.

Tag für Tag wurde seine Sicht schlechter, der Horizont rückte immer näher und verharrte schließlich auf Armeslänge. Und eines düsteren Morgens fiel der Vorhang ganz. Er wollte sterben, denn blind werden heißt keinen Sonnenaufgang mehr sehen, nicht mehr die Farbe des Himmels, der Jahreszeiten und der Blumen. Blind werden heißt sich nicht mehr im Spiegel betrachten können, nicht mehr wissen, ob man schön oder hässlich ist, es heißt, in einer absoluten Leere leben, weil nichts mehr den Blick auffängt. Blind werden heißt in den Augen seiner Mutter kein Gefühl, kein Lächeln, keine Trauer, keine Tränen mehr erkennen können. Blind werden heißt ein Behinderter sein, der sich hundertmal an den Wänden seines Zimmers stößt. Blind werden heißt seine Freunde einen nach dem anderen verlieren und vor allem die Frau, die man geliebt hat, um schließlich in tiefster Einsamkeit zu leben.

Ja, er hat sterben wollen, weil ein Leben ohne Augenlicht kein Leben mehr ist.

Er wischt sich eine Träne ab, die ihm über die Wange rollt, und fügt nach langem Schweigen hinzu: »Ich fühle mich in deiner Gegenwart wohl, Adèle. Ich fände es schön, wenn wir Freunde würden.«

Ich presse seine Hand an mein Herz und schließe die

Augen, während ich sage: »Du hast mir vom ersten Augenblick an gefallen. Es ist das erste Mal, dass ein Mann eine solche Wirkung auf mich hat. Ich habe nur deshalb den Mut, so offen zu dir zu sprechen, weil du mich nicht sehen kannst und ich rot werden kann, ohne deshalb verspottet zu werden. Und du, Léo, empfindest du etwas für mich?«

Er zieht mich an sich. Wir sind Gesicht an Gesicht, Nase an Nase. Er schließt mich in die Arme und küsst mich, wie mich kein Mann je geküsst hat.

15

Als ich aufwache, habe ich eine Mordsmigräne, und Léo ist nicht mehr da. Mit weichem Bleistift hat er im Zickzack auf die Kühlschranktür geschrieben: Falls du mich wiedersehen möchtest – und dann die zehn Ziffern der Telefonnummer der Thermes du Paradis, die ich mir sofort einzuprägen versuche. Dann spritze ich mir Leitungswasser ins Gesicht, um meine Erinnerungen an die Nacht zu sortieren. Sie kommen in Bildfetzen zurück.

Nach unserem ersten Kuss hatten wir uns noch lange umarmt gehalten. Dann tranken wir den Rest Rum direkt aus der Flasche, und das löste meine Zunge. Ich gestand ihm, er sei der schönste Mann, der mir je in die Arme geraten sei, und bei ihm fühle ich mich nicht unsicher, weil er mich nicht sehen könne. Er antwortete mir, er könne zwar nicht mehr nach dem Augenschein beurteilen, aber sein Beruf habe ihn gelehrt, die Seele des Körpers zu erkennen.

Sobald er die Hand auf eine Schulter, einen Schenkel oder einen Bauch lege, wisse er, ob er es mit einer Ängstlichen, einer Nervensäge, einer Abenteuerlustigen oder einer Glücklichen zu tun habe. Bei mir habe er die Haut einer Melancholikerin gespürt und eine einsame Seele, was nicht schwer zu erraten gewesen sei, schließlich sei er selbst melancholisch und einsam.

Ich erinnere mich noch, dass um elf Uhr abends mein Handy klingelte. Da ich schon, vom Rum beschwipst, im Schwebezustand war, ließ ich es klingeln.

Ich erinnere mich, dass Léo den CD-Spieler anstellte und wir zu »Born in the USA« tanzten, bevor wir zu seinem Bett schwankten. Seine Finger wanderten über meinen Nacken, mein Haar, meine Lider, meine Stirn, meine Schläfen, meine Nasenspitze, und als sein Zeigefinger meine Lippen streichelte, sagte er: »Schließ die Augen und nutze deine anderen Sinne. Du wirst eine unglaubliche Welt entdecken.«

Ich schloss die Augen, und er nahm mich in eine Welt mit, die ich mir nicht hatte vorstellen können.

Ich räume ein bisschen auf, wische hier und dort etwas weg, gehe kurz mit dem Besen durch das Apartment. Ich werfe die Leiche der Rumflasche, die noch auf dem Nachttisch liegt, in den Abfall. Ich gehe an den Schrank, um die Bettwäsche zu wechseln, und als ich zwei Laken aus dem obersten Fach nehmen will, bemerke ich ein innen an die Schranktür gepinntes kleines gelb-rotes Werbeplakat des Zirkus Amar. Zu sehen sind darauf ein weißer Clown mit seinem dummen August, Jongleurinnen in total kitschigen, strassbesetzten Bodys, ein Messerwerfer mit Texashut, ein Elefanten-Dompteur, an dem nur der Turban indisch ist, ein Bärenführer und Monsieur Loyal in Smoking und Zylinder. Und ganz vorn Léo in einem schimmernden Anzug neben einem jungen Mädchen, das sich in ein mit silbernen Pailletten verziertes lila Cape gehüllt hat; zu ihren Füßen balancieren drei Seehunde Bälle auf den Nasen. Das Mädchen hat einen großen roten Mund, der dem Leben zulächelt, die goldenen Augen eines überhaupt nicht scheuen Rehs, einen hellen nordischen Teint und blondes Haar, das sie zu einem Knoten aufgesteckt hat. Fast ähnelt sie Rose.

Der verliebte Blick, den Léo ihr zuwirft, gefällt mir gar nicht, der Blick aus toten Fischaugen ist mir lieber.

Ich schließe den Schrank wieder, beziehe das Bett, und nachdem alles ordentlich ist, schalte ich mein Handy ein. Zwei Nachrichten. Der Anruf gestern Abend kam von meiner Schwester. Sie wollte mit ihrem Augenarzt ins Kino und mich dazu einladen. Die andere Nachricht ist ganz neu, sie stammt von Abdelmoumen, der sich wundert, dass ich nach zwölf Uhr mittags immer noch nicht auf meinem Posten bin.

Ich schlüpfe in den Mantel, ziehe die Tür des Apartments fest zu, eile die Treppe hinunter und sehe zu, dass ich in meinen Laden komme.

Abdelmoumen sitzt an meinem Schreibtisch, tippt auf dem Taschenrechner herum und hört dabei ernst und gesammelt den Klagen einer Kundin mit schwarzem Hidschab zu. Sie hat soeben Farida verloren, ihre gerade erst zwanzig Jahre alte jüngste Tochter. Sie schwankt zwischen Zorn und Trauer. Sie ist sauer auf ihre Tochter, die sich aus dem Fenster gestürzt hat, weil sie ihr den Umgang mit einem Urfranzosen verboten hatte, der brasilianischen Tanz unterrichtet – also in ihren Augen etwas Pornografisches. Sie schluchzt und greint, sie hoffe, Allah werde barmherzig und milde sein und Farida nicht ins Höllenfeuer schicken.

Wenn ich boshaft wäre, würde ich sagen, dass dieser

ganze Kummer etwas unecht wirkt. Aber da ich es nicht bin oder nicht sehr, denke ich es nur.

Sie möchte, dass die sterblichen Überreste ihrer Tochter nach Tunis überführt werden, damit sie bei ihren Ahnen ruhen kann.

Abdelmoumen schüttelt den Kopf. »Tunesien ist nicht so einfach, Madame. Da gibt es viele Formalitäten mit dem Konsulat und der Polizeipräfektur. Und außerdem die Auflagen der Gesundheitsämter, verplombter Sarg, Leichenwagen bis zum Flughafen, dann das Flugzeug. Warum beerdigen Sie Ihre Tochter nicht hier? Zum Beispiel auf dem Friedhof an der Rue d'Hautpoul im neunzehnten Arrondissement, das bleibt bezahlbar und ganz in Ihrer Nähe.«

Ihre Tochter auf einem Friedhof für Christen? Niemals! Notfalls würde sie ihren Schmuck verkaufen, ihre Tochter müsse auf jeden Fall in muslimischer Erde ruhen. Wieder fleht sie Allah an, ihr genug Kraft zu geben, um diese Prüfung zu überstehen. Als sie endlich merkt, dass ich hinter ihr stehe, bin ich ihr nicht einmal einen Gruß wert, stattdessen setzt sie ihr Gespräch mit Abdelmoumen auf Arabisch fort.

Ich ziehe mich auf Zehenspitzen zurück, um ihr Zwiegespräch nicht zu stören.

Es ist schon dreizehn Uhr, Arthur, mein alter misanthropischer Totengräber, sitzt auf seinem Grabstein und isst ein Sandwich mit Leberpastete. Er mustert mich mit seinem immer gleich leeren Blick und setzt ein leises Lächeln auf, das ich nicht recht deuten kann, denn es muss noch vor meiner ersten Regel gewesen sein, dass ich ihn zuletzt habe lächeln sehen. Er findet, die gute Laune stehe mir gut, und kommt sofort zu dem Schluss, dass nur die Liebe ein Mädchen so hübsch machen kann. Dann zeigt er mit dem Finger auf mein Büro, wo Abdelmoumen immer noch mit seiner Kundin verhandelt, und fragt: »Ist er der Glückliche? Wundert mich nicht. Ich sehe ihn schon lange um dich herumschleichen.« Sein Lächeln erlischt plötzlich, er senkt den Kopf und fährt tonlos, fast unhörbar fort: »Bei mir ist es fast fünfundzwanzig Jahre her, dass ich zum letzten Mal verliebt war. Sie hieß Thérèse. Du kannst dich natürlich nicht an sie erinnern, du warst noch zu klein. Du musst etwa fünf gewesen sein, wenn überhaupt.« Er steckt den letzten Bissen in den Mund, zwinkert mir zu, reibt einen Zeigefinger am anderen und setzt nach: »Also, es ist Abdelmoumen, hab ich recht?«

Just in diesem Augenblick begleitet Abdelmoumen seine Kundin mit dem schwarzen Hidschab bis auf den Bürgersteig hinaus und kommt dann munteren Schrittes auf uns zu.

Ich frage ihn mit einem Blick, wie das Geschäft gelaufen ist. Er wirft sich in die Brust und reckt den Daumen. Als er ihr den Kostenvoranschlag vorgelegt habe, sei sie gleich viel ruhiger geworden. Und schließlich habe sie den kleinen Friedhof an der Rue d'Hautpoul gar nicht so schlecht gefunden.

In meiner Jackentasche vibriert das Handy, eine SMS von meiner Schwester. Sie hat noch eine Stunde zur freien Verfügung, bevor sie ihren Dienst an der Salpêtrière antreten muss. Sie möchte mit mir im Café Charbon zu Mittag essen, dem neuesten In-Lokal an der Rue Oberkampf. Das trifft sich gut, ich habe großen Hunger, ich antworte mit einem knappen OK und hänge eine Reihe Smileys an.

16

Rose hat ihren Salat mit überbackenem Ziegenkäse, die Spaghetti Bolognese und das Tiramisu vertilgt und beäugt nun meinen Teller, auf dem ich ein paar Fritten mit Ketchupschlieren übrig gelassen habe. Rose hat immer großen Appetit, wenn sie verliebt ist. Mit Étienne erlebe sie etwas, aber wirklich etwas derart Starkes, dass sie keine Worte dafür finde. Sie könne noch so sehr in ihrem Gedächtnis graben, bis hinunter zu ihrem ersten Verehrer, niemand habe sie so überwältigt wie Étienne.

Übrigens, gestern Abend seien sie in einer Fellini-Retrospektive im Action Christine, einem experimentellen Programmkino in Saint-Germain-des-Près, gewesen. Während der ganzen Filmvorführung hätten sie Händchen gehalten und sich abgeküsst wie Teenager. Sie spricht offen von ihrem Traum, ein Happy End mit ihrem Augenarzt zu erleben, aber im Augenblick gehe sie es ganz langsam an. Dennoch, wenn sie sich dann endlich beide ihrer Gefühle sicher wären, fände sie es schön, wenn er mit ihr übers Wochenende nach Rom fahren und wie in *Dolce Vita* am Trevi-Brunnen um ihre Hand anhalten würde.

Sie errötet, fächelt sich mit der Serviette Luft zu und fragt mich: »Der Trevi-Brunnen wäre irrsinnig romantisch, oder was meinst du, Schwesterchen?«

Sie klaut mir eine Fritte und erinnert mich dann übergangslos daran, dass ich gestern Abend um zehn nicht erreichbar gewesen sei. Sie zwingt sich zu einem Lachen und setzt hinzu: »Erzähl mir nicht, du wärst schon im Bett gewesen.«

Sie ist unerträglich, wenn sie Maman nachahmt, um sich über mich lustig zu machen. Sie hat alles von ihr – das Timbre ihrer Stimme, ihre Art, die Stirn zu runzeln, das spöttische Glucksen und ihr aufgesetztes Lächeln, mit dem sie Gereiztheit signalisiert.

Ich antworte nicht. Ich sehe sie nicht an. Ich ignoriere sie. Wütend klaut sie mir noch eine Fritte und wird dann regelrecht laut: »Du bist wirklich eine echte Schlafmütze, mein armes Adèlchen. Wie willst du jemanden finden, wenn du in deinem Alter mit den Hühnern zu Bett gehst?«

Am Nachbartisch kichert jemand über seiner Lasagne. Ich werde rot vor Scham. Mühsam unterdrücke ich meine Lust, ihr den Ketchup von meinem Tellerrand ins Gesicht zu schmieren und vom Tisch aufzustehen.

Sie schweigt. Endlich.

Die Atempause hält nicht länger als der Chablis in ihrem Glas; kaum hat sie es geleert, fängt sie an, mir wegen meiner Geburtstagsfeier zuzusetzen. Davon hat sie sich immer noch nicht erholt. Übrigens habe sie mich genau deshalb zum Mittagessen eingeladen, um ihrem Ärger Luft zu machen. Da habe sie das alles organisiert, damit ich endlich locker wäre, tanzen würde und bestenfalls den Mann fürs Leben fände oder doch wenigstens einen für eine Nacht. Stattdessen hätte ich mit dem Hintern an einem roten Samtsofa geklebt, endlos mit diesem Léo gequatscht und mir auch noch die Füße von ihm streicheln lassen.

Ich gehe wieder ins innere Exil, damit dieses Mittagessen nicht zu einer Abrechnung wird, und das macht sie noch wütender.

Sie tätschelt mir die Hand, ihr Ton wird schärfer: »Glaub mir, es hat Gerede gegeben. Ich will dir lieber nicht sagen, was über dich geredet wurde. Fast könnte ich es bedauern, dass ich ein kleines Vermögen in deinen dreißigsten Geburtstag gesteckt habe.«

Es ist so weit, sie hat sich alles vom Herzen geschimpft. Endlich lässt die Spannung nach.

Ihr Handy läutet lieblich: eine SMS. Während sie sie liest, schwebt ein schüchternes Lächeln um ihre Lippen. Die Nachricht ist von Étienne, er will sich heute Abend mit ihr in den Thermes du Paradis treffen. Sie ist jetzt schon begeistert, weil sie sich so erschöpft und überall verspannt fühlt. Der Stress, ihre Arbeit im Krankenhaus und ich, die ich sie zur Verzweiflung bringe, all das trägt zu ihrem vorübergehenden Unwohlsein bei. Sie möchte, dass ich mitkomme, denn sie findet, ich sehe ein bisschen angegriffen aus, da wäre eine gute Massage genau das Richtige. Ich antworte mit einem bestimmten und entschiedenen »Nein«.

Sie lässt nicht locker und verspricht, wir würden noch vor Beginn der Ausgangssperre wieder zu Hause sein.

Sie lacht über diesen kleinen Scherz, den niemand außer ihr lustig findet.

Wir müssen los, der Kellner bringt die Rechnung, sie zahlt, wir verlassen das Lokal, und sie will mich noch zu meinem Laden fahren.

Und kassiert wieder eine Ablehnung.

Ich will lieber zu Fuß gehen und in vollen Zügen die

verpestete Luft der Pariser Straßen einatmen, um auf andere Gedanken zu kommen. Sie küsst mich und entschuldigt sich für ihre spontanen Wutanfälle, die sie einfach nicht unter Kontrolle habe.

Ich sitze in meinem Büro am Computer, all meine Gedanken kreisen um Rose. Ich sehe sie im Monokini vor mir, lasziv auf der Massageliege ausgestreckt. Ihr feuchter Körper ist mit Arganöl eingerieben worden, und jetzt überlässt sie sich mit geschlossenen Lidern Léos sanften und geschickten Händen. Ich sehe, wie seine schlanken Finger jeden Zentimeter ihrer Schenkel, ihrer Hüften, ihres Bauchs und womöglich auch ihrer Brust streicheln; und da kommen mir auch schon die Fritten samt Mayo und Ketchup hoch, mir ist einfach nur noch schlecht, schlimmer, ich bin krank vor Eifersucht.

Ich schalte den Computer aus und verlasse mein Büro, um diesen Albtraum aus meinem Kopf zu verscheuchen.

Nachdem ich meinen Sarg poliert habe, der es absolut nicht nötig hatte, fege ich den Ausstellungsraum, der es ebenso wenig nötig hat. Ich staube die Grabtafeln ab, die künstlichen Blumen, die Urnen und gieße die Chrysanthemen- und Buchsbaumtöpfe, die nicht darum gebeten haben.

Kurzum, ich beschäftige mich, um die Thermes du Paradis zu vergessen. Aber es gelingt mir nicht. Ich bin auf hundertachtzig.

Ich kehre ins Büro zurück und blättere zerstreut in der neuesten Ausgabe des *Magazine funéraire*. Das beruhigt mich. Ein wenig. Immerhin. Ich mache mich über das Kreuzworträtsel her.

Acht Buchstaben: *Hat die Todesstrafe in Frankreich abgeschafft.* Man hätte es nicht gleich übertreiben sollen. Acht Buchstaben: *Das Verb sterben in der dritten Person Plural, Konjunktiv zwei.* STUERBEN. Es passt. Wenn sie doch stürben. Aber mir ist nicht nach Konjugieren. Ich schlage die Zeitschrift zu.

Ich versuche, meinen Kopf ganz leer zu machen, aber es gelingt mir immer noch nicht; ich denke unablässig an meine Schwester.

Ich gehe auf Internetseiten für Blinde. Es gibt reichlich allgemeine Betrachtungen und teils verblüffende und ulkige Beispiele, wie man sich ihnen gegenüber verhalten sollte oder eben nicht. Die ganze Zeit sprechen und beschreiben, was man tut, wohin man geht, was man sieht. Hingegen Sätze wie »Das ist hier« oder »Es ist dahinten« oder »Hast du gesehen, wie schön das ist?« genauso vermeiden wie die Lichthupe im Auto. Im Restaurant sagt man nicht »Hier«, wenn man ihm das Brot reicht. Wenn man einem Blinden beim Überqueren der Straße helfen will, legt man ihm nicht die Hand in den Rücken und schiebt, schließlich ist ihm nicht das Benzin ausgegangen. Keine Witze über die Behinderung machen, das wird nicht gern gesehen. Wenn man an einem Winterabend zu einem Blinden kommt, ist die Wohnung dunkel, das ist normal. Man knipst das Licht an, das ist auch normal. Aber man darf nicht vergessen, es wieder auszuknipsen, wenn man geht. Denn es ist wenig wahrscheinlich, dass der Gastgeber es tut.

Und die Liebe bei alledem?

Nur ein paar kurze romantische und etwas alberne Geschichten wie in den Arztromanen. Ich suche weiterhin nach Aussagen von Paaren, bei denen einer blind ist und der andere nicht, ich möchte wissen, was sie tun, damit die Beziehung hält, wie sie diesen Unterschied zu einer Bereicherung machen, wie sie ihr Leben organisieren, wie sie sich lieben, im eigentlichen Sinn wie im übertragenen. Von Mausklick zu Mausklick gerate ich auf voyeuristische Seiten, wo man meine Kreditkartennummer haben möchte und mir den Zugang zu weiteren, höchst pornografischen Informationen verspricht.

Unversehens ist es Abend geworden. Es war zur Abwechslung mal ein Nachmittag ganz ohne Kundschaft. Es ist Zeit, den Laden zu schließen, und just diesen Augenblick hat sich Leïla ausgesucht, um mich anzurufen. Ihr Atem geht stoßweise, sie bringt keinen Satz zu Ende, aber irgendwie begreife ich, dass ich so schnell wie möglich ins Hinterzimmer der Aufbahrungshalle des Krankenhauses Bichat kommen soll. Ich erkundige mich besorgt, was denn derart wichtig sei, dass es nicht bis abends warten könne, wenn sie sowieso nach Hause komme. Mehr könne sie mir am Telefon nicht sagen, ist die Antwort, und dann legt sie auf, weil ihr gerade eine Leiche angeliefert wird, die schnellstens hergerichtet werden muss.

17

Augenscheinlich noch ein Junge, ich würde ihn auf höchstens fünfzehn schätzen. Sein extrem blasser nackter Körper liegt, die Arme am Körper ausgestreckt, auf dem Metalltisch. Sein zu einer Grimasse verzerrter Mund gibt dem Gesicht einen Ausdruck äußersten Schreckens. Ich beuge mich über ihn und entdecke auf der rechten Wange eine Schnittwunde und an seinem Hals, unter der Schlagader, einen kreisrunden Fleck verbrannter Haut.

Leïla legt ihm ein Handtuch über die Genitalien und reicht mir einen Mundschutz und einen himmelblauen Papierkittel, bevor sie mit einem Nicken sagt: »Eine Schlägerei nach einem Rap-Konzert, die ausgeartet ist: ein Messerstich und eine verirrte Kugel. Morgen früh soll er seiner Familie gezeigt werden. Tja, ich sag's dir …«

Sie wäscht den Kopf des Jungen mit Seifenwasser, dem sie Chlor beigefügt hat, tupft ihn mit Küchenkrepp trocken und reinigt dann mit Watte Mund und Nasenlöcher.

Seit ich hier bin, hat sie mir noch nichts Wesentliches gesagt, was mein überstürztes Herkommen rechtfertigen könnte. Ich verliere die Geduld und frage sie zum x-ten Mal, was sie mir denn so Wichtiges mitzuteilen habe.

Sie weicht meinem Blick aus, nimmt eine Kompresse, tränkt sie mit Alkohol und wischt damit über das Edelstahltablett, auf dem ihre Instrumente aufgereiht sind. Von links nach rechts, in der Reihenfolge ihres Gebrauchs, die Spritzen, mit denen die Hautschichten stabilisiert werden, damit die Haut nicht zu schnell grau wird, die Formaldehyd-Spritzen, welche die Totenstarre verlangsamen, eine Schere, Nadeln, Garnrollen in verschiedenen Farben und das nötige Schminkzeug, um totem Gewebe den Anschein von Leben zu verleihen. Sie greift jetzt zur Formaldehyd-Spritze, tastet in der Herzgegend über den Brustkorb des Jungen, sticht die Nadel in die Aorta und injiziert die durchsichtige Flüssigkeit zügig in die Brust. Sie wirft mir einen verlegenen Seitenblick zu und sagt: »Es geht um Hubert. Ich weiß nicht, wie ich es dir sagen soll. Es ist heikel.« Sie fädelt weißen Faden in das Öhr der kleinsten Nadel und näht die Schnittwunde zu.

Ich werde nervös. »Hubert? Du hast mich doch wohl nicht durch halb Paris gejagt, um mir von Hubert zu erzählen.«

Sie zupft an ihren Gummihandschuhen und dem Mundschutz, begutachtet ihr Werk und erklärt stolz: »Ich will ja nicht angeben, aber fürs Nähen hab ich echt Talent.«

Dann, weil sie sieht, dass ich mit meinen Nerven am Ende bin, erzählt sie mir, das Zusammenleben von Hubert und seiner Frau sei inzwischen unerträglich, er habe es keinen Tag länger ertragen können und deshalb die Koffer gepackt.

Die Schere schnippt, sie hat den Faden abgeschnitten.

Ich bin genauso bleich wie der Junge, ich fordere sie auf, mir in die Augen zu sehen, und frage: »Willst du mir etwa sagen, dass er sich schon bei uns eingenistet hat?«

Wieder weicht sie meinem Blick aus.

Um die Grimasse des Grauens aus dem Gesicht des Jungen zu verbannen, streicht sie Klebstoff auf seine Lippen und schließt die Kiefer, indem sie mit einer Hand den Schädel nach unten und mit der anderen das Kinn nach oben drückt. Nachdem die Lippen des Jungen für immer versiegelt sind, greift sie zu einer Tube Foundation und überschminkt die tadellos vernähte Wunde auf der Wange.

Ich hake nach: »Ist er etwa bei uns zu Hause?«

Sie gibt es mit einem Senken der Lider zu und schwört sofort, er werde nicht lange bleiben, höchstens eine Woche, bis er eine Wohnung gefunden hätte.

Der Ort ist wirklich wenig geeignet für Streitereien und Geschrei, das weiß sie, ich nehme sogar an, genau deshalb hat sie mich hierherkommen lassen.

Ich bin nicht mehr bleich, sondern zornesrot. Ganz leise, als hätte ich Angst, den armen Jungen zu wecken, schimpfe ich: »Auf der Schule hab ich ihn gemieden wie die Pest, weil ich ihn für einen arroganten Scheißkerl hielt, und du lieferst ihn mir jetzt frei Haus. Das ist der Witz des Jahres.«

Sie rollt Watte zu einer etwa murmelgroßen Kugel zusammen, stopft sie in das Einschussloch und sagt, den Blick fest auf ihre Leiche gerichtet: »Ich konnte ihn doch nicht auf der Straße stehen lassen, du weißt genau, dass die Gastfreundschaft bei uns etwas Heiliges ist.«

»Zumal dich diese Gastfreundschaft bei mir nicht allzu viel kostet.«

»Bist du sauer auf mich?«

»Ich bin nicht sauer auf dich, ich hasse dich!«

Ich reiße mir den Mundschutz ab, ziehe den himmelblauen Papierkittel aus und gehe fluchend weg.

Als ich zu Hause ankomme, sitzt Hubert auf dem Sofa im Wohnzimmer, trinkt ein Bier und knabbert meine Erdnussflips dazu. Er lächelt entschuldigend, es tut ihm ein bisschen leid, dass er da ist, dann steht er auf und überreicht mir einen Strauß gelber Tulpen, den ich sofort auf dem Tisch ablege. Enttäuscht brummt er: »Magst du keine Tulpen, oder magst du kein Gelb?«

»Die Blumen haben damit nichts zu tun. Eine Woche ist okay. Länger wäre Missbrauch von Gastfreundschaft.«

»Wenn es nur an mir gelegen hätte, wäre ich ins Hotel gegangen, aber Leïla hat darauf bestanden, mich hier unterzubringen. Ich wollte sie nicht verärgern. Ich hoffe, du verstehst mich.«

Ich nehme ihm die Tüte Erdnussflips aus der Hand, gehe in die Küche, öffne den Schrank, schnappe mir eine Tube gezuckerte Kondensmilch und wiederhole nur: »Eine Woche, Hubert. Eine einzige.«

Er kehrt mir den Rücken zu und geht in Leïlas Zimmer, um seinen Koffer auszupacken, während ich mich in meinem verschanze und mich wie an den besten Depri-Abenden über Erdnussflips und gezuckerte Kondensmilch hermache.

Bei den ersten Anzeichen von Übelkeit beschließe ich, in der Bar du Général etwas zu trinken, wo ich dann mit verknotetem Magen vor meinem Glas Vichy Erdbeer an der Theke sitze und warte.

Punkt Mitternacht sehe ich ihn vorbeigehen.

18

Nun sehen wir uns schon den fünften Abend in Folge, Léo und ich. Wir treffen uns in der Bar du Général und gehen dann zum Essen ins Terminus, die große Brasserie gegenüber dem Gare du Nord.

An den ersten drei Abenden bestellten wir das Menü mit Vorspeise, Tagesgericht, Dessert und Kaffee mit Konfekt. So hatten wir Zeit, uns jeden Abend ein bisschen besser kennenzulernen.

Am vierten Abend übersprangen wir die Vorspeise.

Gestern waren es Dessert und Kaffee, die wir, angeblich um der schlanken Linie willen, ausfallen ließen. In Wahrheit konnten wir es nicht abwarten, uns in der Dunkelheit seines Apartments zu lieben, bis das erste Licht des Tages durchs Fenster sickerte.

Jede Nacht ist zärtlicher als die vorangegangene. Und jede Nacht lässt er mich, während er meinen Körper massiert, meinen ganzen Körper, Gebiete entdecken, die ich vorher gar nicht kannte.

Morgens erzählt er mir seine Träume. Besonders einer verfolgt ihn häufig. Er ist in Dakar. Der Zirkus Amar hat sein großes rot-gelbes Zelt am Strand de la Voile d'Or aufgebaut, am schäumenden Atlantik. Die Leute kommen von weither, um den Schwarzen Engel zu bewundern, ein Kind der

Auswanderung, das nun wieder auf den Boden seiner Vorfahren zurückgekehrt ist. Léo steht auf seinem Trapez mehr als zehn Meter über der bestirnten Manege, er hört Monsieur Loyals dröhnende Stimme, dann den Trommelwirbel und dann nichts mehr; absolute Stille, wie jeden Abend an diesem entscheidenden Punkt seiner Nummer. Er stößt sich mit der ganzen Kraft seiner Schenkel und Arme ab, es ist so weit, er ist ganz oben, ganz schnell, kopfüber, kopfunter, mit ausgebreiteten Armen wirft er sich in die Luft, dreifacher Salto rückwärts, ein Salto mortale, und greift in genau der Sekunde, in der er es wollte, wieder nach dem Trapez. Léo, der Schwarze Engel, feiert einen weiteren Triumph.

Manchmal freut er sich über diesen Traum, weil er ihn in sein Leben von vor dem Unfall zurückführt, als er der Halsbrecherischste von allen war. Manchmal, wie auch heute Morgen, bedrückt ihn dieser Traum, weil er ihn auf sein heutiges Leben zurückwirft.

Eine Frage macht mir zu schaffen; es ist eher ein Zweifel als eine Frage, eine ganz und gar egoistische Sorge.

Ist er mir in seinen Träumen schon begegnet?

Er behauptet es.

In seinem letzten Traum sei ich Seiltänzerin gewesen, als unzertrennliche Liebende hätten wir im selben Zirkuswagen gelebt und das Bett geteilt.

Ich kann nicht anders, ich pruste los. »Ich? Auf einem Stahlseil? Ich verknackse mir ja schon den Knöchel, wenn meine Absätze höher sind als fünf Zentimeter!«

Er hält daran fest, ich sei Seiltänzerin gewesen und wir das perfekte Liebespaar. Ich werde wieder ernst.

»Was an mir hat dir so gefallen, dass wir ein Liebespaar geworden sind? Meine WC-Reiniger-blauen Augen, meine blonden Schnittlauchlocken, meine spitze lange Nase? Mein Humor? Mein Mangel an Humor?«

Er weiß es nicht. Ich war plötzlich da, neben ihm, wie eine Offenbarung.

»Ah.«

Das »Ah« einer Liebenden, die jetzt auch nicht mehr weiß als vorher.

Er zieht seinen graugrünen Regenmantel über einen neonblauen Rollkragenpulli, wickelt sich einen grausam bunten Schal um den Hals und sagt mit einem Hauch von Traurigkeit in der Stimme: »Was mich am meisten stört, seit ich keine gesunden Augen mehr habe, ist, dass ich nicht mehr sehen kann, ob ich ordentlich gekämmt bin, ob ich irgendwo einen Fleck habe oder ob ich schlecht angezogen bin.« Er kämmt sich mit den Fingern, um einen rebellischen Wirbel niederzukämpfen, der sich aber nichts vorschreiben lässt, und fügt hinzu: »Okay so? Gefalle ich dir?«

»Nun ja, es geht.«

»Mehr nicht?«

»Der Pulli ist grenzwertig. Auf den Schal solltest du lieber verzichten.«

Er rückt die Bügel seiner schwarzen Brille hinter den Ohren zurecht, nimmt den weißen Stock von seinem Haken an der Tür zum Treppenhaus und wickelt den Schal ab, bevor er geht.

Zum ersten Mal gehe ich an seinem Arm, wie eine echte Braut, und beschreibe ihm, wie es auf den Webseiten für Blinde empfohlen wird, das Leben ringsum: das Grau des Himmels, das mit dem Grau der Schieferdächer in der Rue La Fayette wetteifert; eine Horde weißer Wölkchen, die von den Höhen des Montmartre heruntergekommen sind und jetzt über unseren Köpfen wirbeln; das Schaufenster einer Boutique, in dem schon die erste Schlussverkaufsware ausgestellt ist; ganz kleine Roma-Kinder, die wie Bettelmönche auf Knien auf den Caféterrassen betteln; und auf dem Bürgersteig gegenüber die Leuchtreklame der Bar du Général, die man bis zur Wohnanlage Paradis sieht.

Ich merke, dass ich ihm auf die Nerven gehe.

Er bleibt plötzlich stehen, wendet sich mir zu und sagt: »Wenn ich mit dir zusammen bin, sehe ich nur dich, der ganze Rest ist mir völlig egal.«

Tränen steigen mir in die Augen, am liebsten würde ich ihn in die Arme schließen, ihn küssen und ihm sagen, dass es mir genauso geht, ich sehe nur ihn, wenn ich mit ihm zusammen bin, aber meine Gefühle lähmen mich, ich bringe kein Wort heraus.

In der Rue Papillon schlägt er vor, ich solle am Abend zur Entspannung in die Thermes du Paradis kommen, er spüre, dass ich ganz angespannt und nervös sei. Ich sage nein, nein, nein wie die Puppe in dem Song von Michel Polnareff. Schon der Gedanke daran, sehen zu müssen, wie er andere Körper als meinen knetet, massiert und streichelt, ist mir unerträglich geworden.

Zwecks Entspannung wäre es mir lieber, wenn wir nach der Arbeit Vorspeise, Tagesgericht, Dessert und Kaffee im Terminus überspringen und ohne weiteren Zwischenhalt in sein Apartment gehen würden. Das hält er für eine gute Idee. Diesmal kann ich mich nicht beherrschen, ich packe ihn am Kragen seines Regenmantels und küsse ihn leidenschaftlich. Er küsst mit gleichem Feuer zurück, und wir trennen uns an der Kreuzung vor dem Paradis.

19

Bevor ich zur Arbeit gehe, mache ich noch einen Abstecher nach Hause, um mich umzuziehen. Leïla hockt im Schlafanzug auf dem Sofa und lackiert sich die Fußnägel lila. Ich mache uns einen Kaffee und setze mich neben sie. Sie strahlt in einer ehrlichen, klaren Schönheit; es ist eine Freude, sie so aufblühen zu sehen. Ich sage es ihr. Zu ihrem Leidwesen kann sie mir das Kompliment nicht zurückgeben, sie findet, mein Teint habe Ähnlichkeit mit einem Chicorée, ob ich vielleicht die ganze Nacht in meinem Sarg verbracht hätte. Ich nippe an meinem Kaffee und versuche, das Thema zu wechseln, mit dem Erfolg, dass nun nur noch von Hubert die Rede ist.

Wie weit ihr Abenteuer mit ihm gediehen sei?

Es ist vollbracht, sie hat ihm irgendwann zwischen zwei leidenschaftlichen Liebesakten gesagt, was sie beruflich macht. Was ihm zunächst mal alle Lust auf einen dritten nahm, weil ihm schlecht wurde bei dem Gedanken, dass die Hände, die ihn streichelten, vorher an Leichen herumgemacht hatten. Leïla hatte eine solche Reaktion befürchtet, schließlich ist sie daran gewöhnt, dass die Männer vom Ekel befallen werden, sobald sie sich als Thanatopraktikerin outet. Erst der Schock und die angewiderte Miene. Dann die Flucht, weil sich keiner von ihnen vorstellen kann, die Beziehung zu einer Frau fortzusetzen, die den ganzen Tag Tote restauriert.

In gewisser Weise war Hubert die Ausnahme von der Regel: Er hat nur verlangt, dass Leïla sich wäscht, bevor sie ihn berührt, und außerdem hat er eine Knoblauchzehe über ihrem Bett aufgehängt, um die Dämonen abzuwehren, die angeblich allen folgen, die den Toten nahe sind.

Leïla hat diesen Marotten nachgegeben, weil sie für ihre Nachsicht reichlich belohnt wird. Hubert muss im Bett unvergleichlich sein. Er kann in einer Nacht drei- bis viermal nachlegen, so verknallt ist er in sie. Und dabei auch noch so einfallsreich. Der rammelnde Schafbock etwa, sie braucht nur daran zu denken, und schon beginnt ihre Klitoris zu blöken. Als sie anfängt, mir detailreich zu erklären, worin dieser rammelnde Schafbock besteht, der ihr diese schafsdummen Orgasmen beschert, bringe ich die Sprache wieder auf das Reizthema: Hubert selbst.

Wie weit er mit seiner Wohnungssuche sei?

Da ist alles beim Alten geblieben. Und er hat eine gute Erklärung dafür: Zeitmangel. Télélavie, der Sender, für den er arbeitet, hat ihm *Les petits ruisseaux font les grandes rivières*, »Aus kleinen Bächen werden große Ströme« übertragen, eine Realityshow, die ein Starmoderator hingeworfen hatte, um bei einem öffentlich-rechtlichen Sender anzuheuern. Er hat nur ein paar Tage Zeit, um das Konzept so umzustellen, dass es den Alltagssorgen der Hausfrau unter fünfzig, wie es in seinem Jargon heißt, besser entspricht.

Nach der Arbeit holt Leïla ihn am Ausgang des Studios ab, das in der nördlichen Banlieue liegt, im Viertel Plaine Saint-Denis. Nicht selten macht er sie noch, bevor sie zu mir nach Hause kommen, mit den Fernsehstars bekannt, die in den Nachbarstudios arbeiten.

Leïla merkt, dass ich das Interesse an diesen audiovisuellen Auskünften verliere, stellt ihre Lackierarbeiten ein und fragt, ob ich etwa Huberts wegen jede Nacht auswärts schlafe. Dann nämlich würde sie sich selbst auf die Suche nach einem Hotelzimmer für ihn machen. Ich schlage die Augen nieder und werde rot. Das entgeht ihr keineswegs. Ein verschmitztes Lächeln breitet sich auf ihrem Gesicht aus.

»Aha, du bist also auch mit deinem Léo zu Potte gekommen und hast es still für dich behalten. Na los, erzähl!«

»Mit Léo ist es eher gefühlvoll. Er kennt keinen rammelnden Schafbock, dafür lässt er mich unbekannte Landschaften entdecken. Es ist stark, es brennt und ist zugleich sehr sanft und zärtlich. Wenn du wüsstest …«

Leïla reagiert einen Hauch gereizt und neidisch, mehr will sie gar nicht hören, sie steht vom Sofa auf und geht in ihr Schlafzimmer, um sich anzuziehen. Als sie wieder herauskommt, trägt sie eine rote Röhrenjeans und eine mit ziemlich bunten Blumen bedruckte langärmelige Bluse von Desigual.

Ich hingegen begnüge mich mit frisch gewaschener Jeans und hellblauem Rollkragenpulli, alles ganz einfach und harmlos – wo ich sie gekauft habe? Weiß ich nicht mehr.

Leïla betrachtet sich im Badezimmerspiegel und murmelt: »Du hast es gut. Dein Kerl kann dich nicht sehen, also kannst du anziehen, was du willst.«

Ich gehe lieber nicht auf die Bemerkung ein, zumal es für uns beide Zeit wird, zur Arbeit zu gehen.

20

Abdelmoumen tippt mit dem Finger auf das Zifferblatt seiner Armbanduhr, um mich darauf aufmerksam zu machen, dass ich jeden Tag ein bisschen mehr zu spät komme. Nicht, dass es ihn stören würde, er halte es ganz im Gegenteil für eine Ehre, mich morgens ein paar Stunden zu vertreten, für eine Ehre, die sich gern in Euros auf seinem Lohnzettel niederschlagen dürfe.

Ich tue so, als hätte ich nichts gehört, und fahre den Computer hoch. Drei Mails: eine vom Krankenhaus Lariboisière, eine von der Klinik Boisset und eine von der Frauenklinik Les Petits-Chérubins.

Abdelmoumen erträgt es nicht, dass ich mich taub stelle, er geht im Zimmer hin und her und pfeift nervös Melodien aus seiner Heimat vor sich hin. Plötzlich bleibt er vor meinem Schreibtisch stehen und sagt nachdrücklich: »Sie können auch nachmittags kommen, wenn Sie wollen. Sie haben ja gesehen, dass ich alles im Griff habe.«

»Sie fahren sofort mit Ihren Kollegen ins Lariboisière. Eine fünfundvierzigjährige Frau, danach geht's zu den Petits-Chérubins. Ums Boisset kümmern Sie sich am späten Nachmittag.«

»Wäre ein kleines Extra am Monatsende okay?«

»Monatsende? Welches Monatsende?«

Ein Kunde kommt in mein Büro, klein und mager wie eine Rinnsteinkatze, alterslos, vierzig, vielleicht auch fünfzig. Er trägt einen abgewetzten dunkelblauen Mantel, der ihm über den schmächtigen Schultern zu weit ist, eine Hornbrille und sämtliche Accessoires, die den Look eines Zeugen Jehovas ausmachen. Er hält eine kleine Kunstleder-Aktentasche mit Reißverschluss an sich gedrückt, wie man sie eigentlich nur noch in Schwarz-Weiß-Filmen sieht. Ich biete ihm den Platz vor meinem Schreibtisch an, und er setzt sich, während sich Abdelmoumen, enttäuscht über die verweigerte Gehaltserhöhung, widerwillig zurückzieht.

Zu Monsieur also.

Monsieur will mich vor allem erst einmal beruhigen, er habe keinen Angehörigen oder nahen Freund verloren. Etwas anderes führt ihn her: Monsieur hat alle möglichen wissenschaftlichen Berechnungen angestellt, die mir unverständlich bleiben, und den Schluss daraus gezogen, dass seine Mutter, die an Krebs im fortgeschrittenen Stadium leidet, spätestens bis zum Sommer auf die andere Seite des Spiegels wechseln wird. Um dann nicht unter Zugzwang zu geraten, besucht Monsieur bereits jetzt in seiner Freizeit die Beerdigungsinstitute, um die Preise und Dienstleistungen vergleichen zu können. Er hat sich für eine Einäscherung entschieden. Er öffnet die Kunstledertasche und holt eine durchsichtige Dokumentenhülle mit Prospekten und Kostenvoranschlägen hervor. Für dreitausend Euro netto will Ad Vitam Aeternam die gesamte Zeremonie übernehmen. Außerdem – bislang habe er nichts Preisgünstigeres gefunden – bieten sie ihm eine fünfjährige Aufbewahrung der Urne im Kolumbarium des Friedhofs seiner Wahl an.

Ob ich ihm ein besseres Angebot machen könne?

Nein, kann ich nicht. Ich weise ihn jedoch darauf hin, dass bei diesem Billig-Mitbewerber, dessen Preise zweifelsohne günstiger seien als meine, die Einäscherung einiges zu wünschen übrig lasse. In der letzten Ausgabe unseres Fachblatts habe eine Untersuchung gezeigt, dass sich in ihren Urnen häufig unverbrannte Knochenstücke fänden. Ich hingegen könne ihm für einen nur unwesentlich höheren Preis als den dieses wenig gewissenhaften Kollegen eine Asche garantieren, die leichter sei als Engelsstaub.

Monsieur macht sich in einem Spiralheftchen Notizen, dann erhebt er sich leicht verstimmt, mein Angebot sei durchaus zu überdenken, meint er.

»Genau, Monsieur, denken Sie in Ruhe darüber nach. Sie haben ja noch genug Zeit, um die richtige Entscheidung zu treffen. Aber überlegen Sie es sich gut, man hat nur eine Mutter, und ist die erst mal im Ofen, gibt es keine Wiederkehr.«

Da pflichtet er mir bei.

Nach ihm wickle ich noch drei Kunden ab, zwei Beerdigungsvorsorgeverträge und den Schuster aus der Rue de Bagnolet. Letzterer hat für seine Frau den Billig-Fichtenholzsarg, einen ebenso einfachen Grabstein und eine auf das strikte Minimum beschränkte Andacht bestellt. Das Blumensträußchen mit dem violetten Band war ein Geschenk des Hauses. Wie gewöhnlich.

Punkt sechs Uhr abends, als ich gerade die Abrechnungen mache, kommt Arthur in mein Büro. Er hat sich im Bistro gegenüber betrunken. Er sieht mich lange an mit seinen großen hellen Augen, dann hält er mir ein Pfefferminzbonbon hin. Ich nehme es aus Höflichkeit an, und er flüstert mit gesenktem Kopf: »Thérèse lutschte gern Pfefferminzbonbons. Du auch?«

Ich zucke gleichgültig die Achseln. Er steckt die Tüte wieder in die Jackentasche und fügt hinzu: »Sie mochte nicht nur Pfefferminzbonbons, sie mochte auch Hortensien. Magst du Hortensien?«

»Hortensien? Wovon redest du überhaupt? Wir haben morgen einen harten Tag. Du solltest nach Hause gehen und dich ausruhen.«

»Nach Hause gehen? Und was soll ich da tun? Ich hab zu Hause nie was zu tun.«

Er setzt sich auf die Kante meines Schreibtischs, in seinem Mundgeruch lassen sich auch Pastis-Nuancen erkennen. Ich weise ihn darauf hin, dass ich noch meine Abrechnungen fertig machen muss, er nickt schweigend und steht auf. An der Tür dreht er sich noch einmal um.

»Wenn ich dich so am Schreibtisch sitzen sehe, sehe ich deinen Vater vor mir. Dein Vater war ein prima Typ. Ich denke oft an ihn.«

Diesmal gebe ich keine Antwort mehr, und er verzieht sich auf seinen Grabstein, um eine Zigarette zu rauchen.

21

Heute ist Sonntag, der erste Tag, an dem wir die ganze Zeit zusammen sind. Es ist fünf Uhr nachmittags, die Straßen von Paris sind schon dunkel. Hinter den Fenstern der Häuser brennt Licht, die Scheiben der Bistros sind beschlagen, frierende Menschen hasten die Treppen zur Metro hinunter, und wir beide sitzen schweigend, Seite an Seite, im Bus. Mein Kopf liegt an seiner Schulter, seine Hand liegt auf meinem Schenkel, und das ist schön.

Wohin wir so fahren?

Wir wissen es nicht, aber wir fahren hin.

Als wir eben aus seinem Haus gegangen sind, wollten wir in Richtung der Großen Boulevards, um frische Luft zu schnappen, aber als uns die Regentropfen auf den Kopf zu trommeln begannen, sind wir in den erstbesten Bus gestiegen: Richtung Zufall.

Am Place de l'Opéra betrachte ich uns, ich finde, wir passen gut zusammen, fast sehen wir wie ein Paar aus. Ein richtiges.

Schon morgens, als ich Croissants holen gegangen war, hatte ich das überlegt. Nach dem Frühstück schliefen wir miteinander, danach lagen wir matt im Halbschlaf da und sagten uns, dass wir uns lieben.

Wir?

In Wahrheit war ich es, die das sagte, aber mit so viel Überzeugung und Ehrlichkeit, dass es für zwei reichte.

Der Bus rumpelt über die glänzenden Pflastersteine im Hof des Louvre. Heute Abend finde ich alles wundervoll. Ich hätte Freude daran, ihm die Pyramide zu beschreiben, diesen dicken Glasdiamanten, der sein Licht auf die Wellen im achteckigen Wasserbecken wirft, die perfekt zugeschnittenen Eiben, die kahlen Linden und Ulmen in den Tuilerien, den Arc de Triomphe du Carrousel mit seinen Bronzepferden, die Straßenhändler, die versuchen, den Touristen Schlüsselanhänger aufzudrängen – mit kleinen Äffchen, deren roter Pimmel zu sehen ist, wenn man ihnen auf den Bauch drückt –, und diesen sternenlosen tintenblauen Himmel, der mich so glücklich macht. Aber ich werde ihm nichts beschreiben, ich werde all das für mich behalten, weil ich ja jetzt weiß, dass Léo, wenn er mit mir zusammen ist, nur mich sieht.

Die Seine.

»Hast du Lust auf ein Gedicht, Léo?«

Ich warte seine Antwort nicht ab, sondern zitiere voller Feuer.

»Unterm Pont Mirabeau fließt die Seine dahin
Unsere Liebe auch
Ist Erinnern Gewinn
Aus traurigem Sinn wird fröhlicher Sinn …«

Er legt den Kopf in den Nacken, klemmt die Lippe ein und durchkämmt sein Gedächtnis nach dem Namen dieses Dichters, dessen Verse er im Lycée Pierre-Curie von Gentilly auswendig gelernt hat.

Er stößt eine Salve hervor: »Scheiße! Scheiße! Scheiße!« Dann zeigt er lächelnd seine Zähne: Es ist Guillaume.

Guillaume wer?

Ein schwarzes Loch. Es ist eine Herausforderung für ihn, den Familiennamen dieses Guillaume zu finden, mit dessen Versen er früher so gern gerappt hat. Er erinnert sich noch, dass der Name etwas mit Sprudelwasser zu tun hatte. Verdammt, ja: Apollinaire. Guillaume Apollinaire. Und stolz rappt er:

»Komm-Dun-kel Stun-de-ei-le

Die Ta-ge-gehn ich ver-wei-le …«

Der Bus ist inzwischen auf der Rue de Rennes, gleich sind wir in Montparnasse mit seinem Glas-Hochhaus, dessen oberste Etagen im Nebel verschwimmen, dem unübertrefflich hässlichen Bahnhof, den Crêpes-Buden, den Kinos, der Endstation und mit uns beiden, die wir auf der Place de Bretagne stehen und uns fragen, was wir hier eigentlich bei zehn Grad unter null zu suchen haben.

Léo würde gern ins Kino gehen. Er erinnert sich, dass der letzte Film, den er gesehen hat, *Ziemlich beste Freunde* war. Diese Geschichte über einen an den Rollstuhl gefesselten, querschnittsgelähmten weißen Aristokraten, der von einem durchtriebenen, aber sympathischen jungen Schwarzen abhängt, hat ihm sehr viel Spaß gemacht. Er hat die Gags noch im Kopf, die Stunts, die Verwechslungen, die Kult-Antwort: »Keine Arme, keine Schokolade.«

Es bringt ihn noch heute zum Lachen.

Plötzlich lacht er nicht mehr. Ihm ist aufgegangen, dass das Leben, das echte, ziemlich böse Überraschungen bereithalten kann. Jetzt ist er der behinderte Schwarze, der sich an seinen Blindenstock klammert, und ich bin die Weiße, von der er jeden Tag ein wenig mehr abhängt. Er sucht mit dem Zeigefinger nach meinem Mund, gibt mir einen sanften Kuss auf die Lippen und sagt: »Adèle, du bist meine ziemlich beste Freundin.«

Ich bekomme Gänsehaut davon, mein Herz rast und stolpert, alles dreht sich um mich. Er nimmt mich in die Arme, küsst mich auf die Stirn und fragt mich, was es hier im Viertel an Filmen zu sehen gibt. Ich zähle ihm die romantischen Komödien auf, die im Gaumont und in den 7 Parnassiens laufen.

Er zieht ein Gesicht. »Sonst nichts? Bei Filmen, wo alles aus Schweigen, Seufzen und bedeutungsschwangeren Blickwechseln besteht, kann ich der Handlung schlecht folgen.«

Er möchte einen Actionfilm mit fetten akustischen Effekten, lautem Geschrei und Geschluchze, mit Weinen, Lachen und dröhnenden Stimmen, mit Geigen- und Trommelmusik, denn aus einem solchen Radau kann er sich dann die Geschichte zusammenreimen.

Im Miramar läuft *Django unchained*, der neueste Tarantino. Der ist ihm recht. Er reibt sich voller Vorfreude die Hände und behauptet, bei Tarantino werde man in Sachen Lärm und Leidenschaft nie enttäuscht.

Ich möchte das sehen.

Dann habe ich es gesehen und bin, was ja auch zu erwarten war, enttäuscht. Ein Western, wie ich selten einen mehr gehasst habe. Die Geschichte spielt in den Südstaaten vor dem Sezessionskrieg. Ein deutscher Kopfjäger kauft Django, einen schwarzen Sklaven. Der Deutsche, dessen Namen ich schon wieder vergessen habe, verspricht, ihn freizulassen, wenn es ihnen gelingt, zwei gefährliche Schurken zu fangen. Und mir blieb nichts erspart: quietschende Saloon-Türen, Schüsse, knallende Peitschen, Fürze, Rülpser, Faustkämpfe, raues Lachen, wilde Ritte und bestürzend banale Dialoge über die Sklaverei. Ich war derart gelangweilt, dass ich die ganze Zeit Léo beobachtete. Er blieb völlig ungerührt, als die anderen Zuschauer um Djangos Leben fürchteten, er konnte ja auch weder die beiden bedrohlichen Schatten der Bösewichte sehen noch das Augenzwinkern zwischen Herrn und Sklaven. Das Drehen der Trommel im Revolver hingegen oder das Schärfen einer Rasierklinge an einem Stein, das Röcheln eines Sterbenden, das Wiehern eines in eine Schlucht stürzenden Hengstes, all das ließ ihn erschauern. Manche bis zur Karikatur übertriebene Geräuscheffekte entlockten ihm unkontrollierbare Lachanfälle, die unserer Umgebung ziemlich auf die Nerven gingen.

Nach der Vorstellung gingen wir ins La Coupole. Wir tranken eine herrlich schaumige und süße Schokolade. Es war göttlich. Léo schwebte im siebten Himmel. Er hatte schon seit Ewigkeiten keinen so schönen Abend mehr erlebt.

Das letzte Mal, als er *Ziemlich beste Freunde* gesehen hatte. Er war nicht allein gewesen. Er war mit …

Er brach ab, und nach langem Schweigen sagte er leise: »Ich war mit Clara da, einer Freundin.«

»Eine Freundin oder deine Freundin?«

»Meine Freundin. Sie arbeitete auch im Zirkus. Sie dressierte Seehunde.«

Ich trank meine Schokolade aus, plötzlich schmeckte sie bitter. Ich sah zu, wie die Regenböen die Fensterscheiben der Brasserie peitschten, und mein ganzes Denken schoss sich auf diese Clara ein, die ich auf dem Werbeplakat in seinem Schrank so dicht neben ihm stehen sehen hatte. Ich stellte mir vor, sie sei hier, sitze neben uns auf der Bank und beäuge mich, sie finde mich zu dick, zu vollbusig, zu blond, mit hässlicher Nase und hässlichem Lächeln, dumm, unzulänglich, nicht auf Augenhöhe, lächerlich verliebt …

Léo spürt, wie schlecht es mir geht, er greift nach meiner Hand und sagt: »Sie hat mir den Laufpass gegeben, als sie erfuhr, dass ich für den Rest meiner Tage nicht mehr imstande sein würde, sie anzusehen. Es ist zum Kotzen, aber so ist das Leben. Vielleicht hätte ich dasselbe getan. Wer weiß.«

»Du entschuldigst sie, weil du sie noch liebst.«

»Was kann das schon ausmachen, wo sie doch für mich gar nicht mehr existiert.«

Ich lege ihm den Kopf auf die Schulter und raune ihm ins Ohr: »Heute Nacht schlafen wir bei mir.«

Er ist einverstanden.

Ich schmiege mich an ihn, als hätte ich Angst, ihn zu verlieren.

22

Als wir ins Wohnzimmer treten, liegen Leïla und Hubert halb nackt auf dem Sofa, die Füße auf dem Couchtisch. Hubert zieht sich hastig die Hose hoch und knöpft das Hemd zu, während Leïla sich ein würdevolleres Aussehen gibt, indem sie ihre linke Brust wieder unter den Morgenrock aus rosa Seide schiebt und sich das Haar glatt streicht. Sie bittet um Entschuldigung.

Wofür?

Sie weiß es nicht, aber sie bittet trotzdem um Entschuldigung.

Nach dieser leichten Konfusion mache ich die Herrschaften miteinander bekannt.

Léo streckt die Hand aus, Hubert drückt sie fest und sagt: »Freut mich. Ich glaube, wir haben uns schon auf Adèles Geburtstag gesehen.«

Er lacht über sein dürftiges Wortspiel, dann plustert er sich auf und stürzt sich in einen Vortrag über seine Moderatorentätigkeit bei Télélavie. Eine gute Viertelstunde Geschwätz später kommt er zu dem Schluss, dass *Les petits ruisseaux font les grandes rivières*, seine interaktive Fernsehsendung, die Alltagsprobleme der Franzosen lösen werde, ohne in Voyeurismus, Trivialität oder Zynismus zu verfallen.

Während wir uns noch von seinem Wortschwall zu erholen versuchen, fordert uns Hubert bereits auf, ihm originelle Themenvorschläge zu machen, damit er seine Sendung damit aufputzen kann.

Jetzt, fast um Mitternacht, habe ich ihm nichts mehr zu unterbreiten. Leïla, die sich kaum noch aufrecht halten kann, hat sich in die Küche geflüchtet. Und Léo gähnt vor Langeweile und fragt ihn: »Bist du bei einem Versicherungsvertreter in die Lehre gegangen, dass du einen derart um den Verstand reden kannst? Wirklich, du wärst imstande, einem Blinden Kontaktlinsen anzudrehen.«

Ich unterdrücke nur mit Mühe ein müdes Lachen.

Hubert ist beleidigt und geht, unverständliche Satzfetzen vor sich hinmurmelnd, schlafen.

Ich folge Leïla in die Küche. Sie sitzt auf einem Hocker und isst ein Cornetto Schokolade. Sie fragt mich, ob ich vorhätte, Léo für eine Nacht oder, im Falle des Gefallens, mehrere zu beherbergen.

Eine Spur boshaft gebe ich zurück: »Ich glaube nicht, dass er so viel Lust auf Wohngemeinschaften hat.«

»Ach …«

Das Ach einer Leïla, die sich offensichtlich nicht allzu sehr bemüht hat, ein Obdach für ihren Liebsten zu finden. Sie schlägt die Beine übereinander und widmet sich weiter ihrem Eis. Während ich ihr so zusehe, wie sie mit der Zungenspitze am Hörnchen entlang ein Rinnsal geschmolzener Schokolade aufleckt, bekomme ich auch Lust auf etwas Kaltes.

Zwischen den Eishörnchen und den tiefgefrorenen Hähnchenbrustfilets im Gefrierschrank entdecke ich eine Plastiktüte von Franprix. Ich öffne sie und zucke vor

Schreck zusammen: Claudines Leiche! Schnell schließe ich Tüte und Gefrierschrank und schreie: »Was hat der Hund der Concierge hier zu suchen?«

Claudine ist heute bei Tagesanbruch ums Leben gekommen, Opfer eines Motorrollers, der zu schnell über den Bürgersteig fuhr. Am Kopf getroffen, verschied sie in den Armen ihres Frauchens, das wiederum, von untröstlichem Kummer getrieben, Leïla anflehte, der treuen Gefährtin wenigstens den Anschein von Leben zurückzugeben. Leïla war gerade erst aus dem Bett gekommen und entsprechend hilflos, sie brachte es nicht übers Herz, eine solch schmerzvolle Bitte abzuschlagen. Sie gab Claudine einen Haufen Biozidspritzen, um die Verwesung der Eingeweide aufzuhalten, steckte sie in den Gefrierschrank und versprach der Concierge, sie baldmöglichst zu einem befreundeten Tierpräparator zu bringen.

Wann?

Wahrscheinlich am nächsten Wochenende.

Heute ist Sonntag, allerdings spät am Abend. Claudine wird also noch einige Tage bei unter fünfzehn Grad Kälte in der Gesellschaft von Hähnchenbrust, Cornettos und sonstiger Tiefkühlkost verbringen.

Ich bin so erschöpft, so verblüfft und auch so erheitert, dass ich zu gar nichts mehr fähig bin. Nicht einmal dazu, mich wenigstens der Form halber ein bisschen aufzuregen.

Ich umarme Leïla, schleppe mich ins Wohnzimmer und hake mich bei Léo ein, um ihn mit ins Schlafzimmer zu nehmen.

In dieser Nacht waren meine Schreie, mein Stöhnen, meine Küsse und Zärtlichkeiten reine Heuchelei. Ich täuschte es vor, weil es mir nicht gelang, Clara aus meinen Gedanken zu verbannen. Sobald ich die Augen schloss, sah ich sie in Léos Armen. Und Léo, dessen Augen vor Begehren glänzten – ein Anblick, der mir auf immer verwehrt bleiben wird –, murmelte ihr Zärtlichkeiten zu, die gleichen wie eben, als sein Körper und meiner, erschöpft von so viel Liebe, nur noch eins waren, und das, diese Vorstellung, erstickte meine Libido.

Léo hat nichts bemerkt, er liegt auf dem Bauch. Ich lege meinen Nacken auf seinen Po, und wir lauschen schweigend unserem Atem, der im selben Takt kommt und geht.

Plötzlich schreckt er auf, ihm ist eingefallen, dass er morgen Abend einen Termin im Quinze-Vingt hat, die Routineuntersuchung bei Étienne. Ich biete ihm an mitzukommen, doch er schüttelt den Kopf. Er möchte allein hin. Wie sonst auch. Denn er möchte derjenige sein, von dem Étienne erfährt, dass wir zusammen sind.

Ich lächle beim Gedanken an das Gesicht, das meine Schwester machen wird, wenn Étienne ihr von Léos und meiner Liebesbeziehung erzählt, dann schließe ich die Augen. Clara schmiegt sich immer noch eng an Léo. Ich zähle Leichenwagen, Grabtafeln und die Alleen auf dem Père-Lachaise, um endlich Schlaf zu finden. Vergeblich. Sie ist immer noch da, zwischen ihm und mir. Unauslöschlich. Schön. So ungerecht schön.

23

Ich schaffe es nicht mal, meine schwarze Jacke überzuziehen, mein Haar zu ordnen und meinen Sarg wieder zu schließen, da habe ich schon Abdelmoumen im Nacken. Ich werfe einen Blick auf die Uhr über dem Kühlschrank: vierzehn Uhr. Der Ton, in dem er fragt, ob ich nicht einen Kaffee mit ihm trinken wolle, er habe gerade welchen gemacht, klingt ein wenig durchtrieben. Ich lehne ab, denn mir ist längst klar, dass er wieder auf die Gehaltserhöhung zu sprechen kommen will. Er insistiert nicht weiter, sondern räumt ein bisschen im Lager auf, stellt eine Grabtafel von einem Regalbord auf ein anderes, nimmt einen Kranz aus künstlichen Blumen vom Ständer und hängt ihn schief an den Haken an der Tür. Er geht mit dem Staubwedel über die Urnen, spült den Wasserbehälter der Kaffeemaschine aus, greift nach dem Besen, kehrt da etwas weg, schiebt dort etwas zurecht.

Ich finde seinen Arbeitseifer zwar belustigend, aber durchaus auch beunruhigend. Ich spreche ihn an: »Haben Sie einen Putzanfall? Das ist doch sonst nicht Ihre Art.«

Er bleibt stehen, stützt sich auf den Besenstiel, lächelt, hört wieder auf zu lächeln und antwortet schließlich: »Haben Sie über mich nachgedacht, Chefin?«

»Hätte ich das tun sollen?«

Er nickt und reibt Daumen und Zeigefinger aneinander. Dann erinnert er mich daran, dass er inoffiziell der Vizechef hier ist, da ich ja neuerdings immer erst am frühen Nachmittag käme. Außerdem verweist er darauf, dass er nicht mehr verdient als Arthur, der immerhin das schwache Glied des Unternehmens sei. Ich beherrsche meine Ungeduld und warte die Fortsetzung und vor allem das Ende seiner Klagen ab. Gestikulierend wirft er mir vor, ich sei ungerecht, parteiisch, er kramt sogar antikapitalistische Phrasen aus, die ich noch aus der Zeit kenne, als ich mit Xavier durch die Straßen zog und demonstrierte. Da ich immer noch nicht reagiere, fängt er an, unterschwellig zu drohen. Neulich noch, Ende letzter Woche, habe ihm Ad Vitam Aeternam eine Stelle als Ritualmeister angeboten, und das zu einem besseren Gehalt, als er von mir bekomme. Monsieur zögert noch, er möchte wissen, was ich in Bezug auf ihn vorhabe, bevor er eine Antwort gibt, er möchte die Firma Reverdy nicht aus finanziellen Gründen verlassen, dennoch drängt er mich, eine Entscheidung zu treffen, denn Ad Vitam Aeternam habe auch noch andere Kandidaten auf der Liste.

»Also, Chefin, was haben Sie diesbezüglich beschlossen?«

»Für Sie steht genauso wenig eine Gehaltserhöhung auf meinem Plan wie für die anderen. Im Augenblick gibt der Umsatz das nicht her, ich werde später darüber nachdenken.«

»Später ist es vielleicht zu spät.«

Da ich seine Art, mich unter Druck zu setzen, unerträglich finde, frische ich ihm ein wenig das Gedächtnis auf und erinnere ihn daran, dass ich ihn vor fünf Jahren, als er nur ein illegaler Einwanderer war, als Sargträger eingestellt habe, dass ich einiges riskiert und Lohnzettel vordatiert habe, damit er seinen Status bei der Polizeipräfektur legalisieren konnte. Und jetzt, wo Monsieur wunderbar integriert sei, eine Visa Gold besitze und sich beim Herrenausstatter einkleide, jetzt, wo er bei mir Ritualmeister sei, denke er laut darüber nach, ob er für eine Handvoll Euro den Sirenenstimmen der Konkurrenz erliegen solle oder nicht.

Und dann sage ich noch, weil ich die Diskussion abschließen will und mit meiner Geduld am Ende bin: »Ehrlich, es tut mir nicht leid, dass ich Sie aus der Scheiße gezogen habe, aber wenn ich noch einmal vor der Wahl stünde, würde ich es bleiben lassen.«

Ich habe ihn in seinem Stolz gekränkt. Er wird dunkelrot, schwört, er werde mich nie verraten, fuhrwerkt wütend mit dem Besen herum, bleibt dann stehen und gibt zu, dass Ad Vitam Aeternam ihm keine verlockenden Angebote gemacht hat, dass es ein Bluff war, ein Trick, um mich herumzukriegen. Er entschuldigt sich dafür, dass er so ungeschickt, so grobschlächtig, so durchschaubar gewesen ist. Er stellt den Besen weg, hängt den Kranz wieder auf seinen Ständer, bringt mir eine Tasse Kaffee und klagt in einem letzten verzweifelten Versuch darüber, dass er drei Mäuler zu stopfen habe und dass ihn die Weihnachts- und Silvesterkosten ruiniert hätten. Ich weise ihn ein letztes Mal zurecht: Ich kann den Lohn nicht erhöhen, weil wir uns so eben gerade über Wasser halten. In diesem Monat hatte ich sogar Schwierigkeiten, die Lieferanten zu bezahlen. Ich gehe in mein Büro und gebe ihm den heutigen Routenplan.

An der Tür dreht er sich noch einmal um: »Hundert Euro, und wir sprechen nicht mehr darüber. Ist das okay, Chefin?«

Ich setze mich auf meinen Bürostuhl und klicke nervös mit der Computermaus herum, um meine Nerven zu beruhigen. Mein Gott, wie froh wäre ich, wenn er endlich Leine zöge! Aber nein, er steht immer noch an der Tür, knotet sich den schwarzen Schlips neu und tritt von einem Fuß auf den anderen, als müsste er pinkeln.

Ich kann ihn nicht mehr sehen, ich springe auf, gehe zu ihm und kapituliere. »Okay, fünfzig Euro, aber kein Wort zu den anderen.«

Er nimmt mich in die Arme und schwört bei Allah, er werde schweigen wie ein Grab.

Die Stunden vergehen oder vergehen vielmehr nicht. Um mich abzulenken, bestelle ich bei Monsieur Combray vom Office funéraire zwei Dutzend Chrysanthemen, zwei Saint-Georges-Särge und einen Salima. Ich bezahle alte Rechnungen und gehe unzählige Male in meinem Ausstellungsraum hin und her.

Arthur parkt den Leichenwagen vor unserer Tür auf dem Bürgersteig. Er steigt sehr unsicher aus, offenbar hat er getrunken. Er geht auf sein Grab zu, setzt sich auf die Grabplatte, steckt sich mit zitternden Händen eine Zigarette an und wendet sich dann mir zu; die runzeligen Wangen sind tränennass. Ich setze mich neben ihn, er wischt sich mit dem Jackenärmel über die Augen und sagt: »Heute ist es fünfundzwanzig Jahre her, dass meine Thérèse mich verlassen hat. Das wollte ich vergessen, und deshalb hab ich so tief ins Glas geschaut.«

»Fünfundzwanzig Jahre. Aber du kannst doch nicht bis ans Ende deiner Tage in diesem Kummer stecken bleiben. Gib dir einen Ruck. Mach ein paar Tage Urlaub.«

»Und wo? Mit wem? Würdest du mit mir in Urlaub fahren?«

Ich sage nichts.

Er steht auf und stützt sich dabei mit seinem ganzen Gewicht auf meine Schulter, dann schleppt er sich zum Hinterzimmer, um seinen Sargträger-Anzug gegen einen noch düstereren auszutauschen.

Gerade, als ich schließen wollte, kam noch ein Kunde. Er setzte einen Fuß auf Arthurs Grabstein, und dabei brach ein Stück Granit ab. Ich dachte, früher oder später müsste ich mich wohl doch von diesem Altertümchen trennen, das den ganzen optischen Eindruck verdirbt.

24

Spätabends treffe ich mich mit Léo in der Bar du Général; es ist zu einer Gewohnheit geworden, und Gewohnheiten beruhigen mich. Für mich sind sie der Beweis dafür, dass wir beginnen, uns etwas Festes, Tiefes, vielleicht auch Dauerhaftes aufzubauen. Auch Léo mag diese Treffen nach der Arbeit. Manchmal reden wir gar nicht miteinander, wir suchen uns einen Tisch ganz hinten im Lokal, setzen uns nebeneinander auf die rote Bank und trinken vor dem riesigen Bildschirm, über den ein Musikclip nach dem anderen wirbelt, ein Glas Bordeaux. Doch der heutige Abend ist anders als die anderen. Léo war bei Étienne. Ich will unbedingt wissen, was er über uns beide gesagt hat, über unsere Beziehung, über die Zeit, die wir miteinander verbringen.

Hat er ihm gesagt, wie wichtig ich ihm bin?

Léo lässt den Kopf in den Nacken sinken, wie immer, wenn er sich in der Klemme fühlt, dann leert er sein Glas bis auf den letzten Tropfen.

Ich will es wissen. Ich dränge auf eine Antwort.

Als Léo ihm sagte, es gebe jemanden in seinem Leben, gratulierte Étienne ihm von Herzen. Als Léo ihm verkündete, ich sei die Frau, mit der er gerade ein Liebesabenteuer erlebe, hielt Étienne es für einen Witz. Für einen guten Witz. Als Léo sauer reagierte, sagte Étienne verlegen: »Rose hat mir nichts davon erzählt. Weiß sie es?«

Léos Schweigen war die Antwort.

Dann untersuchte Étienne ihn, seit dem letzten Termin hatte sich nichts verändert. Léo lebt immer noch in einer Grau-Schwarz-Welt, in der er wie Hoffnungsschimmer flüchtige Schatten und vage Umrisse von Gegenständen und Menschen wahrnimmt. Als Étienne ihn zur Tür begleitete, legte er ihm die Hand auf die Schulter und fragte: »Sind Sie sicher, dass Sie da keinen Fehler machen?«

»Ich bin mit Adèle glücklich. Das Übrige … Ich weiß, dass es nicht einfach sein wird.«

Étienne wünschte ihm viel Glück und viel Mut – Wörter, die in einer Liebesgeschichte wenig zu suchen haben.

Léo legt mir den Kopf auf die Schulter, er verschränkt seine Finger mit meinen, ist verstimmt. Unsere Beziehung macht ihm Angst, er hat das Gefühl, dass jetzt der Moment ist, in dem die Probleme anfangen.

Die Probleme.

Welche Probleme?

Ich liebe ihn, er liebt mich, wir lieben uns.

Wo ist das Problem?

Plötzlich bekomme ich Angst, ich kann nicht anders, ich frage ihn, ob er mich ebenso stark liebt wie ich ihn.

Zum ersten Mal nimmt er seine dunkle Brille an einem öffentlichen Ort ab, umfasst mit beiden Händen meinen Kopf, zwingt mich so, ihm in die toten Fischaugen zu sehen, und sagt: »Wenn wir zusammen sind, genieße ich jede Minute unseres Glücks, als wäre es die letzte. Verstehst du, was ich meine?«

Ich verstehe es nicht. Ich will es nicht verstehen.

Er legt seine Stirn an meine, küsst mich und flüstert nur einen Atemzug von meinem Mund entfernt, er habe Angst, ich würde es eines Tages leid werden, mit einem Blinden liiert zu sein, und ihn verlassen, wie er es ja schon erlebt habe. Und genau deshalb möchte er unsere Beziehung von einem Tag zum anderen leben, ohne sich um die Zukunft zu kümmern.

Der Wirt des Général räumt die leeren Gläser von unserem Tisch und dimmt das Licht herunter, die letzten Gäste gehen, es ist nach Mitternacht.

Wir setzten das Gespräch in seinem völlig dunklen Apartment fort, an dem Tischchen. Satzfetzen ohne Hand und Fuß, aufflackerndes Lachen, das immer endete in einem »einmal verliebt, immer verliebt«.

Dann haben wir uns ausgezogen.

Im Dunkeln bin ich gern nackt mit ihm zusammen. Im Dunkeln vergesse ich mich, ich gebe mich hin mit Haut und Haar und ganzer Seele, Schwarz ist die Farbe meiner Nächte, meiner Tage, schwarzes Dunkel ist meine Zuflucht, mein Land, Schwarz ist die Farbe des Mannes, den ich liebe, ich bin dazu geschaffen, im Dunkeln zu leben und zu sterben.

Ich liege neben ihm, meinen Kopf auf seiner Brust, er tastet mit den Fingern über meine geschlossenen Lider, meine Stirn, meine Nase, meine Lippen, meine Brüste. In solchen Augenblicken bin ich so glücklich, dass ich denke, ich müsste vor Wonne sterben. Seine rechte Hand erkundet weiter meinen Körper, doch sobald sie meinen Nabel erreicht, packe ich sie, presse sie und verlange, er solle schreien, dass er mich liebe.

Er lacht und sagt »Ich liebe dich« – in einem Ton, in dem er auch »Guten Tag« zur Bäckersfrau sagen würde.

Ich quetsche seine Hand noch fester. Er fängt sich und deklamiert ein »Ich liebe dich« nach dem anderen, leidenschaftlich, feurig, verhalten, schamhaft, resigniert, Faxen, um sich noch besser über mich lustig zu machen.

Ich finde wenig Gefallen an diesem Spielchen, ich lasse seine Hand los und frage: »In welchem Ton hast du zu Clara gesagt: ›Ich liebe dich‹?«

Sein ganzer Körper spannt sich wie ein Bogen, er kehrt mir brüsk den Rücken zu und brummt: »Lass mich mit Clara in Ruhe, ich muss schlafen, morgen habe ich einen Höllentag.« Er zieht sich die Decke über die Schultern.

Ich schmiege mich von hinten an ihn, meine Wölbungen verschmelzen mit seinem Rücken, seinem Po, seinen Beinen, ich möchte möglichst dicht bei ihm sein, um im Rhythmus seines Herzens einzuschlafen. Ich raune ihm in den Nacken: »Léo, liebst du mich?«

»Rück näher, mir ist kalt.«

»Léo …«

»Noch näher.«

25

Von der Gehaltserhöhung beschwingt, erschien Abdelmoumen fröhlich zur Arbeit, in der Hand eine Tüte mit Croissants, die er offensichtlich in meinem Büro zu verspeisen gedachte. Doch sobald er mich an meinem Computer sitzen sah, drehte er ab, grüßte mich, ein wenig enttäuscht über den Verlust des morgendlichen Chefstatus, überreichte mir ein Croissant und verzog sich zum Frühstücken ins Hinterzimmer.

Neun Uhr. Ein Kunde tritt in mein Büro. An seinem volltönenden, unbefangenen Gruß erkenne ich sofort, dass er nicht als Leidtragender kommt.

Ich habe richtig geraten.

Er ist Polizist in Zivil, ganz frisch und jung und hübsch – und doch der Überbringer schlechter Nachrichten.

Arthur hatte gestern Abend einen Verkehrsunfall auf der Place de la Nation. Der Rettungsdienst hat ihn ins Krankenhaus Tenon gebracht, wo man ein leichtes Schädeltrauma, eine Zerrung am Knöchel und ein paar Gesichtswunden feststellte. Der Polizist schweigt kurz, ein dramatisches Schweigen, denn jetzt kommt das Schlimmste. Arthur hat sich sturzbetrunken gegen die Fahrtrichtung in den Kreisverkehr eingefädelt und eine Riesenkarambolage verursacht. Und schließlich, denn auch die üblen Geschichten haben ein Ende, muss ich meinen nicht mehr fahrbereiten Leichenwagen binnen einer Woche in der Fahrzeugverwahrstelle in Bercy abholen. Nach Ablauf dieser Frist wird der Wagen der Verschrottung zugeführt. Abdelmoumen, der sich von dem Gespräch nichts hat entgehen lassen, kommt mit weiteren Enthüllungen in mein Büro: Gestern Abend habe er beobachtet, wie der Kellner des Bistros gegenüber Arthur rücksichtslos vor die Tür gesetzt habe. Als er Arthur angeboten habe, ihn heimzufahren, habe dieser ihn nicht erkannt, so betrunken sei er gewesen.

Ich rufe sofort bei Monsieur Combray vom Office funéraire an, um einen Leichenwagen zu leihen, schicke Abdelmoumen nach Bercy, um unseren zurückzuholen, und springe in ein Taxi, um Arthur die Meinung zu sagen.

Als ich in sein Zimmer trete, schläft er mit offenem Mund und geschlossenen Augen, im Arm eine Infusionsnadel. Sein Gesicht ist voller Schnitte von den Windschutzscheibensplittern, sein linker Knöchel ist eingegipst und seine rechte Hand nur bandagiert, was an dieser Stelle einen leichteren Schaden erhoffen lässt. Als ich kehrtmache, um die Zeit bis zu seinem Aufwachen im Wartezimmer zu verbringen, schlägt er ein Auge auf und flüstert mit der Stimme eines Sterbenden: »Das mit dem Leichenwagen tut mir schrecklich leid, Adèle.«

Es tut ihm schrecklich leid. Ich versuche, den Zorn, der in mir aufsteigt, zu zügeln, doch lange halte ich es nicht aus. Ich sage ihm, das Maß sei voll, er brauche mir gar nicht mehr damit zu kommen, dass er schon so lange Jahre im Dienst der Reverdys gestanden und meinem Vater grenzenlose Bewunderung entgegengebracht habe, jetzt sei Schluss mit meiner Sentimentalität. Von nun an werde er genauso behandelt wie seine Kollegen, und wenn ihm das nicht passe – ich hielte ihn nicht zurück.

Mit schmerzverzerrtem Gesicht richtet er sich auf und streckt den Arm aus, um das Glas Wasser auf dem Nachttisch zu erreichen. Er trinkt langsam, sehr langsam. Seine sonst so trüben graublauen Augen glänzen vor Tränen. In diesem Blick liegt mehr Verzweiflung als sonst. Als das Glas leer ist, wischt er sich über die Augen und sagt: »Nur wenn ich trinke, kann ich sie vergessen. Sie war mein Sonnenstern. Und dann, eines Tages, zerfiel meine Welt in Trümmer, und für mich hat nie wieder die Sonne geschienen. Eines Tages werde ich dir von Thérèse erzählen, wenn ich den Mut aufbringe.«

»Aber du redest die ganze Zeit von ihr. Es geht nur um sie. Weißt du, was sie mich kosten wird, deine Thérèse? Die Reparatur des Leichenwagens und dann noch die Vertretung, die ich für dich einstellen muss. Ich will nie wieder von deiner Thérèse hören.«

»Die Reparatur des Leichenwagens übernehme ich. Ich habe Mist gebaut, und ich zahle dafür. Einverstanden?«

Ich gehe wortlos hinaus.

Auf dem Flur begegne ich dem Oberarzt mit seinem Tross junger Assistenzärzte; er teilt mir mit, dass Arthur zwei Wochen eingegipst bleibt und für einen Monat krankgeschrieben wird.

26

Kaum bin ich wieder im Laden, ruft Étienne an und lädt mich zum Essen ein. Wenn ich einverstanden sei, werde er einen Tisch im Bœuf Couronné reservieren, der großen Brasserie an der Avenue Jean-Jaurès. Ich nehme die Einladung an, denn sein verlegener Tonfall lässt mich vermuten, dass wir nicht nur über Särge und Lendenstücke plaudern werden.

Wieder einmal habe ich richtig geraten.

Während des ganzen Essens laviert Étienne herum, lässt amüsierte und wohlwollende Bemerkungen über Léo fallen, ein feiner Kerl und witzig dazu, gar nicht schlecht aussehend und Hände aus Gold.

Und außerdem?

Sympathisch. Ja, sehr sympathisch. Nach dem Dessert kommt der entscheidende Moment unseres Treffens. Der Ton ist nicht mehr rätselhaft und oberflächlich. Étienne spricht in Begriffen über Léo, die einem kalte Schauer über den Rücken jagen: Kurzsichtigkeit, Doppeltsehen und Verschlimmerung der Schäden am Sehnerv, die man wahrscheinlich hätte vermeiden können, wenn man unmittelbar nach dem Sturz, der ihn ins Koma hatte fallen lassen, neurologische Untersuchungen und eine Computertomografie durchgeführt hätte. Dann nämlich hätte man entdeckt, dass die Pupille nicht ausreichend mit Blut versorgt war, und mit einer entsprechenden Therapie seinen Sehnerv geweitet.

Um die Sache vereinfacht darzustellen – er merkt nämlich, dass ich in dieser Informationsflut zu schwimmen beginne –, zückt er seinen Kugelschreiber und zeichnet auf der Papiertischdecke eine Glühbirne an einem Kabel, das ihr keine oder zu wenig Energie liefert. Es ist also auf Versäumnisse in der Notaufnahme des Krankenhauses zurückzuführen, dass Léo in einer Welt der Schatten und Grautöne lebt.

Étienne hat mich nicht nur deshalb zum Essen eingeladen, weil er mich bis ins Letzte über Léos Leiden ins Bild setzen wollte, vor allem will er mir klarmachen, dass mein Leben durch eine Partnerschaft mit einem Blinden völlig aus dem Lot geraten wird. Jeder Tag sei dann eine Prüfung. Ich würde den Blick der anderen ertragen müssen, ihren Spott, ihre Herablassung oder, schlimmer noch, ihr Mitleid. Und beim ersten echten Streit würde ich in Léo nur noch den Behinderten sehen.

Da ich es nicht mehr ertrage, wie er mir meine Zukunft als Blindenhündin ausmalt, werfe ich, um ihn von diesem Thema abzulenken, eine Frage ein: »Glaubst du, dass er Chancen hat, eines Tages wieder zu sehen?«

Betretenes Schweigen. Étienne trinkt seinen Rotwein aus und starrt auf einen Punkt irgendwo über meinem Kopf.

Ich lasse mich nicht entmutigen.

»Alles hin? Nicht die geringste Chance?«

Als ich seinen Blick endlich einfangen kann, greift er liebevoll nach meiner Hand und sagt: »Es gibt ein Operationsverfahren, aber das wird hier nicht angewandt. Die Aussichten auf Erfolg sind wenig berauschend. Vielleicht eins zu dreißig. Und die Kosten liegen im fünfstelligen Bereich, in Dollar.«

Étienne gibt die Summe in amerikanischer Währung an, weil man sich an dieses Operationsverfahren nur in New York wagt, in der Augenklinik, in der er nach seinem Studium gearbeitet hat. Aber das alles wisse Léo bereits. Étienne habe ihm weder die Höhe der Kosten noch die geringen Aussichten auf Heilung verschwiegen.

Was haben wir uns nach alledem noch zu sagen?

Nichts.

Doch, eines noch, Étienne hat Rose gebeten, zum Kaffee zu uns zu stoßen. Oder vielmehr hat sie sich dazu eingeladen, als er ihr verkündet hatte, dass Léo und ich zusammen sind.

Sie setzt sich auf den Platz mir gegenüber, wunderschön wie immer und verärgert wie selten. Sie sieht mich mit einer Bestürzung an, als wäre ich ihre Verzweiflung, ihr Kreuz und ihre Strafe. Aber es ist mir egal, was sie denkt, was all die anderen denken, und ich könnte ihr beliebig oft sagen, dass ich Léo liebe, wenn sie mich danach fragen würde; aber das tut sie nicht. Sie stürzt ihren Kaffee hinunter, schiebt die Blusenärmel hoch und sagt mir ohne Umschweife, sie finde es verantwortungslos von mir, mich mit Léo auf ein Abenteuer einzulassen, dessen katastrophales Scheitern doch abzusehen sei.

Mir ist, als stünde Maman vor mir und hielte mir eine Predigt. Auch sie hatte eine echte Begabung dafür, alles, was ihr gegen den Strich ging, aufs Äußerste zu dramatisieren.

In der Hoffnung auf Unterstützung wendet sie sich Étienne zu, doch statt eines verschwörerischen Lächelns oder weiterer Argumente, die mich zur Räson bringen könnten, erntet sie nur einen müden Seufzer.

Es reicht für heute, ich stehe auf, um mich wieder an die Arbeit zu machen. Rose begleitet mich zur Tür des Restaurants und umarmt mich so fest wie jedes Mal, wenn sie weiß, dass sie zu weit gegangen ist.

»Mal ehrlich, das mit Léo, es ist dir doch nicht ernst damit?«

»Wieso nicht? Weil er blind ist?«

»Gib zu, dass du dir das Leben nicht leichter machst. Ich warne dich ja nur, weil du nicht leiden sollst. Ich will doch nur dein Glück.«

»Es wäre mein größtes Glück, wenn du dich raushieltest.«

»Du musst es selbst sehen. Wenn ich so sagen darf.«

Und mit dieser abschließenden Einsicht, die keine ist, kehrt sie zu ihrem Tisch und zu Étienne zurück.

Ich mache einen Umweg durch den Parc de la Villette, um dieses Essen zu verdauen, das mir schwer im Magen liegt. Ich war lange nicht mehr hier.

Das grelle Licht der Wintersonne überflutet die weiten Grünflächen, und davon wird mir warm ums Herz. Am Löwenbrunnen spielt ein kleines Mädchen in einem gold- und lilafarben geblümten Anorak Himmel und Hölle. In ihrem Alter habe ich vor genau diesem Brunnen auch oft versucht, den Himmel zu erreichen. Auf dem Platz vor der Grande Halle singt eine junge Rothaarige unter den gleichgültigen Blicken der Passanten Axelle Red und begleitet sich dazu auf der Gitarre.

Ich höre ihr ein bisschen zu, werfe ein Geldstück in ihr Schälchen und mache mich dann wieder auf den Weg – fröhlich »Sensualité« vor mich hinsummend.

Ich habe keine Lust mehr, zu meinen Särgen, meinem Computer, meinen unbezahlten Rechnungen und der endlosen Reihe der Trauernden zurückzukehren. Ich setze mich im Schneidersitz auf den Kai des Canal de l'Ourcq, spüre die Strahlen der hellen Wintersonne auf meiner blassen Haut, sehe den Lastkähnen nach, die langsam über das braune Wasser gleiten, und fühle mich gut, endlich.

Die junge Rothaarige hat sich zu mir gesetzt. Sie schlägt drei Akkorde auf ihrer Gitarre an, und dann singe ich mit ihr: *J'aime. J'aime tes yeux, ton odeur, tous tes gestes en douceur, sensualité.*

Und dann geht sie ebenso unvermittelt wieder, wie sie gekommen ist.

Die Pause ist vorüber. Abdelmoumen ruft mich an und teilt mit, er habe aus eigenem Antrieb beim Arbeitsamt angerufen, damit man uns schnellstens eine Vertretung für Arthur schickt. Ich antworte ihm, dass ich meinen freien Nachmittag habe. Er sieht da keinen Zusammenhang.

Er hat recht, es gibt keinen.

Ich flanierte weiter ziellos durch die Straßen von Paris, und als es Abend wurde, hatte ich es so eilig, Léo wiederzusehen, dass ich beschloss, ihn nicht in der Bar du Général zu erwarten, sondern vor den Thermes du Paradis.

Das hätte ich nicht tun sollen.

Kurz vor dem Ende der Öffnungszeit kam eine Frau heraus, sie ähnelte Clara. Schrecken überfiel mich. Ich stellte sie mir nackt auf der Massageliege vor, sie und Léos

Hände, die ihren Körper auf dieselbe Weise erkundeten, wie sie meinen erkundet hatten.

Sie ging dicht an mir vorbei, und es war tatsächlich Clara. Sie war noch hübscher als auf dem kleinen Plakat innen an der Tür von Léos Schrank.

Ich war so erschüttert, dass ich nach Hause wollte.

Die blauen und gelben Neonlampen der Thermes du Paradis erloschen, Léo kam aus dem Nebeneingang und ging ein paar Schritte in Richtung Bar du Général, doch der Bürgersteig wurde von Mülltonnen blockiert. Er tastete mit seinem weißen Stock, um einen Weg um sie herum zu finden, vergeblich. Er machte kehrt, und ich fasste ihn am Arm. Er erschrak, aber dann erkannte er meine noch vom inneren Aufruhr zitternde Stimme, als ich sagte: »Keine Angst, ich bin's nur.«

Er lächelte und streckte den Kopf vor, um mich zu küssen, ich fuhr zurück. Er legte seine Finger, die noch ganz vom Arganölgeruch durchtränkt waren, an mein Gesicht, um meinen Mund zu finden, und dabei rollte eine Träne unter seinen Daumen. Er drückte mir einen Kuss auf die Lippen; ich empfand nichts.

27

Léo hat Makkaroni mit Tomatensoße gekocht und sie mit Parmesanspänen und Schinkenstreifen verfeinert, die in seinem Kühlschrank schlummerten, seit ich ihn kenne. Er fällt mit Bärenhunger über seine Portion her.

Ich habe keinen Appetit, ich werfe mein Essen in den Abfalleimer und mache eine Flasche Weißwein auf. Ein Säuerling, der Löcher in die Magenwände ätzt. Ich gieße ein Glas herunter, noch eins … die halbe Flasche; und als der Alkohol meine Neuronen zum Tanzen gebracht hat, verkünde ich ihm, ich würde mich am nächsten Abend gern im Hamam entspannen. Léo entgegnet, für eine ganz auf meine persönlichen Bedürfnisse abgestimmte Massage gebe es nichts Besseres als die heimische Privatsphäre.

Ich wiederhole, ich wolle lieber bis zum nächsten Abend warten, weil mein Tag derart nervig gewesen sei, dass ich nicht imstande wäre, seine Wohltaten wirklich zu genießen. Doch als er die Hemdsärmel hochschiebt und mir seine beiden schwarzen Hände entgegenstreckt, kann ich nicht widerstehen. Ich knipse das Licht aus, entkleide mich, er wirft mich auf sein Bett, und ich gebe mich hin wie jedes Mal, wenn seine Haut sich an meine schmiegt.

Nach der Liebe lege ich ihm den Kopf auf die Schulter, ich fühle mich so unbeschwert, dass ich ernsthaft daran denke, von Clara zu sprechen, doch ich lasse es bleiben, aus Angst, alles zu zerstören. Also erkunde ich mit den Fingerspitzen seine durch und durch muskulösen breiten Schultern, seinen Hals, seine dunklen, vollen Lippen, die mich so gut zu küssen verstehen, dann lasse ich meine Zungenspitze über seine Lider wandern; er flüstert mir zu, davon bekäme er gleich wieder eine Erektion.

Ich lasse meine Zungenspitze weiter über jeden Zentimeter seiner Haut wandern, und als mein Mund nur noch einen Atemzug von seinem vor Lust geschwellten Glied entfernt ist, sage ich: »Wir spielen jetzt das ›Wenn-Spiel‹.«

Sein Glied wird sofort schlaff, er greift nach meiner Hand, damit ich ihn wieder in Fahrt bringe, doch ich wehre ihn ab, weil ich den Grund seiner Seele erforschen möchte.

»›Wenn-Spiel‹?«, brummt er. »Davon hab ich noch nie gehört.«

»Ich stelle dir eine Frage, die mit ›Wenn‹ beginnt. Und du musst den Satz zu Ende bringen. Zum Beispiel: Wenn meine Tante Mumm hätte, würden wir sie rufen … Verstanden? Du fängst an. Wenn du wieder sehen könntest, was würdest du dann am liebsten sofort sehen oder wiedersehen wollen?«

Léo findet dieses Spiel blöd und gemein, weil er dieser Frage ausweicht, seit Étienne ihm keine Hoffnung mehr gelassen hat. Doch er lässt sich darauf ein, um mir einen Gefallen zu tun.

Wenn er sein Augenlicht zurückbekäme, würde er als Erstes wieder auf sein Trapez klettern und sich in die Luft werfen, um die Gesetze der Schwerkraft herauszufordern. Ja, der Zirkus, der Trommelwirbel, Monsieur Loyals dröhnende Stimme und der heftige Beifall des Publikums fehlen ihm so sehr, dass er zweifellos das am liebsten wiedersähe, und zwar gleich, wenn …

Er verfällt kurz in Schweigen … Nein, bei genauerer Überlegung sind es nicht der Zirkus oder das Publikum, die ihm am meisten fehlen. Am Tag vor dem Unfall hatte er einen Platz für das Bruce-Springsteen-Konzert im Stade de France reserviert. Ja, jetzt ist er sich sicher, dieses verpasste Konzert würde er dann am liebsten sofort sehen wollen, wenn …

Er verfällt noch einmal in Schweigen … Nein, bei genauerer Überlegung sind es weder der Zirkus noch Bruce Springsteen, die ihm am meisten fehlen. Noch am Nachmittag, als er das schlaffe Fleisch und die Cellulitis der alten Kundinnen knetete, sind ihm Gentilly und das Pierre-Curie-Gymnasium in den Sinn gekommen, wo er die Mädchen mit seinen Poetry-Slams unterm Pont Mirabeau anbaggerte. O ja, am liebsten würde er sofort sehen, was aus Nathalie, Nelly, Mélanie, Laurence und all den anderen Mädchen geworden ist, die nur noch Augen und Ohren für die Reime und Verse des schönen Apollinaire gehabt hatten.

Dann verfällt er noch ein weiteres Mal in Schweigen … Nein, bei genauerer Überlegung sind es weder der Zirkus noch Bruce Springsteen noch die Mädchen aus Gentilly, die ihm am meisten fehlen. Am meisten fehlt ihm seine Mutter. O ja, wie gern würde er ihre raue Stimme wieder hören und ihr wunderschön rollendes R, ihren Geruch nach Palmolive-Seife einatmen und ihre knotigen arthrosegeplagten Hände küssen, die viel zu lange harte Arbeit in den billigen afrikanischen Restaurants von Paris geleistet haben. Seit ihr einziger Sohn im Königreich der Blinden lebt, verkümmert sie in ihrer kleinen Wohnung in Gentilly und verliert langsam ihr Gedächtnis, sie verwechselt Tag und Nacht, Monate und Jahre, Namen und Gesichter. Ja, bei genauerer Überlegung würde er dann am liebsten sofort seine Mutter wiedersehen, wenn …

Ich bin sauer, dass ich nicht auf seiner Liste stehe, ich rolle mich ins Laken und kehre ihm den Rücken zu. Er schmiegt sich an mich, doch ich wehre ihn mit einem Hüftstoß ab und frage: »Und Clara, hättest du nicht Lust, sie dann gleich wiederzusehen? Wenn du mich nicht sehen willst, dann hätte sie vielleicht mehr Glück als ich. Ich habe sie aus dem Hamam kommen sehen.«

»Du kennst sie nicht.«

»Ich sehe sie jedes Mal, wenn ich deinen Schrank öffne. Du schaust sie mit den Augen einer liebeskranken Kröte an, es ist kaum auszuhalten.«

Er schweigt verblüfft, dann sagt er: »Jetzt verstehe ich, warum du wolltest, dass ich mich im Hamam um dich kümmere.«

»Du hast mich angelogen. Ich mag es nicht, wenn man mich für dumm verkauft.«

Wütend ziehe ich mich an.

Als ich zornig auf den Knopf am Aufzug drücke und sich die Türen kreischend öffnen, erscheint Léo auf dem Treppenabsatz. Er streckt mir die Hand hin und bittet mich, in die Wohnung zurückzukommen; er will es mir erklären.

Clara kommt seit Kurzem in den Hamam, spätabends, nach der Arbeit – sie ist Verkäuferin bei Camaïeu in der Einkaufspassage des Gare de l'Est –, und es ist eine Qual, diesen Körper zu berühren, den er einst so geliebt hat. Seine Mutter hat sie in einem lichten Augenblick erkannt und ihr die Adresse der Thermes du Paradis gegeben.

Während der Massage spricht sie von der glücklichen Zeit, als sie ein Liebespaar waren. Nach der Massage verspricht sie, bald wiederzukommen.

Wann?

Er weiß es nie im Voraus. Sie kommt, sobald ihr seine Hände, seine Stimme, sein Atem, sein Geruch fehlen.

Léo verfällt ein letztes Mal in Schweigen, bevor er fortfährt: »Ich lebe jetzt schon zwei Jahre in diesem Nebel. Ich dachte, ich würde mich daran gewöhnen, aber ich gewöhne mich nicht daran, ich werde mich nie daran gewöhnen. Wenn ich durch ein Wunder mein Augenlicht zurückgewinnen würde, dann wärst du diejenige, die ich dann gleich sehen wollte. Aber das ist ein unerfüllbarer Traum. Ich habe nichts. Keinen Cent auf der hohen Kante. Und deshalb wird New York immer unerreichbar für mich sein.«

Ich nehme ihm die dunkle Blindenbrille ab und sehe seine toten Fischaugen im Licht des Mondes, der ins Zimmer scheint, zum ersten Mal weinen.

28

Mit steif aufgerichtetem Oberkörper, die Hände schön flach auf den kurzen, stämmigen Oberschenkeln, hört er mir aufmerksam zu, während ich ihm die Bedingungen für die Einstellung erkläre. Er heißt Kévin Doutreligne, ist zwanzig Jahre alt, hat ein paar ausgefallene blonde Haare auf dem Jackenkragen und kräftige, wie für das Tragen von Särgen geschaffene Schultern, zudem passt sein fahlblasser Teint perfekt zum Beruf des Totengräbers, den er anstrebt.

Und außerdem?

Stehen ihm der schwarze Anzug, das weiße Hemd und die schwarze Krawatte bestens, und er lächelt selbst dann noch, wenn er nachdenklich die Stirn runzelt. Das Arbeitsamt von Belleville hat ihn mir wärmstens empfohlen, denn er ist der Einzige in der Kartei, der sich um einen Job im Totengewerbe bemüht.

Und außerdem?

Scheint er mir pfiffiger zu sein, als er aussieht, und auch das gefällt mir natürlich. Bevor ich seinen Zeitvertrag unterzeichne, bitte ich ihn, dieses glückliche Lächeln abzusetzen, das er die ganze Zeit zur Schau trägt, ich erinnere ihn daran, dass wir ein Bestattungsinstitut sind und kein Geschäft für Scherzartikel.

Kévin verspricht, er werde versuchen, nicht mehr zu lächeln, und lächelt dabei.

Ein Kunde erscheint an der Tür zu meinem Büro, im Schlepptau einen kleinen Rollkoffer. Ein altersloser Mann, alles an ihm ist grau, der Teint, die Haare, der Bart, der Mantel.

Kévin streckt ihm lächelnd die Hand hin und sagt: »Guten Tag, Monsieur.«

Der Kunde reißt erstaunt die Augen auf. Ich zeige auf einen Stuhl und bitte ihn, kurz zu warten, dann ziehe ich Kévin aus dem Büro, um ihm die Grundregeln unseres Berufs zu erklären.

Lektion Nummer eins, man wünscht einem vom Unglück getroffenen Kunden nicht einen guten Tag. Genauso wenig sagt man: »Was kann ich für Sie tun?« Es darf einem kein »Bis bald!« oder »Trotzdem noch einen schönen Tag« herausrutschen. Ebenfalls strikt zu vermeiden: »Es ist sehr traurig, aber es gehört zum Leben.« Man empfängt den Kunden, indem man den Kopf leicht neigt und dann in absolut neutralem Ton sagt: »Ich stehe ganz zu Ihrer Verfügung.«

Kévin lächelt und verspricht, solche Taktlosigkeiten künftig zu vermeiden.

Zur weiteren Unterweisung schicke ich ihn zu Abdelmoumen, der sich hingerissen in dem Spiegel an meinem Sargdeckel bewundert.

Nun zu Monsieur.

Er hat gerade Elton verloren, seinen siamesischen Kater. Er wünscht sich für Elton eine Beisetzung, die seiner Zuneigung zu dem Verblichenen gerecht wird. Vom Tierarzt, der den Kater eingeschläfert hat, wurde ihm der Tierfriedhof von Villepinte empfohlen. Er öffnet den Koffer, zeigt mir den in ein weißes Leichentuch gehüllten Katzenkadaver und beginnt auch schon zu flennen wie eine nasse Wollsocke. Fünfzehn Jahre des Zusammenlebens mit diesem Gefährten, das sei doch schon etwas, nicht wahr?

Ich gebe mir viel Mühe, ihm mein Beileid zu bekunden, und rufe im Office funéraire an, um eine mittelgroße Kiste zu bestellen sowie einen Grabstein, auf den, so wünscht es sich Monsieur, nur schlicht »Elton in ewiger Dankbarkeit« graviert werden soll. Dann reserviere ich ein Grab auf dem Tierfriedhof in Villepinte. Gesamtsumme der Rechnung: achthundertfünfzig Euro. Monsieur zahlt bar auf die Hand und in Hunderteuroscheinen, doch er möchte beim Begräbnis nicht zugegen sein. Erst wenn er seinen Kummer überwunden hat, wird er am Grab seines Katers stille Einkehr halten. Er hinterlässt mir seinen Rollkoffer zu treuen Händen und geht genauso grau, wie er gekommen ist.

Dreizehn Uhr.

Abdelmoumen und meine Jungs essen im Bistro gegenüber zu Mittag. Ich habe auf nichts Hunger. Ich sitze an meinem Schreibtisch, zähle die Minuten und denke an Léo, nach dem ich jeden Tag ein wenig süchtiger bin. Zwar ist diese Sucht auch beglückend, schließlich bin ich nicht mehr zur Einsamkeit verurteilt, doch sie macht mir durchaus auch zu schaffen, weil sie sich in jeden Augenblick meiner Zeit geschlichen hat. Und nun, da ich weiß, dass er eine Chance haben könnte, eine winzige Chance, sein Augenlicht zurückzuerlangen, bin ich noch mehr aus der Fassung, weil ich mir Léo gar nicht anders als blind vorstellen kann.

Meine Jungs sind aus dem Bistro zurück. Lucas erzählt den neuesten Witz, den er in einer Radiosendung gehört hat. Alles unter der Gürtellinie, und alle lachen lauthals; alle außer Kévin, dem dieser zotige Humor nichts sagt.

Als sie sich beruhigt haben, befehle ich Lucas, den Rollkoffer aus meinem Büro zu schaffen, beim Office funéraire vorbeizufahren und sich um die Beerdigung des Katers zu kümmern.

Er hat wenig Lust.

»Villepinte, das haben wir lange nicht mehr gehabt. Diese Scheißkleinbürger schmeißen wirklich mit dem Geld um sich.«

Abdelmoumen, Georges und Marcel verdrücken sich unauffällig ins Hinterzimmer, heilfroh, dass ihnen diese Aufgabe erspart bleibt.

Kévin hat sich mir angeschlossen. Lächelnd.

Ich frage genervt: »Lächeln Sie, weil Sie so ein freundliches Gemüt sind, oder freuen Sie sich so über Ihren Job?«

Weder noch.

Sein Lächeln ist völlig unwillkürlich, ein angeborener Fehler, der ihm schon einigen Ärger eingetragen hat, weil man ihn oft für dämlich, gedankenlos oder optimistisch hält. Er lächelt über dieses Pech, und wir gehen weiter bis auf die Terrasse. Vor Arthurs Grab bleibe ich stehen, ich lehne mich an die Stele und frage ihn, was ein junger Mann von zwanzig Jahren an unserem Gewerbe so attraktiv finden könne.

Der Tod sei seine Leidenschaft, sagt er. Mehr noch, seine Berufung; er hat es im Blut. Er war immer in seiner Nähe. Sein Vater ist auch einer von uns, er ist Totengräber und Wärter des kleinen Friedhofs in Omiécourt in der Picardie, seiner Heimat. Kévin lernte zwischen den Monumenten, den Gräbern und den kleinen Backsteinkapellen laufen und spielte dort später Schatzsuche mit seinen kleinen Bleisoldaten, die er in den vom Regen und Frost aufgebrochenen Gräbern versteckte. Auf ebendiesem kleinen Friedhof hat er auch seine erste Zigarette geraucht und zum ersten Mal ein Mädchen geküsst. Später, als er sein Studium aufgegeben hatte, hoffte er darauf, dass sein Vater in Rente gehen würde und er ihm nachfolgen könnte. Doch bis heute wacht der immer noch rüstige alte Mann über die Verstorbenen des Dorfs. Also hat Kévin sich schweren Herzens entschlossen, dem Beispiel vieler anderer Jungs vom Land zu folgen und ins Exil zu gehen, um sich seinen Lebensunterhalt fern der heimatlichen Picardie zu verdienen.

Er lächelt.

Sein Lächeln ist ansteckend, ich lächle mit.

Die Stele, an der ich lehne, wackelt in ihrem rissigen Zementsockel. Ich kann sie nicht mehr sehen, sie ragt wie eine große Pustel über meine übrigen Grabsteine hinaus. Jetzt, wo Arthur im Genesungsurlaub ist, kann ich dieses scheußliche Ding endlich verschrotten und Platz für ein anderes Grab schaffen. Hier nämlich würde sich der Pérenissima in rosa und lila schimmerndem Granit bestens machen, ein bisschen auffällig, aber nicht vulgär. Im letzten *Magazine funéraire* wurde er als absolutes Highlight gepriesen, und dieser Meinung kann ich mich voll und ganz anschließen. Sobald Monsieur Combray wieder bei mir ist, werde ich ihn bestellen.

Abdelmoumen und Marcel kommen im Gleichschritt auf mich zu. Abdelmoumen macht sich zum Sprecher der beiden. Sie würden gern früher gehen, um Arthur Gesellschaft zu leisten, der sich so ganz allein in seinem Klinikbett mopse.

Es ist nach halb sieben, ich gebe dem Antrag mit einem Senken der Lider statt und mache auch Kévin ein Zeichen zu gehen.

Er dankt mir mit einem Lächeln.

Ich schleppe meinen Seelenschmerz vom Sargdepot in die Ausstellungshalle und zurück und denke an Léo, an New York, an die Möglichkeit, dass er vielleicht eines Tages sehen könnte, wenn …

Würde ich mich darüber freuen, wenn er sein Augenlicht zurückerlangen würde?

Ich weiß es nicht, ich glaube nicht. Als Blinder war er eine blendende Offenbarung, als Blinden liebe ich ihn, und als Blinden will ich ihn behalten. Mein Egoismus macht mich blind. Ich denke allen möglichen Unsinn.

Mein Handy klingelt, ich gehe dran, es ist Leïla. Sie schimpft mit mir, sie findet, es sei schon viel zu lange her, dass wir es uns zu zweit nett gemacht hätten.

Was ich von einem Abendessen zu Hause hielte?

Ein Abendessen bei mir zu Hause, o ja, davon halte ich was.

Ich ziehe mich vor meinem Sarg um und lasse die Ladengitter herunter.

29

Leïla hat etwas zusammengeschmurgelt, das nach nichts aussieht, aber gut riecht. Es hätte genauso gut ein misslungenes Couscous sein können, ist aber ein gelungener Grießbrei mit karamellisiertem Gemüse, unter den sie ganz fein geschnittenes Hähnchenbrustfilet gemischt hat. Einfach köstlich.

Wir sitzen im Schneidersitz auf dem Wohnzimmersofa und reden beim Essen über alles und nichts, ich erzähle ihr von Arthurs Unfall, sie mir von ihrer Arbeit. Sie hat den Nachmittag mit einem von einer Lkw-Stoßstange skalpierten jungen Mann verbracht. Ihren Erzählungen nach eine schöne Schweinerei.

Jedes Mal, wenn sie einen Mann in besten Jugendjahren restaurieren muss, zerreißt es ihr das Herz. Gestern war er noch am Leben und voller Pläne, sagt sie sich, bestimmt hatte er eine Freundin, und dann hat er im falschen Moment an der falschen Kreuzung sein Leben gelassen. Der Vater sei fast ohnmächtig geworden. Die robustere Mutter habe Leïla dafür gedankt, dass sie den Sohn für die große Reise so schön gemacht habe, und dann habe sie geflüstert: »Er sieht aus, als würde er nur schlafen.«

Als würde er nur schlafen: Das ist das größte Lob, das man ihrer Arbeit spenden kann. Als würde er nur schlafen – diese Worte braucht sie nur zu hören, dann kann sie sich nichts anderes mehr vorstellen, als die letzte Visagistin toten Lebens zu sein.

Wir sind mit dem Essen fertig, Leïla trägt die leeren Teller, auf denen nicht das kleinste Grießkörnchen übrig geblieben ist, in die Küche und kommt mit einer Packung Gazellenhörner zurück, die sie auf dem Nachhauseweg von der Leichenhalle gekauft hat. Dieses mit Mandelmus gefüllte Gebäck hat fünfhundert Kalorien pro Stück, aber der Geschmack rechtfertigt jede Sünde. Was scheren uns unsere Hüften und der Hintern, immer her mit Cellulitis und Fettpölsterchen. Lachend stopfen wir uns voll. Plötzlich stößt mir Leïla ihren Ellbogen in die Rippen; sie will wissen, wie es mit Léo steht. Ich höre auf zu lachen. Und muss ihr gestehen, dass ich eine ziemlich komplizierte Liebesgeschichte erlebe. Um es klar und deutlich zu sagen: Je mehr ich ihn liebe, desto weniger Durchblick habe ich. Und da wir gerade so schön unser Seelenleben auspacken, bitte ich sie, sich an meine Stelle zu versetzen und mir zu helfen, meine Ängste zu zerstreuen.

An meine Stelle?

Um nichts in der Welt würde sie an meiner Stelle sein wollen. Selbst in ihren gewagtesten Fantasien könne sie sich nicht vorstellen, sich in einen Blinden zu verlieben. Sie lacht schallend. Ich bin sauer. Sie entschuldigt sich, natürlich sei sie bereit, mir zu mehr Durchblick zu verhelfen.

Ich schildere ihr die Lage. Seit ich weiß, dass Léo eine winzige Chance hat, sein Augenlicht zurückzugewinnen, bin ich der Spielball völlig widersprüchlicher Gefühle. Ich möchte genug Geld auftreiben, damit er in die New Yorker Klinik kann, weil es mir unvorstellbar erscheint, diese Operation nicht zu versuchen. Doch zugleich fürchte ich mich vor ihrem Gelingen, denn ich habe Angst, dass er mich, sobald er wieder sehen kann, sieht, wie ich bin, und sich um einer anderen willen von mir abwendet.

Während sie ihre vom Honig klebrigen Finger einen nach dem anderen ableckt, sagt sie: »Hör endlich auf mit deinen Komplexen. Es wird immer ein hübscheres Mädchen geben als dich. Wenn Léo dich liebt, dann bei Tag und bei Nacht. Wenn nicht, ist er ein Idiot und dich gar nicht wert. Ich habe auch Komplexe, aber ich schiebe sie weg und mache weiter.«

Sie kann sich noch daran erinnern, dass ein Kunde sie ganz zu Anfang ihrer Laufbahn abgelehnt hat, weil er nicht wollte, dass seine tote Frau von den Händen einer Araberin berührt würde. Oder daran, dass sie mit Benjamin, ihrem ersten Freund, zur Geburtstagsparty eines seiner Cousins eingeladen war. In eine riesige Wohnung in einem der besseren Viertel von Paris. Alles vom Feinsten, und sie erinnert sich, zufällig ein Gespräch belauscht zu haben, in dem es hieß, Benjamin sei ein feiner Kerl, geradezu ein Wohltäter, da er ja mit einer Araberin gehe. Und sie erinnert sich auch noch daran, dass ich sie bei mir untergebracht habe, weil jedes Mal, wenn sie bei einer Wohnungsbesichtigung ihre genauen Personalien angab, die Wohnung leider, leider schon vergeben war. Sie könne mir weitere Beispiele aufzählen, sagt sie, die ihr Komplexe verschafft und sie völlig am Boden zerstört hätten. Sie vergesse nichts, aber sie wolle lieber weiterkommen. Und sie komme so rasch weiter, dass sie noch am Morgen auf eine Annonce des französischen Instituts für Thanatopraxie geantwortet und sich als Ausbilderin beworben habe, jeweils zwei Stunden nach der Arbeit – damit könne sie ihre monatlichen Einkünfte kräftig aufbessern.

Soweit sie wisse, seien es hundertfünfzig Bewerber. Abschließend fragt sie mich: »Was meinst du, wie viel Chancen hat die Bewerbung von Leïla Benameur, wohnhaft bei Adèle Reverdy? Eins zu hundertfünfzig. Optimistisch geschätzt. Aber ich versuch's.«

Während ich mein letztes Gazellenhörnchen vertilge, denke ich, dass auch ich nicht das Recht habe, mein Glück nicht zu versuchen.

Ich rufe in den Thermes du Paradis an und lasse Léo ausrichten, ich würde heute Nacht zu Hause schlafen. Dann schicke ich Étienne eine kurze SMS: »Was kostet New York? Rufe dich morgen an.«

30

Am nächsten Morgen hat Étienne immer noch nicht auf meine SMS geantwortet. Ich schicke ihm den ganzen Tag eine SMS nach der anderen, bis er endlich einwilligt, mich zu Hause zu empfangen, allerdings habe er dann nur sehr wenig Zeit für mich.

Ich küsse ihn auf beide Wangen. Blitzküsse, denn er ist mit Rose bei Bofinger verabredet, einer Brasserie im Bastille-Viertel. Er bindet die Krawatte ab, knöpft die Manschetten seines Hemds auf, verschwindet in ein anderes Zimmer und lässt mich mitten im Wohnzimmer stehen.

Étiennes Wohnung ist so sexy eingerichtet wie ein Wartezimmer. Die Stühle stehen an den passend zum Teppichboden graubeige gestrichenen Wänden. In einem Blumenkübel mit Wasserreservoir ein kräftiger Gummibaum. Auf dem gläsernen Couchtisch ein Stapel alter Ausgaben von *Paris Match* sowie ein schöner Fotoband von Yann Arthus-Bertrand mit Luftaufnahmen von Lagunen, und auf Staffeleien zwei goldgerahmte Lithos von Toffoli, eins zeigt die Blaue Moschee von Istanbul in einem feinen Goldregen, das andere Notre-Dame de Paris im gleichen Regen. Meine Mutter hatte in einer Galerie in der Avenue des Gobelins einen Druck dieses Malers gekauft, als

Geburtstagsgeschenk für meinen Vater. Zu seinem Sechzigsten. Es war die *Vendeuse d'Arums*: eine Afrikanerin mit ihrem Kind im Tragetuch auf dem Rücken und in der Hand einen Strauß Aronstabblüten. Mein Vater tat so, als sei er ganz hingerissen von so viel Schönheit, doch gleich am nächsten Tag brachte er die Arumverkäuferin in der Garage bei den Leichenwagen unter.

Étienne kommt in einem frischen Hemd zurück, jetzt trägt er Mauve. Er bindet sich eine mattgrüne Seidenkrawatte um und fragt: »Was kann ich für dich tun, liebe Adèle?«

»Ich brauche deine Hilfe.«

»Was immer du willst. Du weißt, du kannst auf mich zählen.«

»Es geht um die Operation. Ich habe gründlich nachgedacht. Ich will ihm helfen.«

Er erstarrt.

Ich wiederhole: »Ich will ihm helfen.«

Er fasst sich wieder.

»Hast du schon mit ihm darüber gesprochen?«

»Noch nicht. Ich möchte erst wissen, ob ich auf dich zählen kann.«

Er sieht mich schräg von der Seite an, als wäre ich ein ungedeckter Scheck, dabei gerät ihm der Knoten daneben. Er versucht es noch einmal, mit ähnlichem Erfolg. Er wird langsam gereizt. »Deinetwegen komme ich noch zu spät. Was genau erwartest du von mir?«

Dass er mir hilft, die medizinischen und behördlichen Formalitäten in New York hinzukriegen. Und außerdem erwarte ich, dass er mir hilft, das alles durchzustehen.

Als er seinen Krawattenknoten endlich hinbekommen

hat, verzieht er das Gesicht. Er findet, das Grün beißt sich mit dem Mauve seines Hemds. Ich stimme ihm zu: Das matte Grün sehe aus wie ein Erbsenbreiklecks in einem Lavendelfeld.

Er schließt sich meiner Meinung an, legt die Krawatte ab und lässt den Hemdkragen offen.

Zurück zu Léo.

Ganz nach Art von Rose liest Étienne mir die Leviten, nur hat er weniger Talent dazu. Er bringt alles zur Sprache: das praktisch unausweichliche Scheitern der Operation, die Folgen für den Patienten, bis hin zu Depressionen oder sogar Selbstmord, all das sei schon vorgekommen. Er beendet den Wortschwall mit einem Scherz, über den ich nicht lachen kann. »Wenn du dich wirklich in dieses Abenteuer stürzen willst, wirst du dein Sparbuch plündern müssen, mit deinem Krankenkassenkärtchen kommst du in den Vereinigten Staaten nicht weit.«

Er zieht einen marineblauen Blazer mit Goldknöpfen über, der ein wenig abgetragen und altmodisch wirkt – also irgendwie zu ihm passt –, und gibt mir den Rat, Léo so zu lieben, wie er ist, und nicht, wie ich ihn mir wünsche. Ich danke ihm für diese kleine Philosophielektion à la Paulo Coelho und dränge ihn ein letztes Mal, mir zu helfen.

Er geht auf den Treppenabsatz hinaus, drückt auf den Aufzugknopf, sieht auf seine Uhr, dann auf mich und seufzt, er finde mich lieb, aber nervig. Eher nervig als lieb übrigens, und gerade deshalb möge er mich; er verspricht, schnellstens Erkundigungen einzuholen.

31

Der Himmel über Paris ist schwarz wie Ruß, es regnet. Die Tageszeit, zu der alle braven Menschen heimgehen, die Obdachlosen sich einen Winkel für die Nacht suchen, die Verliebten sich in sanft beleuchteten Bars zur Happy Hour treffen, die Tageszeit, zu der niemand einen Hund vor die Tür jagen würde. Ich gehe allein den Boulevard de Belleville entlang, der völlig verstopft ist von Autos, Motorrollern und Stadträdern, die sich durch dieses unsagbare Chaos schlängeln.

Regentropfen laufen mir über Wangen und Hals und finden ihren Weg zwischen meine Brüste, ich bekomme Gänsehaut davon, und ich liebe es. Der untere Teil meiner Hosenbeine ist durchnässt, meine Schuhe saugen sich mit Wasser voll, ich schlottere und warte aufs erste Niesen, und ich liebe es.

Ich liebe es, durch den Regen zu laufen, ich habe dann das angenehme Gefühl, dass er den Schmutz und die schlechte Luft dieser Stadt von mir abwäscht. Ich liebe den Regen, weil er die schicken Föhnfrisuren der hübschen Frauen plattmacht und mein völlig glattes, völlig reizloses blondes Haar kräuselt. Ich liebe es, durch den Regen zu laufen, weil dann nur noch wenige Menschen unterwegs sind und ich in die Pfützen springen kann, eins meiner Lieblingsvergnügen.

Ich springe so rasch von Pfütze zu Pfütze, dass ich bereits am Gare de l'Est angekommen bin.

Was habe ich hier zu suchen, patschnass um kurz vor acht Uhr abends in der Bahnhofshalle, durch die es von den östlich liegenden Bahnsteigen her kräftig zieht?

Ich bin hier, weil ich meinem Instinkt der Eifersucht gefolgt bin. Ich bin hier, weil Clara bei Camaïeu in der Einkaufspassage arbeitet.

Sie muss erfahren, dass ich in Léos Leben getreten bin und es nicht zu verlassen gedenke.

Ich stehe vor dem Schaufenster; der Laden wird von kleinen Spots beleuchtet, deren sanft goldenes Licht geschickt darauf abgestimmt ist, die Kundinnen zu ködern.

Clara ist allein, sie faltet eine weiße Bluse mit blauen und grünen geometrischen Mustern und legt sie in ein Regal, dann holt sie Jacken und Jeans aus einer Umkleidekabine und hängt sie an verchromte Ständer. Schließlich verteilt sie Modeschmuck, der auf ihrer Ladentheke verstreut ist, auf schmiedeeiserne Gestelle.

Jetzt ist alles aufgeräumt.

Sie stellt sich vor einen Standspiegel mit geschnitztem weißen Holzrahmen und steckt eine Strähne fest, die sich aus dem blonden Knoten gelöst hat. Sie ist eine Mensch gewordene Schönheit und könnte ohne Weiteres das Titelblatt von *Elle* oder *Biba* zieren, niemand würde etwas dabei finden.

Ich muss die Tür zu diesem Geschäft jetzt sofort öffnen, denn wenn ich sie zu lange bewundere, wird mich der Mut verlassen, das weiß ich. Meine Knie werden weich, Hitzewellen überfluten mich; es ist zu spät zur Umkehr.

Von Nahem sieht sie aus wie aus Porzellan, so hell sind

ihre Augen, und so durchscheinend ist ihr Teint. Und was mir besonders zu schaffen macht: Ihr Lächeln ist nicht künstlich, sie wirkt nett, echt nett.

Aus meinen Haaren tropft es auf den Teppichboden, in meinen Händen kribbelt es, mein Herz schlägt dumpf.

Sie legt eine Schere in eine Schublade und sagt: »Guten Abend, Madame. Haben Sie etwas im Schaufenster gesehen, das Ihnen gefällt?«

Ich lasse meinen Blick durch den Laden schweifen, um ihr nicht in die Augen sehen zu müssen, und erwidere: »Nichts Spezielles. Ich möchte mich nur umschauen, bis mein Zug fährt.«

Ich muss sie überrumpeln, ich darf ihr keine Zeit zu einer Reaktion lassen.

Clara, Sie wissen nicht, wer ich bin, aber ich weiß, wer Sie sind. Ich bin hier, um die Dinge zwischen uns ein für alle Mal klarzustellen. Léo und ich …

Unmöglich. Sie würde mich für eine ganz frisch verliebte und schon verbitterte alte Tussi halten.

Clara, ich habe nichts gegen Sie, aber ich liebe Léo, und er liebt mich auch. Sie haben zwischen uns nichts mehr zu suchen. Lassen Sie uns in Frieden, bitte.

Bitte … Wo ich schon mal dabei bin, kann ich ihr ja gleich mein Herz ausschütten.

Clara, Sie scheinen mir eine prima Frau zu sein, das bin ich auch. Ich glaube, wir könnten uns auch prima verständigen, und deshalb will ich ganz offen zu Ihnen sein. Léo und ich …

Zu brüsk, zu weinerlich, zu unaufrichtig. Ich werde es nie hinkriegen.

Ich gehe durchs Geschäft, sie folgt mir mit ihrem Blick,

erkennt meine Gedankenverlorenheit und sagt: »Ich weiß ja nicht, was Sie suchen, aber heute Morgen habe ich kleine schwarze Baumwolloberteile mit Druckknopfverschluss hereinbekommen. Wunderhübsch. Ich bin sicher, dass Ihnen Schwarz gut steht. Möchten Sie eins anprobieren?«

Ich nicke, ziehe meinen Mantel aus und lege ihn auf die Verkaufstheke.

Sie tritt einen Schritt zurück, um meine Größe zu schätzen, holt von einem Ständer eins der besagten Oberteile und zupft es über meinen Schultern zurecht. Dann dreht sie den Spiegel so, dass ich mich sehen kann, doch ich sehe nur sie. Dieses Mädchen ist die Sonne persönlich, sie ist das genaue Ebenbild von Brooke Logan, der Heldin von *Reich und Schön*, nur zwanzig Jahre jünger.

Ich nehme das kleine Oberteil. Das freut sie, denn sie ist sicher, Schwarz ist die Farbe, die mir am besten steht. Dann schlägt sie mir vor, dieses schwarze Oberteil mit einer orangefarbenen Röhrenjeans zu kombinieren. Sie schwört, in diesem neuen Look würde ich meinen Liebsten zum Staunen bringen.

Ich versteife mich.

Sie merkt es, setzt eine etwas betretene Miene auf und sagt mit einem Kinderstimmchen: »Aber vielleicht haben Sie keinen Liebsten.«

Jetzt bin ich wirklich gekränkt und versichere ihr, ich hätte einen, er heiße Léo. Sie reißt überrascht die Augen auf, dann lächelt sie. Dieser Vorname sei ihr vertraut und wecke Erinnerungen in ihr. Sie sei mit einem Léo zusammen gewesen. Sie habe gedacht, sie würden ein Paar fürs Leben, doch dann sei leider alles schiefgegangen. Ihr hübsches Gesichtchen einer Telenovela-Madonna wird dunkelrot, sie entschuldigt sich dafür, meine Zeit verschwendet und sich über ihr Privatleben ausgelassen zu haben, das doch niemanden interessiere.

Ich sehe auf die Armbanduhr, lasse eine Serie harmloser Flüche vom Stapel und sage: »Ich habe meinen Zug verpasst. Darf ich hier bei Ihnen auf den nächsten warten?«

Sie nickt und sagt mir einfach so ins Gesicht, sie finde mich sympathisch. Ich würde ihr das Kompliment gern zurückgeben, aber es bleibt stecken, ich bringe es nicht heraus, ich werde es nie herausbringen, also trete ich die Flucht nach vorn an und frage, ob sie diejenige gewesen sei, die die Beziehung mit Léo beendet habe. Sie flüstert leise: »Ja.« Sie bereue es bis heute, dass sie ihn habe sitzenlassen. Sie habe ihren Léo kennengelernt, als er beim Zirkus Amar angefangen habe, und sich Hals über Kopf in ihn verliebt. Sie seien so ineinander verschossen gewesen, dass sie hätten heiraten wollen. Der Termin habe schon festgestanden, das Aufgebot sei bestellt, der Priester ausgesucht und alle Zirkusfreunde eingeladen gewesen.

Sie scannt das Etikett des kleinen schwarzen Oberteils, faltet es sorgfältig zusammen, schiebt es in eine Camaïeu-Tüte und tippt auf die Registrierkasse. Der Spaß kostet mich vierunddreißig Euro. Während ich zahle, hake ich ungeduldig nach.

»Und dann?«

Was dann kommt, stimmt in allen Punkten mit dem überein, was Léo mir erzählt hat. Der Sturz vom Trapez, das Koma, die Erblindung. Clara schweigt kurz, bevor sie tonlos weiterspricht: »Ich habe Schluss gemacht, weil ich mir mit fünfundzwanzig Jahren nicht vorstellen konnte, mein Leben mit einem Blinden zu teilen.«

Letztes Jahr hatte sie genug von ihren Seehunden und deren Bällen. Sie gab alles auf, fand diesen Verkäuferinnenjob und machte sich dann auf die Suche nach ihrem Léo, weil er ihr so schrecklich fehlte. Sie tritt näher an mich heran, ganz dicht, und verrät mir in vertraulichem Ton, sie habe seit der Trennung von Léo einige Abenteuer gehabt und endlich verstanden, dass man im Leben nur eine große Liebe erlebe. Alle davor seien nur Vorbereitung, alle danach Nachholversuche. Jetzt sei sie sich sicher, Léo sei ihre einzige große Liebe. Als sie ihn wiedergesehen habe, habe ihr das Herz geklopft wie am ersten Tag. Sie beschreibt ihre Glückseligkeit, wenn sie unter seinen Händen schmilzt. Bei jeder Massage habe sie das Gefühl, ihm wieder zu gehören.

Mein Puls ist auf zweihundertfünfzig, das Herz springt mir gleich aus der Brust, mehr kann ich nicht ertragen. Ich unterbreche sie: »Ist es nicht ein bisschen gemein, mit den Gefühlen Ihres Ex zu spielen? Wahrscheinlich hat er inzwischen eine Frau gefunden, die er liebt und die ihn liebt.«

Sie zuckt amüsiert die Achseln und erwidert: »Kennen Sie viele Frauen, die mit einem Blinden leben wollen? Ich könnte es, weil ich ihn schon vor seinem Unfall kannte. Er weiß, wer ich bin, er weiß, was wir gemeinsam erlebt haben, und ich weiß, dass alles von Neuem beginnen kann.«

Wenn sie nur davon spreche, bekomme sie schon Lust, heute Abend zu ihm zu gehen. Ich werde blass, es kocht in mir, meine Kehle ist ausgedörrt. Sie möchte nicht unfreundlich sein, aber ich komme ihr plötzlich ein bisschen angegriffen vor, daher empfiehlt sie mir, mich in den

Thermes du Paradis zu entspannen, dem besten Hamam von Paris. Ich bräuchte mich am Empfang bloß auf sie zu berufen – sie schärft mir zweimal ihren Namen ein – und darum zu bitten, von Léo behandelt zu werden.

Es ist nach zwanzig Uhr, sie hält mir meine Tüte hin, begleitet mich zur Tür und wünscht mir noch einen schönen Abend. Ich bin völlig fertig und stottere nur: »Danke und auf Wiedersehen.« Unwillkürlich denke ich, wie viel einfacher alles gewesen wäre, wenn ich sie wirklich unsympathisch hätte finden können.

32

Ich kam völlig betäubt und benommen nach Hause, einen Riesenaufruhr im Kopf. Die nassen Klamotten ließ ich einfach mitten im Schlafzimmer auf den Boden fallen. Jetzt sitze ich im Schlafanzug auf dem Bett, das Handy in Reichweite, und sauge direkt aus der Tube gezuckerte Kondensmilch, die sich in meinem Mund mit den zu Brei gekauten Erdnussflips mischt. Es ist eklig bis zum Gehtnichtmehr, aber es lindert meine Ängste. Ein bisschen. Ein ganz kleines bisschen.

Ich knipse die Nachttischlampe aus, strecke mich aus und schließe die Augen, um Schlaf zu finden. Doch je mehr ich mich um ihn bemühe, desto mehr entzieht er sich mir. In meinem Kopf überstürzen sich die Bilder, Clara auf dem Packeis mit ihren Seehunden und Bällen, dann wieder sie, diesmal nackt auf der Massageliege in den Thermes du Paradis. Léos Hände gleiten über ihre Knöchel, ihre Schenkel, ihren Bauch, ihre Brüste, sein Zeigefinger streichelt ihre Lider, sie steht kurz vor dem Orgasmus.

Diese Halluzinationen machen mich verrückt.

Ich knipse die Nachttischlampe wieder an und sehe auf den Wecker: zweiundzwanzig Uhr zehn.

Was treibe ich um zweiundzwanzig Uhr zehn auf meinem Bett – im Pyjama, mit einer leeren Tube Kondensmilch und Augen voller Tränen?

Das ist alles nur zum Kotzen.

Ich schwanke zur Toilette, um mir Erleichterung zu verschaffen. Ich versuche, ein Erbrechen zu erzwingen, doch nichts kommt. Jemand klopft an die Tür, ich drehe mich um, es ist Leïla. Sie sieht mich sehr streng an und hält mir ein Päckchen Papiertaschentücher hin.

Ich wische mir den Mund ab und sage: »Ich hab was gegessen, was mir nicht bekommen ist.«

»Das erzähl wem anders. Wenn du dich mit diesem Mist vollstopfst, liegt dir was auf der Seele. Geht es um deinen Liebsten?«

Ich nicke, ich schüttle den Kopf. Sie dringt nicht weiter in mich, sondern flüstert mir nach einer kurzen Pause zu, sie durchlebe gerade eine schlechte Phase mit Hubert. Seine Showmaster-Seite gehe ihr immer mehr auf den Geist, und seine ausgeprägte Egozentrik mache sie nur noch wütend. Daher werde es im gemeinsamen Bett von Nacht zu Nacht ein wenig kühler.

Sie zieht mich am Arm ins Wohnzimmer, wo Hubert auf dem Sofa sitzt und auf seinem Handy der neuesten Generation seine Mails checkt. Er steht auf und kommt auf mich zu, um mich auf die Wange zu küssen, doch als er meine roten Augen und einen milchigen Spuckefaden in meinem Mundwinkel entdeckt, überlegt er es sich anders und reicht mir eine schlaffe Hand.

Mein Magen gurgelt.

Leïla geht in die Küche, um mir einen Salbei-Thymian-Tee zu kochen. Hubert betrachtet mich mit geheucheltem Ernst. Diesen Dreh hatte er schon auf dem Gymnasium bestens heraus: so zu tun, als interessiere er sich für einen. Er spricht von Léo, von den Blinden, ihrer Behinderung, von einem Blinden, den er, so erinnert er sich, in seine Sendung eingeladen hatte und der Schwierigkeiten mit den Rolltreppen in der Metro und mit seinem Blindenhund hatte, der auf seine alten Tage farbenblind geworden war.

Alles wäre gut, wenn er mich vergessen und weiter mit seinem Handy spielen könnte. Aber nichts ist je wirklich gut, er redet weiter. Er findet, ich erlebe da eine ebenso unglaubliche wie herrliche Liebesbeziehung, und irgendwie – wie genau, weiß er nicht – bewundere er mich.

Er merkt, dass er einfach so daherredet, genauer gesagt über andere statt über sich, also wechselt er das Thema und erzählt mir das Neueste aus dem Leben von Hubert dem Bescheidenen. In dieser Woche wird *Télé 7 Jours* einen Artikel über ihn bringen. Nicht nur ein paar Zeilen. Etwas Bedeutsames. Ernsthaftes. Intellektuelles. Der Journalist, der ihn interviewt hat, hat ihm eine volle Seite mit Foto versprochen.

»Ach.«

Das »Ach« einer von Übelkeit Gepeinigten, die wirklich null Interesse aufbringen kann.

Sein Handy piept. Er liest die SMS, die gerade angekommen ist, und kann seine Erleichterung und Befriedigung nicht verbergen. Laut und wohltönend verkündet er, bei seiner letzten Sendung habe sich die Einschaltquote um zwei Prozentpunkte gesteigert. Er ruft seinen Produzenten an und verschwindet in seinem Schlafzimmer, um das Gespräch fortzusetzen.

Leïla kommt mit einer dampfenden Tasse Kräutertee

zurück, das Gebräu werde meinen Magen bis in alle Ecken reinigen, versichert sie mir, und dann könne ich mich wieder mit gezuckerter Kondensmilch und Erdnussflips dopen, wenn mir der Sinn danach stehe. Ich nehme einen Schluck; es ist bitter, eklig, es dreht einem die Eingeweide auf links, dennoch trinke ich weiter, erstens weil ich muss und zweitens weil ich es liebe, wenn Leïla sich so um mich kümmert. Sie ist mehr als eine Freundin für mich, sie ist die kleine Schwester, die ich gern gehabt hätte. Mein Handy klingelt, ich stürze ins Schlafzimmer, eine SMS von Étienne: »Operation Léo. Kann meinen New Yorker Kollegen nicht erreichen. Versuche es weiter. Rufe dich morgen an. Gute Nacht, liebe kleine Nervensäge.«

Ich setze mich im Schneidersitz auf mein Bett, auf dem Wecker ist es dreizehn Minuten nach Mitternacht.

Was habe ich um null Uhr dreizehn auf meinem Bett zu suchen – ohne Léo?

33

Ich keuche, ich ersticke, mir ist schwindlig. Das Blut klopft heftig in meinen Schläfen, mir ist, als würde mir gleich der Schädel platzen. Unendlich vorsichtig knöpft er das kleine schwarze Oberteil auf, löst mit gleichem Zartgefühl den Haken meines BHs und verbirgt dann schluchzend sein Gesicht an meiner Brust. In mir lodert ein Feuer. Er saugt an den Spitzen meiner Brustwarzen, kniet sich nieder und dringt mit seiner sanften weichen Zunge in meinen Bauchnabel ein. Ich beiße mir die Lippen blutig. Er öffnet den Reißverschluss meiner Jeans, ich ziehe meinen Slip aus und schleudere ihn in die Dunkelheit des Raums. Er küsst mich auf die Schamlippen, wühlt sich überall hinein. Ich kralle meine Fingernägel in das feste Fleisch seiner schweißnassen Schultern. Er richtet sich wieder auf, packt mich fest an den Hüften, ich bedecke seine geschlossenen Lider mit zarten Küssen, mit einem Zeigefinger streichelt er meine Lippen, saugt einen kleinen Blutstropfen auf. Ich nehme seinen Kopf zwischen die Hände und küsse ihn mit aller Kraft, ein Kuss, mit dem ich mich bis ans Ende meiner Tage verloren gebe. Er hebt mich hoch, presst mich an die Wand, ich schlinge meine Beine um seine Taille, und er dringt mit einem einzigen Stoß in mich ein.

Es ist das erste Mal, dass ich so genommen werde. Ich

spüre seine ganze männliche Kraft in meinem tiefsten Innern. Ich stöhne auf und schreie: »Hör auf, es tut weh! Nein, mach weiter! Hör auf! Fester. Noch mal.«

Ich weiß nicht mehr, wer ich bin, ich weiß nicht mehr, woher ich komme, ich schwelle vor Lust.

Plötzlich versteift sich sein ganzer Körper, er wirft den Kopf in den Nacken und stößt, die Hände in meine Hüften gekrallt, ein gewaltiges Stöhnen aus. Sanfte Wärme breitet sich in meinem Unterleib aus, es tut rasend gut. Ich möchte, dass wir so bleiben, so miteinander verbunden, bis der Tag anbricht.

Ich spüre, dass er weich wird, und bettle: »Noch zwei Minuten, Herr Henker. Zwei nur.«

Er lacht, und wir schwanken zu seinem Bett.

Wir liegen Seite an Seite, seine Hand sucht meine, unsere Finger verflechten sich, wir schweigen.

Ich mag diese Stille nach der Liebe. Wir sind ganz allein in diesem dunklen Abgrund, aus dem ich nie mehr hinausmöchte. In diesem einzigartigen Augenblick der Gnade vergesse ich alles.

Léo fährt mir mit dem Handrücken über die Brüste, ich erbebe. Er zieht mir die Decke über die Schultern und sagt: »Dir ist kalt. Soll ich dir etwas zu essen machen, damit dir wieder warm wird?«

Ich lege ihm den Finger auf die Lippen. »Psst … Bleib ganz still liegen. Ich habe nur Hunger auf dich. Psst.«

Wir hören nur noch unsere Herzen, die noch erschöpft sind von der wilden Liebe.

Er küsst mich auf die Stirn, steht auf, geht zum Kühlschrank und kommt mit einer Packung gekochtem Schinken zurück, den er auf der Bettkante verspeist. So gesättigt, lächelt er breit, beugt sich über mich und murmelt: »Du hättest dich ankündigen sollen. Ich hätte ja auch Besuch haben können.«

Ich finde den Witz nicht sonderlich gut.

»Clara zum Beispiel?«

Er geht wieder zum Kühlschrank, holt eine Dose Bier heraus und setzt sich auf einen Stuhl. An der Geschwindigkeit, mit der ihm das Bier durch die Kehle rinnt, merke ich, dass er verärgert ist. Er stellt die leere Dose auf den Tisch, setzt sich in den orangefarbenen Kunstledersessel und nimmt das Gespräch nach kurzem Schweigen wieder auf: »Sie war heute Abend da. Ich hatte sie länger als eine Stunde unter den Händen. Es wollte gar nicht aufhören.«

»Du hast ihr gesagt, dass du nichts mehr für sie empfindest. Du hast ihr gesagt, dass du sie nicht mehr liebst, nie mehr lieben wirst.«

Er steht auf, tastet sich an der Wand aufs Bett zu, stößt gegen einen Stuhl, verflucht ihn und legt sich neben mich.

Ich lasse nicht locker. »Hast du es ihr gesagt?«

Er schüttelt den Kopf. »Ich habe ihr gesagt, dass ich mich verliebt habe. Darüber hat sie nur gelacht. Sie glaubt, ich würde bluffen, um mich an ihr zu rächen, aber letzten Endes würde ich ihr doch nicht widerstehen können.«

Nach der Massagebehandlung erwartete Clara ihn am Ausgang der Thermes du Paradis. Léo hatte gehofft, ich würde da sein und damit beweisen, dass er sie nicht angelogen hatte. Sie ging mit ihm zu Fuß bis vor sein Haus, wohl in der Hoffnung, er würde ihrem Charme unterwegs erliegen und sie würden wieder zusammenfinden wie damals, als sie zwei glänzende Sterne am Firmament des

Zirkus Amar gewesen waren. Doch Léo ließ sie einfach stehen. Sie drängte nicht weiter, denn sie ist sicher, dass er sie immer noch liebt und dass dieses Spielchen Ich-lieb-dich-ich-lieb-dich-nicht bald vorbei sein wird.

Er schiebt seine Hand zwischen meine Schenkel. Wir liegen Stirn an Stirn. Ich frage ihn, ob er mich mehr liebt, als er sie geliebt hat. Er antwortet, er liebe mich, wenn ich nicht von Clara spräche, er liebe mich, wenn wir beide allein seien, er liebe mich, wenn seine Hände meinen Körper und die Schönheit meiner Seele ertasteten.

34

Ich habe Étienne zwei Nachrichten geschickt. Als ich mittags in meinem Laden ankomme, hat er immer noch nicht darauf reagiert.

Um dreizehn Uhr laden mich meine Jungs zum Mittagessen ins Bistro gegenüber ein, weil sie finden, sie müssten etwas gegen meine schlechte Laune tun. Ich nehme die Einladung gern an, ihre Gegenwart beruhigt mich in Momenten, in denen ich nicht mehr ganz begreife, wie mein Leben eigentlich aussieht. Und heute ist genau so ein Moment. Mir ist schwer ums Herz, mir ist, als würde ich im selben dunklen Tunnel verschwinden wie Léo, und als würden wir beide nie wieder hinauskommen.

Nach der Apfeltarte und dem Kaffee erzählt mir Abdelmoumen ein bisschen von Arthurs Gesundheitszustand. Die Wunden würden zwar normal verheilen, doch im Oberstübchen sehe es nicht gut aus. Er schwinge ebenso trübselige wie beängstigende Reden. Er wolle seinem Leben ein Ende setzen, um zu seiner Thérèse zu gelangen, und man solle sich bloß keine Sorgen um seine Beerdigung machen, er habe genug Geld für eine schöne Beisetzung angespart. Zu seinem Bevollmächtigten hat er den strengen Georges ernannt, der seine Rolle als Testamentsvollstrecker sehr ernst nimmt. Als Kévin von diesen Entwicklungen hört, kräuselt ein kleines Schmunzeln seine Mundwinkel, er kann seine Hoffnung kaum verhehlen, dass Arthur seine Worte in die Tat umsetzt und sich sein eigener Status als Interims-Sargträger in den eines festangestellten Sargträgers verwandelt.

Nach dem Mittagessen machen sie sich zur Kinderklinik Robert-Debré auf, um einen Leichnam abzuholen, und ich gehe in mein Büro, wütend darüber, dass ich immer noch keine Nachricht von Étienne habe.

Am späten Nachmittag, ich bin gerade dabei, eine Beerdigungsversicherung mit einer Kundin abzuschließen, meldet er sich.

Mit viel Beharrlichkeit ist es ihm gelungen, seinen Kollegen in der New Yorker Augenklinik zu erreichen, und so kann er mir nun genau und detailliert die Kosten für Behandlung und Krankenhausaufenthalt nennen. Mit Rücksicht auf mich hat er die Dollar in Euro umgerechnet.

Zu Léo: Die Operation kostet zweiunddreißigtausendfünfhundert Euro, zu denen noch fünftausendzweihundert Euro für die Voruntersuchungen kommen, die Nachuntersuchungen und Nachbehandlungen schlagen mit sechstausenddreihundert Euro zu Buche, nicht zu vergessen acht Übernachtungen zu je fünfhundert Euro. Also insgesamt – praktischerweise hat er auch die Gesamtsumme für mich berechnet – achtundvierzigtausend Euro. Nicht eingerechnet das Flugticket, dessen Preis er nicht kenne.

Achtundvierzigtausend Euro. Es verschlägt mir die Sprache. Bevor er auflegt, verspricht er mir noch, er werde, falls ich weiterhin entschlossen sei, mich zu ruinieren, sein

Versprechen halten und sich um die Aufnahmeformalitäten kümmern.

Ich denke wieder und wieder über diese Zahlen nach und mache eine Aufstellung meiner Ersparnisse. Wenn ich meinen Bausparvertrag und meine Lebensversicherung kündige, komme ich mit Glück auf achtzehntausend Euro. Fehlen noch dreißigtausend und das Flugticket. Ein hübsches Sümmchen. Nein, ein dicker Batzen.

Später, kurz vor Geschäftsschluss, ruft Rose an und schlägt vor, wir sollten den Apéro im Sombréro nehmen, einer Tapasbar in der Rue du Faubourg Saint-Antoine, wo sie Stammkundin ist. Ich wittere Unrat, ihre schneidende Stimme und die langen Seufzer, die ihre Worte unterbrechen, lassen diese Einladung wenig spontan erscheinen. Ich zögere, aber dann nehme ich doch an, denn meine Schwester fehlt mir ein bisschen, eigentlich sogar sehr.

Ich stelle den Computer aus, und als ich gerade aus meinem Büro gehen will, erscheint Monsieur Combray. Er verheddert sich in nebulösen und mir völlig unverständlichen Erklärungen dafür, dass er zu so später Stunde vorbeischaut, doch er sei sicher, ich würde es nicht bedauern, denn er habe da ein paar Neuheiten, die ich als Erste sehen solle. Er zieht ein Tablet mit Touchscreen aus der Tasche und lässt Fotos von Kruzifixen in Bronze und Emaille, von Davidsternen, die vermutlich ein Schüler Césars entworfen hat, und von biologisch abbaubaren Urnen vorbeidefilieren, die für die Öko-Kundschaft im Viertel sicher sehr interessant sind.

Aber mich interessiert nichts von alledem.

Sein Zeigefinger fährt in unendlichen Arabesken über den Bildschirm. Kränze aus künstlichen Blumen, Grabtafeln, Särge – diese allerdings absolut klassisch – marschieren unter meinem Blick auf. Die Grabsteine, die er jetzt Revue passieren lässt, erinnern mich an Arthurs Stein, den ich unbedingt bei nächster Gelegenheit loswerden will.

»Stopp!«, sage ich. »Ich will den Pérenissima in rosa Granit.«

Er tippt auf dem Bildschirm herum und schüttelt dann betrübt den Kopf. Von diesem Modell ist nichts mehr auf Lager, die Lieferzeit beträgt mindestens einen Monat. Kein Wunder, er war ja auch das Top-Modell der vorletzten Ausgabe des *Magazine funéraire*. Es besteht ja keine Eile, Monsieur Combray setzt mich auf die Warteliste. Ich knipse im Ausstellungsraum das Licht aus und lasse das Gitter herunter. Monsieur Combray, der seinen Wagen vor meinem Laden abgestellt hat, bietet mir netterweise an, mich zum Faubourg Saint-Antoine zu fahren. Ich nehme das Angebot an und danke ihm mit meinem schönsten Lächeln.

35

Rose ist bereits da, mit bis zu den Ohren hochgeschlagenem Mantelkragen sitzt sie unter einem Gasheizstrahler; ihr Blick verheißt nichts Gutes. Sie trinkt einen Mojito und raucht. In kleinen, abgehackten Zügen, die sie sofort wieder durch die Nase ausstößt.

Das letzte Mal habe ich sie rauchen sehen, als … Es ist so lange her, dass ich mich nicht mehr daran erinnere.

Wir küssen uns auf die Wange, es sind Küsse ohne Wärme, ohne Ausdruck. Ich setze mich neben sie, wir sitzen auf Tuchfühlung, sie rückt ihren Stuhl ein wenig ab und trommelt nervös mit dem Zeigefinger auf dem Zigarettenpäckchen herum. Ich rufe den Kellner und bestelle mir auch einen Mojito.

Sie tritt ihre Zigarette auf dem Asphalt aus und steckt sich sofort eine neue an. Ich lächle ihr zu. Sie bleibt eisig. Es reicht, und mit einem Seufzer sage ich: »Ich bin nicht hergekommen, um dir beim Schmollen zuzuschauen. Hast du ein Problem? Kann ich dir helfen?«

Sie behauptet, sie schmolle überhaupt nicht, aber ein Problem habe sie allerdings: mich. Sie trinkt einen Schluck Mojito und zieht wütend an ihrer Zigarette, dann geht's los. Sie war bei Étienne, als er mich angerufen hat – und ich könne mir gar nicht vorstellen, wie sehr es sie aufrege, dass ich bereit sei, mich für Léo bis zum Hals zu verschulden. Achtundvierzigtausend Euro! Sie verlangt, dass ich von diesem hirnrissigen Vorhaben ablasse, sie müsse mir die Augen öffnen, damit ich der Realität ins Gesicht sehen könne. Achtundvierzigtausend Euro!, wiederholt sie immer wieder. Ich kann es nicht mehr hören. Wenn sie nicht meine große Schwester wäre, hätte ich sie bereits mitsamt ihrem Mojito sitzenlassen. Sie erkundigt sich, wie ich eine solche Summe aufzutreiben gedächte. Ich kann ihr einfach nicht verständlich machen, dass ich Léo liebe und ihm das Glück zurückgeben möchte, das er mir schenkt. Sie antwortet nur kühl, wenn er mich so lieben würde wie ich ihn, würde er es ablehnen, dass ich mich um seiner schönen Augen willen in Gefahr brächte. Ich finde ihr Wortspiel nur mäßig gut, aber ich bleibe ganz ruhig und teile ihr mit, dass er nichts von alledem weiß, dass ich es ihm erst sagen werde, wenn es mir gelungen ist, das Geld aufzutreiben.

Ein schwaches Lächeln erscheint auf ihren Lippen. Ich weiß, sie ist davon überzeugt, dass es mir nicht gelingen wird und dass diese Geschichte mit der Operation in New York bald im Sande verlaufen wird. Sie ist erleichtert, aber noch nicht völlig beruhigt. Sie stellt alle möglichen Hypothesen auf, um mich zur endgültigen Kapitulation zu bringen. Und selbst wenn ich das Geld aufbrächte, was wäre, wenn die Operation misslinge, dann hätte ich achtundvierzigtausend Euro in den Wind geschossen, und wenn sie doch gelinge – was wäre, wenn ich Léo danach nicht mehr gefiele? Auch dann hätte ich achtundvierzigtausend Euro verloren. Das Ergebnis dieser verrückten Idee wäre in jedem Fall Verlust auf der ganzen Linie.

Ihre Worte steigen mir zu Kopf, ich trinke meinen Mojito in einem Zug aus und sage: »Das alles habe ich mir bereits überlegt, aber es ist ja auch möglich, dass ich ihm gefalle. Eine Möglichkeit, die du gar nicht erst in Betracht ziehst. Ich hingegen hoffe und glaube es.«

»Man kann nicht achtundvierzigtausend Euro auf den Zufall setzen.«

Ein Engel geht vorüber, und das tut mir gut. Sie bestellt uns noch einen Mojito. Noch ein Engel geht vorbei, und das tut mir weh, weil ich meine Schwester heute Abend nicht lieben kann; und vor allem verabscheue ich sie, wenn sie mir verkündet, das mit Étienne sei ernst, sie würden eine Wohnung kaufen und zusammenziehen. Sie schlägt also schon mal die Pflöcke ein für den Fall, dass ich auf den Gedanken verfalle, sie anzupumpen, sollte ich mich darauf versteifen, mich um Léo zu kümmern.

Ihr Gesicht, eben noch hart, ist jetzt hübsch und sanft und heiter wie das von Maman. Sie lädt mich zum Abendessen ein und überlässt mir die Wahl des Restaurants. Ich lehne dankend ab, meine Eingeweide sind so verkrampft, dass ich nichts herunterbekäme. Sie küsst mich auf die Wangen, drückt mich eng an sich und sagt: »Ich hab mich gefreut, dich zu sehen und die Dinge klargestellt zu haben.«

Was ich mir übersetze mit: Zum Glück hast du mich, um deine Dummheiten zu verhindern, meine liebe kleine Adèle.

Ich gehe durch die Kälte und den Wind des Faubourg Saint-Antoine zurück und bin so unglücklich, dass ich heulen möchte. Ich lasse mich in die Rue de Lappe treiben. Die beschlagenen Fenster der Bistros, Belle-Époque-

Walzerklänge, die aus dem Bal À Jo dringen, Dealer, die dealen, Schnüffler, die schnüffeln, und ein Pärchen, das sich unter einer Laterne leidenschaftlich küsst.

Ich drücke die Tür der P'tit Bar auf, setze mich hinten in den Raum und bestelle mir einen Glühwein, um mich aufzuwärmen und aufzuheitern. Vergebliche Liebesmüh, heute Abend macht mich der Alkohol nur traurig, ich schicke Leïla eine SMS. Nur zwei Wörter: »Help me.«

Ich trinke gerade den dritten Glühwein aus, als sie kommt. In ihren Armen verliere ich die Beherrschung; weinend erzähle ich ihr alles: die gemeinen Bemerkungen von Rose, Clara, die achtundvierzigtausend Euro. Einfach alles, was mir zustößt, seit Léo in mein Leben getreten ist.

Sie wischt mir die Tränen aus dem Gesicht, küsst mich auf die Stirn, bestellt sich einen Portwein, den sie in kleinen Schlucken trinkt, und sagt dann, als das Glas leer ist: »Es gäbe natürlich eine Lösung: Hubert.«

»Hubert?«

»Du hast das ideale Profil für seine Sendung. Eine Weiße, die in einen blinden Schwarzen verliebt ist. Sie braucht einen Haufen Schotter, um die Operation zu bezahlen, die ihrem Kerl das Augenlicht zurückschenken könnte. Die Operation muss in New York gemacht werden. Deine Geschichte kann einen ganz schön rühren. Ich jedenfalls würde meine Tränendrüsen in Gang setzen und einem Mädel wie dir einen Fuffi spendieren.« Sie bietet mir noch einmal an, mit Hubert darüber zu sprechen.

Ich schüttle heftig den Kopf. Mein Privatestes vor Tausenden von Fernsehzuschauern auszubreiten, noch dazu, wenn Hubert die Fragen stellt, das brächte ich nicht einmal aus Liebe zu Léo fertig, derart peinlich und erbärmlich fände ich diese Farce, die nur zum Geldabstauben dienen würde.

Leïla gähnt, sieht auf die Armbanduhr und fragt: »Was willst du also tun? Eine Bank um einen Kredit bitten? Im Lotto spielen? Oder hast du zufällig irgendwo einen reichen Onkel?«

Ich beruhige mich. Und nach kurzem Schweigen sage ich: »Ich habe einen reichen Onkel. Morgen früh besuche ich ihn.«

Wir sind die letzten Gäste in der P'tit Bar. Die Neonlampen werden ausgeknipst, der Plasmabildschirm ausgestöpselt, ein Kellner beginnt, das Lokal zu fegen. Leïla reibt sich die vor Müdigkeit geschwollenen Augen. Sie will schlafen gehen; morgen in aller Frühe erwartet sie ein Leichnam im Krankenhaus Bicêtre.

Eine Kirchenglocke in der Ferne läutet ein Uhr. Es ist zu spät, um Léo zu besuchen. Wir gehen zu Fuß nach Hause und singen fröhliche Chansons von verliebten Bäckerinnen und dergleichen.

36

Es ist neun Uhr, und Onkel André ist immer noch nicht da. Ungeduldig gehe ich vor seinem Bestattungsinstitut, das genau gegenüber dem großen Eingangsportal des Friedhofs Montparnasse liegt, hin und her. Schließlich kommt einer seiner Jungs, schon in Sargträgerkluft. Er neigt den Kopf und setzt die graue und ernste Miene des perfekten Bestatters auf. Dann kommt er auf mich zu und fragt: »Es geht um einen Trauerfall, nehme ich an?«

»Eine falsche Annahme.«

»Umso schöner. Sie haben eine Verabredung mit Monsieur Reverdy, nehme ich an?«

»Eine richtige Annahme.«

An seinem schmierigen Lächeln und dem anzüglichen Zwinkern erkenne ich, dass er sich abermals täuscht; er hält mich für eine angehende Jagdtrophäe meines Onkels.

Da ist er ja schon, Onkel André.

Er parkt sein Cabrio mit zwei Rädern auf dem Bürgersteig. Ich laufe ihm mit ausgebreiteten Armen entgegen und küsse ihn freudig auf beide Wangen. So viel zärtlicher Überschwang am frühen Morgen überrascht ihn; er bleibt stumm. Sein Angestellter ist hinter mir, Onkel André stellt ihn mir vor und gibt ihm einen Schlüsselbund, damit er den Laden öffnet. Mit gesenktem Kopf und reumütiger

Miene zieht der Junge ab. Onkel André sieht mich besorgt an und fragt, was es denn so Wichtiges geben könne, dass ich einfach so bei ihm auftauche, keine Vorankündigung, kein Anruf, keine SMS, nichts.

Ich hänge mich an seinen Arm, und wir gehen ein paar Schritte, bis ich sage: »Nichts Ernstes. Das heißt, doch. Also, mir geht es nicht so besonders.«

»Was kann ich für dich tun, Chérie?«

»Ich möchte …«

Ich stecke fest. Gelähmt vor Scham darüber, dass ich hier bin, dass ich vor ihm stehe und nicht die richtigen Worte finde, um mit ihm über Geld und über Léo zu reden. Mein Mund ist ausgetrocknet. Eine Träne läuft mir über die Wange, eine zweite, dann noch mehr. Er nimmt meinen Kopf zwischen die Hände. Ich schlucke die Tränen hinunter und spreche weiter.

»Weißt du noch, nachdem Papa und Maman gestorben waren, bist du, wenn ich niedergeschlagen war, mit mir nach Deauville gefahren, um aufs Meer zu blicken.«

»Bist du niedergeschlagen?«

Ich sage nichts.

»So sehr?«

Ich senke traurig die Lider. Er geht in seinen Laden und spricht mit seinem Angestellten, der nickt wie früher die Wackeldackel auf den Hutablagen der Wagen. Onkel André kommt wieder heraus und hält den Schlüssel Richtung Cabrio, das sich zwitschernd entriegelt.

Wir fahren nicht ans Meer, so viel Zeit hat er nicht, aber wir fahren ans Marneufer in Nogent, wo sein Schiff liegt. Das Schiff, das er sich gerade gekauft hat, um im nächsten Sommer um Guernsey herumzuschippern, mit Mathilde, seiner neuesten Eroberung. Eine Witwe, die jünger ist als ich und deren Schmerz er zu lindern wusste, als sie wegen der Beisetzung ihres Mannes bei ihm war.

Auf dem Place Denfert-Rochereau fragt er noch einmal, was es denn so Dringendes geben könne, meine Begräbnismiene sei ja schlimmer als die seines Angestellten. Ich versuche, mich klar, zusammenhängend und schlicht auszudrücken, doch mit jedem Satz verheddere ich mich mehr; so sehr, dass ich mich selbst nicht mehr verstehe, als wir kurz vorm Périphérique sind. Onkel André legt mir die Hand aufs Knie und schlägt mir vor, mit dem Ende anzufangen, um Zeit zu sparen.

»Dreißigtausend Euro. Ich brauche dreißigtausend Euro, Onkel André.«

»Wenn du in dein Unternehmen investieren möchtest, kann ich dir nur meinen Bankier empfehlen. Ein prima Kerl. Dank ihm hab ich meine gesamte EDV erneuern können.«

Onkel André hat die gleiche tiefe und einen Hauch sinnliche Stimme, wie sie mein Vater hatte; der Unterschied zwischen den beiden ist allerdings, dass mein Vater wortkarg war, während mein Onkel an verbaler Inkontinenz leidet. Er spricht im Wesentlichen von sich, und wenn er sich für andere interessiert, dann nur insoweit es auch etwas mit ihm zu tun hat.

Wir fahren auf dem Périphérique, dann durch den Bois de Vincennes, und ich habe immer noch keinen Satz einflechten können.

Endlich sind wir an dem kleinen Sporthafen in Nogent-sur-Marne angekommen, und ich weiß jetzt alles über sein neues EDV-System, das er geistesgegenwärtig erneuert hat, bevor die Kreditzinsen auf über drei Prozent exklusive Versicherung kletterten.

Wir steigen aus, er nimmt mich bei der Hand, und wir spazieren über den menschenleeren Kai, an dem die Schiffe der Pariser auf dem bräunlichen Marne-Wasser überwintern. Er zeigt auf eine Jacht, die aussieht wie alle anderen; sie ist weiß, ihr leerer Mast ragt ziemlich hoch in den von Wolken verschmutzten Himmel, und die Kajüte ist sicher sehr geräumig. Sie gehört ihm. Stolz posaunt er heraus: »Na, Adèle, nicht schlecht, der Kahn, oder?« Worauf ich antworte: »Spitze! Echt geil!«

Er geht auf den Steg, springt aufs Deck der Jacht und fordert mich auf, es ihm nachzutun, damit er mir die Kajüte zeigen kann.

Da gibt es nirgends etwas auszusetzen: Das glänzende Holz überall, die messinggerahmten Bullaugen, die gemütliche Sitzecke, die Kombüse, die weichen Kojen und all diese Navigationsinstrumente machen Lust, einen Ringelpulli überzuziehen und die Segel zu setzen. Aber ich bin nicht zum Träumen hier.

Onkel André spielt mit dem Steuerrad, erklärt mir Back- und Steuerbord und das Kreuzen gegen den Wind. Er drückt auf eine perlmuttschimmernde Taste auf dem Armaturenbrett und schließt die Augen. Er ist im Autopilot, mit Ziel Guernsey. Die Wellen schlagen gegen den Schiffsrumpf, Mathilde ist bei ihm. Er sieht sich schon mit ihr. Er schlägt die Augen wieder auf und versucht noch einmal, mich in die Auswirkungen des Golfstroms, der Passatwinde und der atlantischen Turbulenzen einzuweihen. Er merkt, dass ich nicht mit auf die Reise gehe und er sich ganz allein auf seinem Schiff spreizt; er lässt also die entscheidende Frage vom Stapel: »Wofür brauchst du die dreißigtausend Euro?«

Ich erkläre ihm die Sache mit Léo, meinem Geliebten. Léo dem Blinden. Léo, der operiert werden muss. In den USA.

Onkel André ist verblüfft, er stottert: »Du hast dich in einen blinden Habenichts verliebt. Du bist wirklich das Talent der Familie, wenn's darum geht, dir Scherereien einzuhandeln.«

Ich muss lächeln, denn ich glaube, er hat recht; ich hatte immer ein besonderes Talent, alle möglichen Probleme auf mich zu ziehen. Ich schlage vor, ihm als Gegenleistung für die dreißigtausend Euro einen entsprechenden Anteil an meiner Firma zu übertragen. Er öffnet einen Wandschrank in der Kombüse, holt eine Whiskykaraffe heraus und setzt sie an den Mund, nach einem tiefen Zug lässt er sich auf eine der Liegen plumpsen, schön gemütlich zwischen zwei Kissen. Dann lädt er mich mit einer Handbewegung ein, mich zu ihm zu setzen.

So sitzen wir also nebeneinander und sehen den heiteren Möwen zu, die kreischend um das Heck eines am anderen Ufer vertäuten Kahns tanzen.

Er legt mir den Arm um die Schultern und sagt, den Blick immer noch fest auf den Fluss gerichtet: »Du möchtest mir einen Teil deines Ladens überschreiben, wo ich doch vorhatte, dir meinen zu hinterlassen, wenn ich in den Ruhestand gehe, damit der Name Reverdy weiterhin ein Name in unserem Metier bleibt. Welch Ironie des Schicksals, meinst du nicht? Du musst ja ganz schön verliebt sein in deinen Schatz. Ich bewundere dich, Adèle.«

»Ich bin nicht bewunderungswürdig, ich bin verliebt.«

»Ich selbst habe nie so sehr geliebt, dass ich meinen Laden aufs Spiel gesetzt hätte, im Grunde hatte ich immer Angst, mich zu verlieben. Ich bezahle dafür, dass man mich liebt, das ist bequemer oder vielleicht auch feiger. Je älter ich werde, desto mehr zahle ich. Diese Jacht hat ein Vermögen gekostet, ich habe sie nur Mathilde zuliebe gekauft. Weißt du, ich kenne Guernsey schon seit langer Zeit in- und auswendig.«

Er greift in die Innentasche seiner Jacke und holt sein Scheckheft samt Kuli heraus; er schreibt eine Zahl, einige Wörter und unterschreibt. Zwanzigtausend Euro, mehr kann er für mich nicht tun. Ich danke ihm, und er streichelt mir zärtlich die Wange.

»Ich hätte gern eine Tochter wie dich gehabt, Adèle, dann wäre mein Leben anders verlaufen.«

»Und ich habe Glück, dass ich einen Onkel wie dich habe. Aber das weißt du ja schon längst.«

Es ist an der Zeit, wieder Kurs auf Paris zu nehmen. An Deck verspreche ich ihm noch, das Geld so bald wie möglich zurückzuzahlen.

Das findet er lustig, leise summend wiederholt er hinter mir: »So bald wie möglich.«

Auf dem Kai wird er wieder ernst; er will das Geld nicht zurückhaben.

Das kann ich nicht annehmen. Ich gebe ihm den Scheck zurück. Ich wollte ihn nicht anbetteln. Ich wollte mir etwas leihen.

Er lässt nicht locker. Ich auch nicht.

Er rollt wütend mit den Augen.

»Nimm ihn. Das ist ein Befehl. Du tust mir einen Gefallen damit. Allerdings hoffe ich, dein Liebster wird es dir zurückzahlen können.«

»Er hat keinen Cent, sonst hätte ich dich nicht angepumpt.«

»Ich rede nicht von Geld. Ich rede von Liebe.«

Er steckt mir den Scheck in die Tasche. Mir fällt nichts Besseres ein als: »Ich liebe dich, Onkel André.«

»Ich dich auch, Schätzchen, ich dich auch. Überhaupt, erzähl mir doch mal von deinem Liebsten.«

Ich beschreibe ihm Léo, er ist natürlich schön, kräftig, liebevoll, witzig, zärtlich und schwarz. Ein spöttisches Lächeln erhellt sein Gesicht und vertieft die Falten, die im Lauf der Jahre an den Augenwinkeln gewuchert sind und die er mit regelmäßigen Besuchen im Sonnenstudio wegzuschummeln versucht.

Auf dem Rückweg redet er von seiner Jacht, seiner Mathilde, seiner letzten Pokerrunde, seinem nächsten Cabrio, seinem Personal, seiner EDV, seinen zehn Liegestützen täglich, seinen Schlupflidern, die er nächsten Sommer wegoperieren lassen will ... Macht nichts, ich höre sowieso nicht zu.

Am Place Denfert-Rochereau hält er vor der Metro-Station. Bevor ich aussteige, danke ich ihm noch einmal.

Er lächelt. »Keine Ursache, liebstes kleines Nichtchen. Im Grunde habe ich nur dich.« Und dann fügt er mit einer Grimasse hinzu: »Trotzdem, zwanzigtausend Euro, ganz schön teuer für einen Mohrenkopf.«

37

Die zwanzigtausend Euro von Onkel André, dazu meine achtzehntausend, es fehlen also noch zehntausend, wenn man das Flugticket nicht mitrechnet. Natürlich gäbe es die Möglichkeit, heimlich Firmenvermögen abzuzweigen, ich habe zehntausend Euro in der Kasse, eine kleine Manipulation an den Zahlen, und die Sache wäre geritzt.

Ja?

Nein?

Ich stehe vor dem Spiegel an meinem Sarg und betrachte mich; nein, das könnte ich nicht, dazu habe ich zu viel Respekt vor meinen Jungs, vor meinem Laden, vor mir selbst und vor meinem Vater, der redlich war bis ins Mark. Außerdem gibt es ja auch noch die Freundinnen und Freunde, die auf meiner Geburtstagsfeier waren. Bevor wir auseinandergingen, hatten wir uns gegenseitige Hilfe und Solidarität versprochen. Wenn jeder von ihnen tausend Euro gäbe, hätte ich die nötige Summe schnell zusammen.

Xavier. Bei ihm werde ich anfangen. Junggeselle und Inhaber eines Bar-Tabac am Place Voltaire, so jemand sollte doch einen ordentlichen Notgroschen auf der Bank haben. Im Geiste gehe ich meine kleine Rede durch, damit ich nicht aus dem Konzept gebracht werden kann.

Wir hatten uns für den Fall einer schwierigen Lage gegenseitige Hilfe und Solidarität versprochen. Ich stecke in einer schwierigen Lage. In einer sehr schwierigen sogar. Ich werde deine Hilfe brauchen. Kannst du mir tausend Euro leihen?

Ich berichtige mich: Kannst du mir tausend Euro vorstrecken?

Vorstrecken passt besser, es hat so was Beruhigendes, das Versprechen, dass die tausend Euro eines Tages zurückkommen.

Tapfer voran! Ich atme tief ein, ebenso tief aus und drücke auf die Anruftaste meines Handys. Xavier hüllt seine Stimme in Samt, als er mir sagt, wie sehr er sich freut, meine Stimme zu hören. Übrigens habe er noch gestern Abend vorm Einschlafen an mich gedacht. Ich danke ihm für diese charmante Aufmerksamkeit, gebe mich sogar geschmeichelt und reite dann die Attacke.

Tausend Euro. Xavier findet mich eher bescheiden. Er könne weit großzügiger sein, wenn ich heute Abend mit ihm essen ginge. Um mir die nötige Lust zu machen, zählt er die besseren Restaurants von Paris auf, in denen er Stammgast sei. Und dann, wenn wir gut gesättigt und von den edlen Weinen beschwipst wären, könnten wir zum zweiten Teil des Abends übergehen, dem praktischen. Er schwelge immer noch in nostalgischen Erinnerungen an die Zeit, als wir sechzehn gewesen seien, an unsere heimlichen Knutschereien in den Umkleideräumen der Turnhalle des Gymnasiums und an meinen zwar gerade erst geschlechtsreifen, doch ach so gefügigen und hingebungsvollen Körper.

Der Ekel steht mir bis zur Unterlippe.

Ich beende das Gespräch und entferne Xavier mit einem Klick endgültig aus meinen Kontakten.

Und wenn ich mich an Caroline wenden würde?

An der Uni waren wir nie sehr eng, trotzdem ist sie den weiten Weg von ihrer Banlieue zu meinem Geburtstag gekommen. Ich nehme an, sie bringt mir eine gewisse Wertschätzung entgegen, wenn auch vielleicht keine Freundschaft.

Tapfer voran! Ich atme tief ein, ebenso tief aus und drücke auf die Anruftaste meines Handys. Ich habe gerade noch Zeit, meinen Namen zu sagen, da schluchzt sie schon, ich sei sicher die Einzige, auf die sie sich jetzt verlassen könne. Sie erinnert mich daran, dass wir uns gegenseitige Hilfe und Solidarität versprochen haben. Das seien alles nur Worte. Nichts als Worte. Alles Feiglinge, Taugenichtse, Mistkerle. Vor mir habe sie Pierre, Yasmina, Philippe, Stéphanie, Ali, Hubert und die anderen alten Freunde von der Uni angerufen; alle hätten sie sich gedrückt. Sie beweint ihren Mann, der seit drei Tagen aus dem ehelichen Heim desertiert ist. Eine Geschichte mit einer Sekretärin, nicht mal besonders vulgär, eine ganz gewöhnliche Sexgeschichte. Sie droht damit sich umzubringen, wenn er nicht zu ihr zurückkommt. Zwischen zwei Salven von Schluchzern kann ich den Hinweis unterbringen, auch ich hätte im Moment Sorgen und deshalb hätte ich sie angerufen. Sie hört es nicht, ist ganz auf ihren eigenen Kummer konzentriert. Sie schickt mir eine SMS mit ihrer Adresse in Bourg-la-Reine und beschwört mich, ins nächste Taxi zu springen. Ich soll bei ihr übernachten, und so könnte sie weiter über ihren lieben abgängigen Mann lamentieren.

Sie legt auf.

Caroline kann lange auf mich warten.

Ali. Bei dem werd ich's versuchen. Auf dem Gymnasium war ich heimlich verliebt in diesen hübschen Jungen »mit Migrationshintergrund«. Kein Mädchen konnte ihm widerstehen. Nur ich. Mit gutem Grund, denn ich glaube nicht, dass ich für ihn je als Beute infrage gekommen bin.

Tapfer voran! Ich atme tief ein, ebenso tief aus, drücke auf die Anruftaste meines Handys und sage: »Hallo, hier ist Adèle.«

»Hallo, Adèle. Was verschafft mir die Freude und Ehre?«

Ich höre Kindergeschrei, Topfscheppern, Martinshörner von Feuerwehrwagen und eine bereits heisere Frauenstimme. Mir ist klar, dass ich störe, also verliere ich keine Zeit, sondern spule meine Erklärungen ab. Er ist bereit, mir die tausend Euro vorzustrecken. Besser noch, er schlägt mir darüber einen Handel vor. Schlimmer noch, er macht ihn zur Bedingung. Er will im Februar mit seiner Frau eine Woche Urlaub in London machen und möchte, dass ich in dieser Zeit seine beiden sieben und neun Jahre alten Söhne hüte, die zwar sehr lebhaft seien, die man aber einfach lieb haben müsse. Und ich solle bloß nicht auf die Idee verfallen, sie in mein Geschäft voller Särge mitzunehmen. Sie seien so empfindsam, dass sie davon bestimmt Albträume bekämen.

Ob ich seine Bälger eine Woche lang hüte, muss erst überlegt werden. Ich verspreche ihm, ganz bald wieder anzurufen.

Wann?

Sicher nie.

Drei Anrufe und Misserfolg auf der ganzen Linie.

Tapfer voran! Aufgeben gilt nicht, Adèle.

Ich werde es bei Roxane versuchen.

Ich atme tief ein, drücke auf die Anruftaste und rufe, die Stimme gestählt mit vorgetäuschter Selbstsicherheit: »Hallo, hier ist Adèle.«

»Hallo Schwesterchen …«

Roxane, Rose, im selben Moment wird mir klar, dass ich mich vertan habe. Ich möchte wieder auflegen, aber zu spät, sie ist schon dabei, sich dafür zu entschuldigen, dass sie im Sombréro so unfreundlich zu mir war. Ich verzeihe ihr. Sie möchte, dass wir uns mal in aller Ruhe aussprechen, jetzt wo das Klima zwischen uns wieder milder ist, und im selben Atemzug erinnert sie mich daran, dass ich ihr noch nicht die Firmendividenden vom letzten Jahr überwiesen habe. Es sei ihr peinlich, von Geld zu sprechen, aber ich möge sie doch verstehen, sie brauche es für die Wohnung, die sie mit Étienne kaufen wolle. Ich verstehe alles, was sie will, und verspreche, ihren Anteil am Gewinn baldmöglichst zu überweisen. Das freut sie, sie lädt mich zum Abendessen ein und schlägt vor, vielleicht noch ein bisschen einen im Maracaña draufzumachen, einer brasilianischen Bar mit Livemusik in der Rue de Charonne. Ich verschiebe ihre Pläne auf ein andermal, weil mir der Sinn jetzt wirklich nicht nach Salsa und Lambada steht.

Ich sehe aus meinem Bürofenster, der Abendwind treibt die letzten Blätter des Winters vor sich her, und ich bekomme den Blues. Am liebsten wäre ich bei Léo in der Dunkelheit seines Zimmers und vergäße mich in seinen Armen.

Abdelmoumen ist eingetreten, ohne anzuklopfen. Er lehnt sich an die Wand und lässt den Tag Revue passieren. Die Beisetzung des kleinen Jungen auf dem Friedhof in Pantin sei furchtbar gewesen. Kévin sei umgekippt. Marcel und Lucas hätten ein Tränchen verdrückt. Georges sei lieber gleich am Steuer des Leih-Leichenwagens geblieben. Und die Mutter des kleinen Verstorbenen, die habe etwa so ein Gesicht gezogen wie ich im Augenblick. Er merkt, dass sein Humor nicht so gut ankommt, entschuldigt sich und fragt: »Haben Sie ein Problem?«

»Ja, ich habe ein Problem. Aber ich hätte es nicht mehr, wenn Sie mir zehntausend Euro vorstrecken könnten.«

»Das geht wirklich nicht, Chefin.«

»Ich brauche das Geld sofort.«

»Glauben Sie etwa, ich hätte Sie wegen der Gehaltserhöhung angefleht, wenn ich zehntausend Euro auf der hohen Kante hätte?«

»Sie meinen also Nein.«

»Es ist Freitagabend, Sie sind müde, Chefin. Sie sollten nach Hause gehen und sich das Wochenende über ausruhen. Keine Sorge, ich kümmere mich um alles. Inzwischen bin ich dran gewöhnt.«

38

Ich ging nach Hause, um ein paar Sachen fürs Wochenende zu holen, kaufte ein wenig ein und ging schließlich zu den Thermes du Paradis, um mir von Léo den Schlüssel zu seinem Apartment zu holen und uns dort ein kleines Liebesmahl zuzubereiten. Er war nicht mehr da. Er war gerade nach Hause gegangen, und zwar, nachdem er einen Anruf erhalten hatte.

Die Tür zu seinem Apartment steht halb offen, ich trete ein und knipse das Licht an.

Er sitzt zusammengesunken auf einem Stuhl. Er hört meine Schritte, hebt langsam den Kopf und sagt: »Meine Mutter ist im Krankenhaus Saint-Joseph. Man hat sie wegen ihres Alzheimers dorthin gebracht. Ich bin kein guter Sohn, ich besuche sie nicht mehr oft, seit sie das Gedächtnis verliert.«

Er holt einen Karton voller DVDs aus seinem Schrank. Mit den Fingerspitzen liest er die Namen der Filme, die er mit dem Cutter in die Hüllen eingraviert hat.

Er erkennt den Film, den er sucht, schiebt ihn in den Player und schaltet den Fernseher ein.

Ich knipse das Licht aus, unsere Finger finden und verflechten sich, und wir sehen mit geschlossenen Augen *Out of Rosenheim*.

Nach dem Abspann singen wir zusammen »I am calling you«.

Es ist zum Lachen, es ist zum Weinen, es ist unser Leben. Kurz bevor wir vom Schlaf übermannt werden, schmiegt er sich ein bisschen enger an mich und sagt: »Morgen besuche ich meine Mutter.«

Ich biete ihm an mitzukommen, und er murmelt mir ins Ohr, er könne ohne mich nicht mehr leben.

Léo tastet den Raum ringsum mit seinem weißen Stock ab. Er stößt gegen einen Blumenkübel, schimpft auf sich selbst, umgeht das Hindernis und wandert weiter zwischen all den anderen traurigen Seelen in der riesigen Eingangshalle des Krankenhauses hin und her.

Ich kaufe am Zeitschriftenstand in der Cafeteria *Paris Match* und *Télé 7 Jours* und setze mich an die Bar, um auf vierzehn Uhr zu warten, den Beginn der Besuchszeit.

Warum habe ich *Télé 7 Jours* mit Dr. House auf der Titelseite gekauft?

Ich habe nicht die geringste Ahnung.

Ich blättere in *Paris Match*. Eine Mischung aus Traum und Albtraum. Shakira zeigt ihre Reize auf den Pisten von Courchevel, zerfetzte Leichen nach einem Attentat von al-Qaida in Libyen. Usain Bolt stellt seine Verlobte vor, das H7N9-Vogelgrippevirus hat in China fünfunddreißig Menschenleben gefordert. Chinesen sind nicht zu sehen, dafür ein Berg gekeulter Hühner. Ich schlage diese Welt unverändert wieder zu und weiß immer noch nicht, warum ich *Télé 7 Jours* gekauft habe.

Die süßliche Stimme der Empfangsdame teilt uns mit, dass die Besuchszeit begonnen hat. Ich nehme Léo beim

Arm, und wir folgen dem Gang, der zum Geriatrie-Pavillon führt. Die diensthabende Schwester sagt, Madame Diallo sei nicht in ihrem Zimmer, sondern im Gemeinschaftsraum und sehe fern. Dort sitzt sie in einem rosa Morgenmantel mit traurig gelben Blumen in einem Sessel, den Geist völlig gefangen von *Schatten der Leidenschaft*. Léo stößt gegen eins der Sesselbeine, sie zuckt zusammen, erkennt ihren Sohn, strafft sich und springt auf, um ihn in die Arme zu schließen. Léo drückt sie an sich, und sie flüstern sich Zärtlichkeiten zu. Ich bleibe im Hintergrund, um diesen innigen Augenblick nicht zu stören.

Plötzlich befreit sie sich aus der Umarmung ihres Sohnes, mustert ihn von oben bis unten, bohrt sich einen Finger in die Schläfe und rügt ihn: »Es ist ein grauer Wintertag, und du spielst hier den Star mit Sonnenbrille? Und was soll dieser weiße Stock? Übst du eine Blinden-Nummer für den Zirkus ein?«

Léo nimmt die Sonnenbrille ab, Tränen stehen in seinen toten Fischaugen. Sie setzen sich auf eine Bank, sie wischt ihm die Tränen mit der flachen Hand von den Wangen und schimpft weiter. Ich nähere mich ihnen mit schüchternen kleinen Schritten, lege den Kopf schief, um Guten Tag zu sagen, und lächle sogar.

Madame Diallo zuckt die Achseln, wendet sich ihrem Sohn zu und fragt: »Ich dachte, es wäre aus mit Clara?«

Sie wiegt sich vor und zurück, die Schläfen täten ihr weh, der Nacken und sogar die Augen. Sie klagt über Schwindel und das Gefühl, der Kopf würde ihr platzen. Ein Pfleger ist auf ihr Stöhnen aufmerksam geworden, er kommt und will sie auf ihr Zimmer zurückbringen. Sie weigert sich, ihm zu folgen, und schreit mit der Stimme einer Irren, ihr

Sohn sei gekommen, um sie nach Dakar zurückzubringen, denn da habe sie nie Kopfweh. Der Pfleger versucht noch einmal, sie zum Mitkommen zu überreden, doch wieder ohne Erfolg. Léo hält ihr die Hand hin, sie nimmt sie und lässt sich zu ihrem Zimmer führen.

Madame Diallo winkt mich zu sich und flüstert mir ganz leise zu: »Clara, ich packe jetzt meinen Koffer. In einer Viertelstunde bin ich fertig. Wenn du mitkommen möchtest, gern, ich glaube, mein Junge würde sich sehr darüber freuen.«

Léo ist am Boden zerstört, er ballt die Hände in den Taschen zu Fäusten, er möchte etwas sagen, bringt jedoch kein Wort heraus. Ein hübscher junger Arzt steht mitten auf dem Gang und schwatzt mit der diensthabenden Schwester.

Wir wüssten gern …

Er lasse gerade verschiedene Untersuchungen an ihr vornehmen, um den Zustand ihres Gedächtnisses zu überprüfen. Er sei nicht sonderlich optimistisch.

Wie sollte es auch anders sein, wenn es um Alzheimer geht?

Die Antwort liegt in der Frage, die er nun an uns zurückgibt. Nach Abschluss aller Untersuchungen – er macht eine Pause und sieht Léo an – sei es ratsam, ihr einen Pflegeplatz in einer auf diese Krankheit spezialisierten Einrichtung zu suchen, denn offensichtlich könne sich niemand um sie kümmern.

Wo?

Das weiß er noch nicht, er wird sich erkundigen, es bestehe keine Eile, er werde sie vermutlich noch gut zwei Wochen auf der Station behalten, um sich ein vollständiges Bild zu verschaffen.

Wir gehen ins Krankenzimmer, Madame Diallo schläft, sie ist schön in ihrem Schlaf. Léo beugt sich über sie, küsst ihre kleinen runzligen Hände und summt dabei: *»I am calling you … Can't you hear me.«*

Sie schlägt halb die Augen auf, summt leise *»I am calling you …«* mit und schläft dann lächelnd wieder ein.

39

Nach diesem Besuch ist Léo so erschüttert, dass er allein bleiben will, um mir seine Niedergeschlagenheit und seine Bestürzung zu ersparen. Außerdem möchte er mit seinem Chef darüber sprechen, ob er abends nicht früher gehen könnte, um seine Mutter zu besuchen.

Also allein, und für wie lange?

Er gibt mir die Ersatzschlüssel seines Apartments und bittet mich, erst in ein paar Tagen zu kommen, damit er in seinem Kopf ein wenig Ordnung schaffen könne. Ich begreife, dass ich seinen Schmerz mit meiner Liebe und meiner Zärtlichkeit nicht lindern kann, und bedränge ihn nicht weiter.

Wir nehmen ein Taxi, er legt mir den Kopf auf die Schulter, und wir verschanzen uns beide in unserem jeweiligen Schweigen, bis wir vor den Thermes du Paradis angekommen sind.

Nachdem er ausgestiegen ist, nehme ich *Paris Match* wieder zur Hand und lese, doch die Träume und Albträume unserer Welt interessieren mich nicht mehr. Ich bin mit den Gedanken woanders. Bei meiner Buchführung für die Operation. Ich lege die Zeitschrift auf den Sitz und suche auf meinem Handy nach Flugangeboten. Paris – New York, achthundert Euro, mindestens.

Auf dem Boulevard de Magenta geraten wir in einen endlosen Stau, auf der Seitenwand eines Busses sehe ich eine Reklame für *Télé 7 Jours* mit einem Bild vom schönen Dr. House. Und da fällt es mir wieder ein. Ich habe diese Zeitschrift gekauft, weil Hubert gesagt hatte, dass etwas über ihn darin erscheinen würde. Und tatsächlich, da ist eine Viertelseite mit einer Nahaufnahme von ihm und einem Interview, in dem er die Hohlheit, den Voyeurismus und den Zynismus der Konkurrenzsendungen geißelt und sich rühmt, eine wirklich ethische und pädagogisch wertvolle Realityshow zu machen. In *Les petits ruisseaux font des grandes rivières* gebe es keine aufgesetzten Inszenierungen mit arroganten, faulen Kandidaten, die sich einbildeten, sie würden wegen ihres Talents geliebt, obwohl sie nur wegen ihrer Idiotie gut ankämen. Er nutzt die Gelegenheit und ermuntert dazu, sich als Kandidat für die nächsten Sendetermine zu bewerben. Freundschaften auf der Kippe, Nachbarschaftsstreite, Generationskonflikte, Arbeitssuche, Überschuldung, aussichtslose Liebesgeschichten … Hubert wird alles tun, um eine glückliche Lösung für ihre Probleme zu finden.

Ich schlage das Heft wieder zu und denke an diese kleinen Bäche, die zu großen Flüssen werden, an Léo, an mich, an die aussichtslosen Liebesgeschichten.

Als ich nach Hause komme, legt Leïla im Badezimmer gerade letzte Hand an ihr Make-up. Sie findet mich ebenso trist wie das Wetter, ein Kompliment, das ich zurückgeben kann, denn so gern sie sonst schwatzt, so abweisend wortkarg wird sie, als ich Huberts Artikel erwähne. Ich mache uns einen Kaffee, wir trinken ihn im Wohnzimmer. Auf dem Couchtisch liegt eine Ausgabe von *Télé 7 Jours*.

Leïla greift danach, schlägt das Interview auf und sagt: »Findest du nicht auch? Die haben das Foto bearbeitet. In Wirklichkeit ist sein Kinn schwerer.«

Das finde ich auch.

»Und die Augen haben sie auch retuschiert, sie sind nachtblau. Man könnte sie fast mit denen von Di Caprio verwechseln. Findest du nicht auch?«

Nein, diesmal bin ich anderer Meinung; ich beschränke mich auf ein Lächeln des Einverständnisses.

»Und dieses ganze Geschwafel: Monsieur macht ethisches Reality-TV. Was für ein Witz! Wenn du wüsstest, wie es da hinter den Kulissen zugeht. Lauter verzweifelte arme Kerle und Sozialfälle, die lamentieren sollen, was das Zeug hält, damit die Zuschauer zu Tränen gerührt sind.«

»Hast du dich mit ihm gezankt?«

Sie zögert, dann nickt sie. Um die Wahrheit zu sagen, sei sie nicht sicher, dass sie die Sache mit Hubert fortsetzen wolle. Seit dieser Artikel über ihn erschienen sei, sei nicht nur sein Ego angeschwollen, der ganze Mensch habe sich verändert.

Über seinen übertriebenen Ehrgeiz könne sie ja noch lachen, was sie aber überhaupt nicht lustig finde und was sie zutiefst verletzt habe, sei das Abendessen gestern gewesen. Hubert hatte seinen Produzenten, seinen Regisseur und einen Journalisten in die Couscousserie de Marrakech eingeladen, um für seine Show eine neue Kommunikationsstrategie auszuarbeiten. Zwischen Mechoui, Marktanteilen und edlen Weinen aus Meknès sagte ihr der Produzent, der sie wohl sehr charmant fand, eine große Zukunft als Teleshopping-Moderatorin voraus, falls sie sich nur ein wenig darauf vorbereite.

Für den Fall weiterer Nachfragen schob er ihr seine Visitenkarte unter die Serviette und wagte sie dann zu fragen, was sie denn beruflich mache. Hubert antwortete an ihrer Stelle, sie restauriere vom Verfall bedrohte Kunstwerke, und lenkte das Gespräch wieder auf seine eigenen Pläne, um die es dann bis zum Ende des Essens ging.

Wieder zu Hause, verpasste ihm Leïla eine kräftige Abreibung. Wenn er sich nicht traue, in der Öffentlichkeit zu seiner Partnerschaft mit einer Thanatopraktikerin zu stehen, wisse sie nicht, was sie beide noch zusammenhalte, denn ihre Arbeit sei weit mehr wert als alle früheren, aktuellen und künftigen Liebschaften, weit mehr auch als die Pappmaschee-Welt, in der er herumstolziere. Hubert entschuldigte sich ganz zerknirscht. Aber es war zu spät. Sie verbannte ihn für eine Nacht aufs Sofa, um in Ruhe überlegen zu können, ob und wie sie die Beziehung fortsetzen will.

»Dieser Idiot!«, schäumt sie zum Abschluss ihres Berichts und schlägt die Zeitschrift zu.

Und dann will sie meine Zustimmung, doch ich schweige. Da sie nicht lockerlässt, antworte ich ihr, Hubert sei zwar nicht sonderlich feinfühlig, aber doch insgesamt kein schlechter Kerl. Sie wundert sich, dass ich mich zu seiner Verteidigerin aufwerfe, wo ich doch sonst stets bereit sei, ihn runterzumachen. Sie wirft mir einen misstrauischen Blick zu.

»Wolltest du mich zufällig um etwas bitten?«

Ich denke ja, ich denke nein. Ich sage mir: Ja, ich mach's. Ich sage mir: Ich mach's nicht. Und dann stürme ich tapfer voran: »Ich hab gerechnet und gerechnet. Ich krieg's nicht hin. Du musst mir helfen, damit ich in seine Sendung komme.«

Sie kann zwar ein spöttisches Auflachen nicht unterdrücken, doch als sie sieht, wie sehr ich mich schäme, sie um diesen Gefallen zu bitten, ist sie bereit, ihren Beziehungsknatsch vorübergehend zu vergessen und zu versuchen, mich an *Petits ruisseaux font les grandes rivières* zu vermitteln.

Abends mache ich noch einen Abstecher in meinen Laden, um auf andere Gedanken zu kommen, um Leute zu sehen und meine Särge und Urnen, um mal nachzuschauen, ob die künstlichen Blumen gewachsen sind. Kurz, um mich lebendig zu fühlen.

Das hätte ich nicht tun sollen.

Im Ausstellungsraum für die Särge stoßen meine Jungs mit Champagner auf Arthurs Gesundheit an, er soll nämlich am Ende der Woche in die Freiheit entlassen werden. Ich geselle mich dazu und stoße ebenfalls auf die Gesundheit des alten Querkopfs an.

Abdelmoumen, der die Trink-Empfehlungen seines Propheten weit überschritten hat, kommt mit glitzernden Augen und alkoholschwerem Atem auf mich zu. Er hebt das Glas und sagt: »Ohne die Gehaltserhöhung hätte ich diese Runde nie zahlen können. Nochmals danke, Chefin.«

Georges, Lucas und Marcel drehen sich in einer einzigen Bewegung zu mir um und brüllen im Chor: »Gehaltserhöhung? Welche Gehaltserhöhung?«

Ich rette mich rückwärts in mein Büro. Sie folgen mir Schritt für Schritt. Ich muss nicht nur die Klagen von Georges und Lucas über mich ergehen lassen, sondern auch noch Marcels heftige Beschwerden. Sie drohen mit Streik, sollte ich mir nicht binnen kürzester Zeit auch für sie eine Lösung einfallen lassen. Ich verspreche, mein Bestes zu tun, und sie gehen schimpfend aus dem Raum. Ich suche nach Abdelmoumen, um ihm die Meinung zu sagen, aber der Spitzbube hat sich bereits verdrückt.

40

Leïla brauchte nur eine Nacht, um Hubert davon zu überzeugen, dass er mir dringend helfen muss. Da jedoch mein unerwartetes Auftauchen den Ablauf seiner Sendung etwas über den Haufen wirft, hat er im zweiten Teil einen Sondereinschub für mich eingeplant, damit ich meine persönliche Tragödie, wie er es nennt, schildern kann.

Am Tag vor der Aufzeichnung gab mir Hubert ein paar Tipps, die mir von Anfang an das Mitgefühl des Publikums sichern sollen.

Ich muss ganz natürlich und rührend sein und mit einfachen Worten erklären, warum ich in dieser Sendung auftrete und wie viel Mut es mich kostet, vor den Kameras mein Privatleben zu enthüllen. Und dabei aber auch nicht übertrieben wirken.

Und außerdem?

Sich auch nicht den geringsten Funken Humor erlauben.

In dieser Hinsicht ist nichts zu befürchten, ich habe keinen.

Nicht von Geld reden.

Er ist derjenige, der zu Spenden aufruft.

Sich einfach kleiden, am besten in Schwarz.

Ich brauche also nur meine Arbeitskleidung anzubehalten.

Tränenseligkeit vermeiden, ein paar lange Seufzer und gut gesetzte Tremolos reichen völlig aus.

Um mir beim Ausfeilen meines Auftritts zu helfen, kam Leïla zu mir ins Büro und hörte mich ab. Ich beschränkte mich aufs Wesentliche: Léos Sturz, wie mich der Blitz der Liebe an meinem Dreißigsten traf, dass mir Professor Étienne Drumont von der Möglichkeit einer Operation in New York erzählte. Um diesem düsteren Tableau einen kleinen Farbtupfer zu verpassen, fügte ich noch hinzu, dass Léo schwarz ist. Leïla fand mich überwältigend, noch die Hartherzigsten würden ihr Scheckbuch zücken, meinte sie. Eins allerdings hatte sie zu bemängeln: Zum Schluss Léos Hautfarbe zu nennen bringe weiter nichts für meinen Bericht und könne meinen Zielen im Gegenteil nur schaden.

Ich glaubte es ihr.

Die Tür meiner Garderobe steht halb offen, noch eine Stunde bis zur Stunde X, in der wir auf Sendung gehen. Die Maskenbildnerin pudert mein Gesicht und lässt dabei über meinem Kopf immer wieder ihre Kaugummiblase platzen; es geht mir wirklich auf die Nerven. Hubert kommt herein. Sein Haar ist perfekt geföhnt, sein Teint scheinbar gebräunt, und sein stahlblauer Anzug mit Weste steht ihm vorzüglich. Er ist so schön und sauber wie frisch aus der Reinigung. Er siezt mich und redet mich mit Madame Reverdy an, um jedem Verdacht vorzubeugen, es bestünden Absprachen zwischen uns. Dann taucht auch der Produzent auf, ein gesprächiger Typ.

Hubert stellt mich vor.

»Das ist der Fall, von dem ich dir gestern Abend erzählt habe. Ein ideales Thema für uns.«

Der Produzent lächelt mir kurz zu und versichert, alles werde wunderbar laufen, dann zieht er seinen Moderator aus der Garderobe.

Die Maskenbildnerin pudert mir zum Abschluss Stirn und Wangen weiß. Der reinste Gothic Look. Wenn ich die Leute mit diesem Kadaverteint nicht zu Tränen rühre, muss man an der menschlichen Gattung verzweifeln.

Stunde X minus fünfzehn Minuten.

Eine Assistentin holt mich ab und bringt mich zu meinem Platz auf der Bühne. Das Publikum auf der Tribüne besteht im Wesentlichen aus Frauen. In der ersten Reihe Leïla, die den Daumen reckt und mit den Lippen formt: »Du schaffst es, Adèle.«

Techniker kümmern sich um die letzten Einstellungen. Die Assistentin platziert rechts von mir eine weißhaarige Frau, die genau wie ich ein kleines Schwarzes trägt. Sie macht große Kinderaugen und sagt: »Wie schön diese goldgelbe Kulisse ist, und dann diese nachtblaue Beleuchtung! Und Hubert, was für ein gut aussehender Mann, mein Sohn sah ihm früher ähnlich.«

Ein Techniker befestigt ein Ansteckmikrofon an meinem Blusenkragen. Eine Männerstimme von Gott weiß woher verkündet, wir gingen in weniger als einer Minute auf Sendung.

Hubert kommt ins Studio, man pudert ihm die Nase nach, die im Scheinwerferlicht glänzt, er weicht meinem Blick aus. Die Stimme zählt: »Vier, drei, zwei, eins. Vorspann.«

Hubert steht mitten auf der Bühne, fixiert das schwarze

Auge der Kamera und beginnt in ernstem Tonfall: »Für die heutige Folge von *Petits ruisseaux font les grandes rivières* habe ich als Gäste Nadine Sazerat und Adèle Reverdy eingeladen. Zwei Frauen, die Ihre Hilfe brauchen.«

Er wendet sich der Frau neben mir zu, holt eine Karteikarte aus der Jackentasche und liest sie mit leicht unheilverkündender Stimme vor. Nadine Sazerat lebt in Amboise … Zur Bestätigung lächelt sie schüchtern. Hubert liest weiter vor. Nadine hat sich so gefreut, als sie einen Sohn bekam. Sie nannte ihn Pierre, zur Erinnerung an ihren Mann, einen Polizisten, der kurz vor der Geburt bei einem Einsatz zu Tode gekommen war. Mit achtzehn beschließt Pierre, sich einer Geschlechtsumwandlung zu unterziehen. Mit zwanzig lässt er sie durchführen und nimmt den Namen Christine an. Hubert wendet sich Nadine zu, diese bestätigt, dass jedes Wort stimme an diesem Martyrium, das sie nun schon seit einem Jahr ertrage. Hubert dankt ihr für ihr Kommen und ruft dann, der Kamera zugewandt, die Fernsehzuschauer, die Ähnliches erlebt haben, dazu auf, Ratschläge zu geben, die es Nadine ermöglichen, den Verlust ihres Sohnes Pierre zu akzeptieren und zugleich auch das Dasein von Christine, die ihr bis heute wie eine Fremde vorkomme.

Sofort wird der Telefonist mit Erfahrungsberichten und Empfehlungen bombardiert, Hubert reicht alles an die arme Nadine weiter, die verspricht, die guten Ratschläge zu beherzigen.

Auf ein Zeichen des Assistenten hin applaudiert das Publikum.

Jetzt bin ich an der Reihe. Hubert wendet sich mir zu, zückt eine weitere Karteikarte und malt ein Bild von meinem Leben, das mich trifft wie ein Faustschlag, weil es ach so wirklichkeitsgetreu ist. Als Kind sei ich schüchtern, zurückhaltend und sicher komplexbeladen gewesen.

Das Publikum ist ganz Ohr.

Später, mit den Jungs auf dem Gymnasium ein Flop nach dem anderen.

Warum?

Wieder meine Komplexe.

Das Publikum ist voller Mitgefühl.

Mir ist zum Kotzen.

Ich hätte zu den Ersten gehört, die sich bei Internet-Partnervermittlungen angemeldet hätten, wenn auch mit, milde gesagt, mäßigem Erfolg: ein paar Flirts ohne Aussicht auf ein Zusammenleben.

Kalter Schweiß, Herzrasen, ich möchte allein sein, auf einer Insel, am Ende der Welt. Und endlich, an meinem dreißigsten Geburtstag, hätte ich mich Hals über Kopf in einen Afrikaner verliebt, der allerdings Franzose sei, wie Hubert zugibt. Seit diesem Tag sei mein Leben ein steter Wechsel zwischen himmelhoch jauchzend und zu Tode betrübt, denn Léo, der Afrikaner, leide unter einer schlimmen Behinderung. Die arme Frau, also ich, werde diese Behinderung nach der Werbeeinblendung erläutern.

Mir ist schlecht, ich fühle mich schmierig und beschmutzt, ich bin sauer auf mich, dass ich überhaupt hier bin.

Hubert tritt hinter mich und flüstert mir in den Nacken: »Na, war ich nicht gut? Du wirst es nicht bereuen, *live* dein Leid geklagt zu haben.«

Das ist der berühmte Tropfen, der das Fass zum Überlaufen bringt. Ich reiße mir das Ansteckmikrofon ab und gehe. Er läuft mir hinterher, aber ich bin schon ziemlich weit. Ich betrete das nächstbeste Lebensmittelgeschäft, kaufe eine Tube gezuckerte Kondensmilch und leere sie gierig.

Der Magen sitzt mir quer, aber ich fühle mich besser. Ich springe in ein Taxi und flüchte in die Thermes du Paradis.

Ich liege auf dem Massagetisch, Léos Hände berühren leicht meine Schultern, mein Gesicht, meine Lider, meinen Bauch. Plötzlich stockt er und bemerkt leise, mein Körper sei ja ein einziger Sack voller Knoten.

Ich antworte nicht.

Er massiert mich weiter; eigentlich ist es keine Massage, es sind Liebkosungen. Am liebsten würde ich mit ihm schlafen, jetzt sofort, um Hubert und all das fehlende Geld zu vergessen.

Die Empfangsdame kommt in die Kabine, um ihm zu sagen, dass Clara sich bei seinem Chef beklagt hat, weil sie für gestern Abend eine Massage bei ihm gebucht hatte, er aber nicht mehr da war.

Als ich den Namen höre, stockt mir das Blut in den Adern, mein Körper spannt sich wieder an. Léo legt mir die Hände auf die Schenkel und antwortet, er werde auch heute Abend nicht zur Verfügung stehen. Er müsse zu seiner Mutter.

Das Mädchen verlässt die Kabine. Léo streichelt mir die Knöchel, schiebt seine langen Finger zwischen meine Zehen und massiert sie eine nach der anderen. Ich wäre so gern entspannt, cool, zen, ich würde so gern jede Sekunde dieser kleinen Glücksmomente, die er mir schenkt, genießen, aber es ist nicht möglich; in meinem Kopf herrscht ein einziger Wirrwarr. Ich stehe auf, ziehe den Bademantel an und frage: »Wie wäre es, wenn wir uns nach dem Besuch bei deiner Mutter bei dir träfen?«

Er lächelt.

Das ist seine Antwort.

41

Hubert weckte mich bei Sonnenaufgang, um mir telefonisch den Marsch zu blasen. Er brüllte, er habe sich den Arsch aufgerissen, um mir zu helfen, und als Dank hätte ich ihn, just bevor die Live-Aufnahmen weitergegangen seien, feige im Stich gelassen. Eine Schande, ein Verrat, das werde er mir nie verzeihen. Dann ließ er einen Hagel von Beschimpfungen auf mich los, angefangen bei frustrierter Blaustrumpf über blöde Schnepfe bis hin zu dumme Kuh.

Ich legte auf, bevor ich in Versuchung geriet, ebenso vulgär und gemein zu werden. Da an Einschlafen ohnehin nicht mehr zu denken war, überließ ich Léo seinen Träumen und ging zur Arbeit.

Im Büro angekommen, rief ich zuallererst Yasmina und Jules an – und scheiterte zwei weitere Male. Erstere hatte sich gerade einen neuen Wagen gekauft und keinen Cent mehr in Reserve, Letzterer konnte sich überhaupt nicht erinnern, dass wir uns gegenseitige Unterstützung und Solidarität versprochen hätten. Er schlug mir ein Treffen in zehn Jahren vor, gleicher Tag, gleiche Uhrzeit, wie in dem Lied von Patrick Bruel.

Es ist fast neun, und ich bin stinksauer, ich hab keinen Bock mehr auf Betteln. Ich werde Onkel André das Geld zurückgeben und auf diesen Plan verzichten, der mich jeden Tag ein bisschen mehr fertigmacht. Ja, gleich rufe ich ihn an, ich lade ihn zum Mittagessen in ein kleines Ausflugslokal am Hafen von Nogent-sur-Marne ein, gebe ihm den Scheck zurück und tische ihm eine wüste Geschichte auf. Ich werde ihm erzählen, Léo, meine Verliebtheit, die Operation und all das sei reine Erfindung gewesen, ich hätte nur seine Liebe zu mir auf die Probe stellen wollen. Onkel André wird mich in die Arme nehmen, und ich weiß, er wird mir sagen, ich hätte doch nicht eine solche Komödie aufzuführen brauchen, um mich seiner Liebe zu vergewissern. Jetzt bleibt mir nur noch Lotto: Angeblich haben hundert Prozent der Gewinner ihr Glück damit versucht.

Gerade ist eine Mail von Monsieur Combray angekommen. Mein Grabstein Pérenissima wird binnen einer Woche geliefert.

Abdelmoumen kommt kleinlaut in mein Büro, um sich die Anweisungen für den Tag abzuholen. Mit einem strengen Blick gebe ich ihm das Blatt. Um elf Uhr wird eine Leiche im Krankenhaus Lariboisière für den Friedhof Belleville abgeholt und um vierzehn Uhr eine im Krankenhaus Tenon für den Friedhof in Charonne. Mit gesenktem Kopf stottert er: »Das mit der Gehaltserhöhung ist mir so rausgerutscht, Chefin. Kann ich irgendwas tun, um es wiedergutzumachen?«

»Ja, wenn Sie einen Moment Zeit haben, gehen Sie in den Tabakladen und besorgen mir einen Lottoschein, möglichst mit den Gewinnzahlen.«

Er sieht mich überrascht an und macht sich dann rückwärts davon, wobei er sich noch einmal für sein Missgeschick entschuldigt. Mein Magen ist verkrampft, wenn ich nicht im Job wäre, würde ich in Tränen ausbrechen.

Jetzt kommt auch Kévin, er drückt mir die Hand und fragt, was er heute tun soll. Heute soll er seine schicke Sargträgerkluft gegen einen Blaumann tauschen und sich den nötigen Maurerbedarf besorgen, um Arthurs Grab abzubauen. Als er sich lächelnd verabschiedet, kommt eine Kundin in mein Büro.

In den Vierzigern, stolze Kopfhaltung, blondes Haar, graues Moiré-Kleid mit lila Strass an den Manschetten. Ich könnte sie fast mit Maman verwechseln, so gut sieht sie aus. Und dabei auch noch zurückhaltend und beherrscht. Die ideale Kundin. Zudem weiß sie genau, was sie will, um ihrem Gatten die letzte Ehre zu erweisen.

Es soll eine Einäscherung geben, die Asche soll in eine Urne aus bretonischem blauem Granit gefüllt werden, und sie selbst wird die Asche vor der Küste der Insel Ouessant verstreuen. Sie holt ein zweimal gefaltetes kariertes Blatt aus ihrer Handtasche. Die Trauerrede, die sie letzte Nacht am Bett ihres Mannes geschrieben hat.

Ob sie mir einen kurzen Ausschnitt vorlesen dürfe, um meine Meinung dazu zu erfahren?

Natürlich darf sie.

Ich lernte dich kennen, da war ich zwanzig, und du warst mir zehn Jahre voraus. Du hast mir zwei hübsche Töchter geschenkt, die dir im Aussehen und im Charakter gleichen. So bist du unsterblich geworden. Ich habe nur dich geliebt. Du hingegen hast mich genauso geliebt wie die Rauchkringel deiner Zigaretten, die dich hinweggerafft haben. Von dir und von uns bleiben mir Erinnerungen an glückliche Tage, die ich immer im Herzen bewahren werde. Geh, wohin der Wind dich trägt,

Jacques. Ich liebe dich, und ich werde dich bis ans Ende meiner Tage lieben.

Die Stimme ist fest geblieben. Es war ehrlich, einfach und klassisch. Für meinen Geschmack einen Hauch zu prosaisch. Acht von zehn Punkten. Sie faltet das Blatt wieder zusammen, verstaut es sorgfältig in der Handtasche und sieht mich fragend an.

Ich billige ihre Rede mit einem langsamen Nicken.

Eines noch. Ob es möglich sei, vor der Einäscherung »Marcia Baila« des Duos Rita Mitsouko zu spielen.

Ich versichere ihr, dass die Zeremonie ihren Wünschen genau entsprechen wird. Sie holt die Kreditkarte aus dem Portemonnaie, um die Beisetzungskosten zu begleichen. Das habe keine Eile, ich würde ihr morgen, wenn ich alles zusammengerechnet hätte, per Mail einen Kostenvoranschlag schicken. Sie dankt mir dafür, dass ich so zuvorkommend gewesen bin, ihr zuzuhören, und erinnert mich noch einmal daran, dass die Urne unbedingt aus bretonischem blauem Granit sein muss. Das sei der einzige Wunsch ihres Gatten gewesen. Mit Rita Mitsouko hingegen habe sie sich selbst eine kleine Freude machen wollen.

Kévin erscheint an der Tür meines Büros, er ist leichenblass, auf seinen Wangen sind die Spuren von Schweißrinnsalen, er schwankt.

Meine Kundin betrachtet ihn besorgt und sagt: »Ich glaube, der junge Mann wird ohnmächtig.«

Und dann geht sie, würdig, mit einem schönen Gesicht und in schöner Haltung, eben wie Maman.

Kévin zeigt auf die Terrasse, er ringt nach Luft und stammelt: »Schnell, kommen Sie. Kommen Sie.«

Wir rennen durch die Ausstellungshalle zu Arthurs Grab,

dessen Stele nur noch ein Schutthaufen ist. Kévin schiebt das Brecheisen zwischen die Grabplatte und ihren Sockel aus rissigem Zement und drückt es mit beiden Händen herunter, um die Platte hochzuhebeln. Ich kauere mich neben ihn, kann aber nur ein schwarzes Loch sehen. Er schiebt das Brecheisen weiter hinein und stützt sich ruckartig mit seinem ganzen Gewicht darauf. Dieses Mal hebt sich die Platte um etwa zwanzig Zentimeter.

O nein!

Auf der Erde liegen ein Oberschenkelknochen und die Knochen einer Hand.

Kévin lässt die Platte wieder auf ihren Sockel sinken, stützt die Fäuste in die Hüften und fragt: »Was soll ich machen, Madame Reverdy?«

Panisch erwidere ich: »Nichts. Sie rühren nichts mehr an. Sie haben nichts gesehen. Wollen Sie das tun?«

Kévin kann wieder lächeln, er antwortet: »Wenn ich recht verstehe, wollen Sie mir gerade sagen, dass Sie mich fest anstellen.«

42

Arthur döst, als ich in sein Zimmer komme. Er richtet sich mühsam auf, setzt sich auf die Bettkante und breitet die Arme aus, um mich zu küssen.

Ich bin ganz blass vor ununterdrückbarem Zorn, ich baue mich vor ihm auf und sage: »Das Skelett unter deinem Grab ist Thérèse.«

Er sagt nichts, starr vor Angst. Wenn er weiter schweige, drohe ich ihm, würde ich die Polizei rufen, damit diese das Geheimnis des Skeletts lüfte.

Mit seinen schwieligen alten Händen umfasst er meine Handgelenke und flüstert: »Ich bin fast dran krepiert, dieses Geheimnis für mich zu behalten. Ich werde es dir erklären, Adèle.«

Er rutscht ein bisschen zur Seite auf seiner Bettkante, ich soll mich neben ihn setzen, ganz dicht neben ihn. Ich zögere, er sieht mich flehend an, und ich gebe nach.

Zu Thérèse also.

Sie war die hübsche kleine Kellnerin mit weißer Schürze im Bistro gegenüber. Arthur war verrückt nach ihr. Sie war siebzehn, er doppelt so alt. Das Schönste an dieser Romanze war, dass Thérèse ihn mit gleicher Inbrunst zurückliebte. Sie hatten gemeinsame Zukunftswünsche, heiraten, eine Familie gründen, ein Auto und ein Häuschen mit Vorgarten in der Banlieue kaufen. Der kleine Garten vorm Haus war ihr Traum. Sie wollte dort Hortensien mit dicken lila Blüten anpflanzen, genau wie ihre Mutter in Le Crotoy. Doch bevor sie all diese Verheißungen in die Tat umsetzen konnten, musste sie erst volljährig werden, vorher konnten sie nicht heiraten.

Arthur war nicht der Einzige, der nur für Thérèse Augen hatte. Alle Sargträger der umliegenden Bestattungsinstitute strichen um sie herum. Darunter einer, der noch sehr jung war, sehr schön, sehr blond und schon Ritualmeister. Arthur starb fast vor Eifersucht, wenn er ihr zu nahe kam. Thérèse konnte noch so oft sagen, dass sie ihr Leben mit Arthur verbringen wollte, Arthur zweifelte. Er zweifelte an ihr, an sich selbst, an ihrer Zukunft, an den lila Hortensien und am Häuschen in der Banlieue.

Je mehr Zeit verging, desto mehr liebte er sie mit einer unersättlichen Liebe, und je mehr er sie mit dieser erstickenden Liebe liebte, desto mehr fürchtete er, sie könne ihn um des hübschen Sargträgers willen verlassen.

Eines Abends, als sie ins Kino hatten gehen wollen, war sie nicht gekommen. Er ging ins Bistro gegenüber, sie war nicht da. Sehr traurig ging er zurück zu unserem Geschäft, zu meinem Vater, der noch arbeitete. Mein Vater versuchte, ihn zur Vernunft zu bringen, er prophezeite, Arthur würde sie endgültig verlieren, wenn er sie weiterhin wie ein gehörnter alter Ehemann bis in den kleinsten Winkel ihres Lebens bespitzele.

Arthur war das alles klar, doch ohne Thérèse war er nichts, nichts als ein armer kleiner Sargträger mit einem Herzen aus Stein. Er zog sich auf die Terrasse zurück und setzte sich auf einen Grabstein, den er am Vormittag desselben Tages aufgebaut hatte, um seine Nerven mit Zigaretten zu beruhigen. Endlich tauchte Thérèse auf. Sie kam zu spät, weil sie noch zu Hause vorbeigegangen war, um sich schön zu machen.

Schön für wen?, brüllte Arthur, der sich nicht mehr unter Kontrolle hatte.

Sie sagten sich schreckliche Gemeinheiten. Sie wollte gehen. Er hielt sie zurück, sie wehrte sich, schlug ihm ins Gesicht, er wich aus, und sie stolperte mit dem Kopf voran gegen die Stele. Mein Vater, der die Szene vom Bürofenster aus verfolgt hatte, rannte herbei und stellte fest, dass nichts mehr zu machen war.

Arthur schlägt die Hände vors Gesicht und zieht sich wieder in sein Inneres zurück. Ich bin entsetzt. Ich verstehe nicht, warum mein Vater den Vorfall nicht bei der Polizei gemeldet hat. Arthur wäre nichts passiert, und Thérèse wäre anständig begraben worden. Genauso wenig verstehe ich, warum er sich freiwillig zur Geisel dieser Geschichte gemacht hat.

Nein, wirklich, ich verstehe es nicht, und ich kann es nicht glauben.

Arthur hebt den Kopf und murmelt dumpf und kaum hörbar: »Als dein Vater mich einstellte, wusste er, dass ich gerade wegen Raubüberfalls im Gefängnis gesessen hatte, ich war nur auf Bewährung frei. Er war bereit, mich zu decken, weil er wusste, dass kein Richter einen Mann wie mich für unschuldig gehalten hätte. Ich war derjenige, der auf die Idee kam, sie dort zu beerdigen.«

Dank meinem Vater ist Arthur ein freier Mann geblieben, aber doch auch ein auf immer gebrochener Mann, der Gefangene des Gespenstes Thérèse.

Arthur greift nach meiner Hand und fragt mich kaum hörbar, was ich mit den Überresten von Thérèse vorhabe.

Ich sage ihm … Nein, ich sage nichts. Ich bin wie vor den Kopf geschlagen, ich laufe davon.

Verstört irre ich durch die Straßen von Paris und denke daran, wie ich als kleines Mädchen auf diesem Grab Seil gesprungen oder Himmel und Hölle gespielt habe. Allein beim Gedanken daran wird mir schlecht.

Während ich noch im Dunst des Boulevards Richard-Lenoir diesen Schrecken zu verdauen versuche, der mich mein Leben lang nicht verlassen wird, ruft mich Leïla an, sie habe zwei Neuigkeiten für mich.

Ich verliere die Nerven.

»Für heute hatte ich genug Neuigkeiten!«

Aber ich werde sofort wieder friedlich. Ich bin so trostbedürftig.

Ich gehe zu ihr in die Leichenhalle des Krankenhauses Beaujon. Sie legt gerade letzte Hand an die Einbalsamierung einer jungen Frau mit goldblondem Haar. Sie hat den ganzen Nachmittag damit zugebracht, ihr wieder ein Gesicht zum Verlieben zu geben. Bevor sie sie in den Kühlschrank schiebt, damit sie morgen, wenn sie der Familie präsentiert wird, noch frisch und rosig ist, drückt sie ihr einen sanften Kuss auf die Lippen und sagt: »Wenn ich Lesbe wäre, würde ich mich mit einem Mädchen wie ihr zusammentun. Sie ist wirklich schön, oder?«

Ich nicke.

Während sie sich umzieht, warte ich in der Krankenhaus-Cafeteria.

Wir setzen uns an einen Tisch hinten in dem Raum, der

zu dieser Tageszeit noch leer ist. Sie sieht, dass ich durch den Wind bin wie selten, und versucht, mich aufzuheitern, indem sie mir ihre Neuigkeiten verkündet. Hubert hat endlich eine Wohnung im fünfzehnten Arrondissement gefunden, direkt an der Seine. Es ist nur noch eine Sache von Tagen, bis er dort einzieht.

Nicht wahr, das sei doch eine gute Nachricht?

Ich bringe ein schiefes Lächeln zustande und frage sie, ob sie mit ihm in die Wohnung ziehen wolle. Sie schüttelt den Kopf. Gewiss, sie möge Hubert, aber sie liebe ihn nicht genug, um sich ein Zusammenleben mit ihm vorstellen zu können. Und um ganz ehrlich zu sein, könne sie sich weder in naher noch in ferner Zukunft vorstellen, woanders als bei mir zu wohnen.

Und genau damit habe die zweite Neuigkeit etwas zu tun. Nach allerlei seltsamen Berechnungen ist sie nämlich zu dem Schluss gekommen, dass ich sie nun schon seit zwei Jahren beherberge, ohne einen einzigen Cent Miete von ihr zu fordern. Sie hatte etwas zur Seite gelegt, um Geld zum Ausziehen zu haben, sollte sich unser Zusammenleben als unerträglich erweisen, doch bis zum heutigen Tage nichts, kein Wölkchen, kein Blitz und Donner. Nichts. Unsere Freundschaft sei vollkommen. Sie hat das, was sie als ihre »Hausbesetzerei« bezeichnet, auf fünfzehntausend Euro geschätzt. Und schon zieht sie einen vollständig ausgefüllten und unterschriebenen Scheck aus ihrer Handtasche und hält ihn mir hin. Ich sehe ihn an, lächle, weine, lache – und ich schließe sie in die Arme.

Eng aneinandergeschmiegt verlassen wir die Cafeteria. Mir ist innen und außen kalt, sie wickelt mir ihren Schal um den Hals, ruft ein Taxi und sagt traurig lächelnd: »Ich überlass es dir. Auf mich wartet niemand mehr.«

Es ist dunkel, ich sitze in der Bar du Général an einem Fenster zur Rue La Fayette und warte ungeduldig auf Léo. Ich leere mein Glas Portwein, mit dem ich auf Leïlas und Onkel Andrés Wohl getrunken habe. Ich bestelle noch eins, ich muss mich leicht fühlen, damit ich es ihm sagen kann: dass jetzt alles möglich ist, wenn wir nur ein bisschen Glück haben.

Endlich sehe ich ihn von Weitem auf dem gegenüberliegenden Bürgersteig, er macht kleine Schritte und ertastet mit dem weißen Stock den Weg. Ich springe auf, laufe ihm entgegen und rufe seinen Namen. Er bleibt stehen, dreht den Kopf suchend nach links und rechts, doch ich bin schon in seinen Armen und führe ihn dann in die Bar, um ihm zu verkünden, dass …

Er nimmt mir den Wind aus den Segeln, indem er mir von seiner Mutter erzählt, die er gerade besucht hat. Die Untersuchungsergebnisse entsprechen dem, was die Ärzte schon vermutet haben. Sie geben ihr nur noch wenige Monate, bis die Sonne endgültig über den Erinnerungen eines ganzen Lebens untergeht. Man hat ihm geraten, sie in ein Pflegeheim zu geben. Immer wieder murmelt er, er würde seine Seele dafür geben, wenn er ihr Gesicht noch einmal wiedersehen dürfte, er würde seine Seele dafür geben, wenn er sie nach Dakar zurückbringen könnte, wie er es sich geschworen hatte, als er noch der Schwarze Engel war und das Geld in Strömen floss.

Ich bestelle uns zwei Portwein.

Er trinkt ohne Genuss, sucht auf dem Tisch nach meiner Hand, umklammert mein Handgelenk und sagt: »Ich bin heute Abend unglücklich. Bitte, erzähl mir etwas Hübsches, damit ich versuchen kann, diesen ganzen Mist in meinem Kopf zu vergessen.«

»Wirklich, du möchtest, dass ich dir etwas Hübsches erzähle?«

Und wie er das möchte.

Ich atme tief durch und springe – tapfer voran – ins kalte Wasser: »Wenn du bereit bist, dich in New York operieren zu lassen, habe ich das nötige Geld dafür.«

Er erstarrt, der Mund steht ihm offen, aber er bekommt keine Luft. Er nickt, dann besinnt er sich. Das könne er nicht annehmen. Von Étienne wisse er, dass schon die Operation mehrere zehntausend Euro koste. Eine enorme Summe, die er mir niemals würde zurückzahlen können, auch nicht, wenn er sein Leben lang Tag und Nacht irgendwelche Körper massiere. Er wolle nicht, dass eine Geldfrage zwischen uns stünde. Seine Moral geht mir auf den Geist. Er soll es verdammt noch mal wagen! Er soll wieder Risiken eingehen wie damals, als er als Schwarzer Engel Heldentaten am Trapez vollführte. Wenn er die Annahme dieses Liebesbeweises verweigere, solle er mir nie wieder etwas von der Sonne, den Jahreszeiten, den Augen seiner Mutter oder davon erzählen, dass er seine Seele verkaufen würde, dann solle er sich doch in seine Welt aus Finsternis und Schatten vergraben. Er wirft den Kopf in den Nacken, fährt sich mit zitternder Hand übers Haar, dann setzt er die dunkle Brille ab, nimmt meinen Kopf zwischen seine Hände und sagt mir, Auge in Auge: »Warum tust du das, Adèle?«

Ich wische mir die Zornestränen ab, schluchze auf und erwidere: »Weil du imstande warst, mich zu erkennen.«

Er nimmt meine Hand und küsst sie; ich lege ihm den Zeigefinger auf die Lippen. Ich will nichts mehr hören. Ich will nur, dass er es wagt.

43

Letzte Nacht habe ich nur wenige Stunden geschlafen, und die schlecht. Ich habe versucht, mir vorzustellen, dass Léo Ski fährt oder Motorrad, dass er an einem Trapez turnt, mit den Händen in den Hosentaschen spazieren geht, Salsa tanzt, mein Kleid hübsch findet oder meinen nackten Körper anschaut. Es war schrecklich, es ging nicht, ich konnte ihn mir nicht anders als blind vorstellen. Dann erfassten mich die widersprüchlichsten Gefühle. Ich hoffte, die Operation würde gelingen, weil es niemand auf der Welt verdient hat, blind zu sein, und gleich darauf ertappte ich mich bei der Hoffnung, die Operation würde misslingen, damit ich ihn für mich behalten könnte.

Ich stellte mir wieder dieselben Fragen, die mich in Schwärmen überfallen, wenn ich den Mut verliere.

Und wenn ich nicht die wäre, die er sich vorstellt, ob ich ihm dann noch gefiele?

Und was, wenn *er* mir, nachdem er das Augenlicht wiedererlangt hätte, nicht mehr gefiele?

Auch Léo hat schlecht geschlafen. Er war schweigsam, sein Kopf lag auf meiner Schulter, und wahrscheinlich stellte er sich dieselben Fragen wie ich. Und wenn und wenn und wenn …

Heute Morgen habe ich eine SMS an Étienne geschickt

und ihm gesagt, dass von meiner Seite aus alles geregelt ist. Das hätte ja noch gefehlt, dass er seinen New Yorker Kollegen kontaktiert und dann alles canceln muss. Dann zog ich mich an und kochte Kaffee.

Léo wachte auf, streckte sich und sagte: »Adèle, ich habe geträumt, ich würde nach der Operation die Augen öffnen und du würdest …«

Ich ließ ihn nicht ausreden, mehr wollte ich gar nicht wissen, und dann ging ich zur Arbeit.

Kévin ist im Blaumann auf der Terrasse tätig. Er hat Arthurs Grab jetzt vollständig abgebaut und schaufelt Schutt in eine Schubkarre, damit der Pérenissima einen schönen ordentlichen Platz bekommt. Ich lobe ihn. Er lächelt und erzählt, er sei heute Morgen in aller Frühe mit einem Sack voller Knochen auf den Friedhof Père-Lachaise gegangen und habe die Knochenreste in verwahrloste alte Gräber entsorgt. Ich bin beeindruckt und mache ihm ein Kompliment für so viel Umsicht, denn wenn es einen wirklich geeigneten Ort für menschliche Überreste gibt, dann ist es ja wohl der Friedhof.

Plötzlich kneift er die hellen kleinen Augen zusammen und sagt: »Jetzt wo wir beide ein Geheimnis teilen, sind wir Komplizen, und Sie sollten mir keinen Wunsch mehr abschlagen, sonst …«

»Sonst?«

Wieder lächelt er, doch diesmal ist es nicht sein Tick, der ihn wie einen netten naiven Jungen wirken lässt. Es ist das Lächeln eines angehenden Mistkerls. Er stützt sich auf die Schaufel, wirft sich in die Brust und teilt mir kühl und emotionslos mit, er habe den Schädel behalten, im Hinblick auf die endgültige Festanstellung, falls …

Am liebsten würde ich ihn auf der Stelle entlassen, doch ich bleibe kaltblütig, er solle wissen, dass ich es für einen Fehler hielte, ihn eingestellt zu haben, denn ich hätte ihn mir als Ritualmeister vorgestellt, nicht als Erpresser. Dann zeige ich in Richtung der Polizeiwache auf dem Boulevard de Ménilmontant und fordere ihn auf, seine Geschichten da abzuliefern.

Er senkt den Kopf und gibt nach langem Schweigen reuevoll zu, er habe sich obermies verhalten, er werde mir den Schädel morgen ins Büro bringen. Dann fleht er mich an, ihm noch eine letzte Chance zu geben.

Ich kehre ihm den Rücken zu.

Als ich wieder im Büro sitze, spiele ich mit der Computermaus, um mich zu beruhigen, und sehe dauernd auf meiner Uhr nach, ob die Minuten wirklich so langsam vergehen. Es ist Abend, als mir Étienne endlich eine SMS schickt und mich und Léo in seine Wohnung bestellt.

In seine Wohnung?

Wieso in seine Wohnung?

Ich simse die Frage, er antwortet, Léo sei ein sensibles Thema zwischen ihm und Rose geworden, und er wolle sie bei dieser ganzen Geschichte nicht außen vor lassen.

Ich rufe in den Thermes du Paradis an, die Frau am Empfang notiert Étiennes Adresse und verspricht, sie Léo zu geben, sobald er Dienstschluss hat.

Rose ist schon da, als ich ankomme. Wir geben uns Wangenküsschen – falsche, mit Lippengeräuschen – und setzen uns dann nebeneinander aufs Wohnzimmersofa. Étienne hat Champagnergläser und Toasts mit Tarama bereitgestellt. Wir stoßen an und murmeln dabei unhörbar Chin-Chin; Étienne, der sich mit uns beiden nicht sonderlich wohlfühlt, legt Musik auf, um die Atmosphäre aufzulockern. Brahms. Alles wird noch bleierner. Rose gibt ihm ein Zeichen, die Musik abzustellen, und wendet sich mit der Frage an mich, wann Léo kommen werde. Ich vermute darin einen Vorwand, um das Gespräch zu eröffnen und mich dann wieder mit ihren kleinen Gewissheiten, ihren kleinen Empörtheiten, ihren kleinen Predigten und Prinzipien zu bombardieren, und komme ihr zuvor.

Was immer sie über Léo und mich denke, es sei zu spät, noch irgendetwas zu ändern; es sei beschlossene Sache, Léo werde nach Amerika gehen.

Ob ich es genauer erläutern solle?

Nein, darauf legt sie keinen Wert. Sie akzeptiert meine Entscheidung. Vielleicht sollte man eher sagen, sie resigniert. In diesem Augenblick lässt meine Anspannung nach. Wir reden über alle möglichen, eher unwichtigen Kleinigkeiten, und es wird richtig nett.

Léo kommt, als wir unsere enge Verschworenheit aus sorgloseren Zeiten wiedergewonnen haben. Étienne setzt ihn zwischen meine Schwester und mich und bietet ihm einen Champagner an; Léo sucht nach meiner Hand und streichelt die von Rose, die sofort steif wird. Er entschuldigt sich und legt seine andere Hand auf meinen Schenkel. Étienne sieht auf die Armbanduhr, entsprechend der Zeitverschiebung ist es jetzt siebzehn Uhr in New York, die Zeit, zu der er seinen amerikanischen Kollegen anrufen will.

Er erzählt ihm von den Umständen von Léos Unfall, von der Sehnervquetschung, von Untersuchungen des Augenhintergrunds, von Dyschromatopsien, Elektroretinogrammen, erwähnt einen Haufen medizinischer Details und benutzt Fachausdrücke, die mir absolut nichts sagen. Doch das ist noch nicht alles, er erfährt, dass es eine Warteliste gibt und Léo zwei Monate warten muss, bevor man sich um ihn kümmern kann.

Zwei Monate erscheinen uns wie eine Ewigkeit, jetzt wo Léo in den Startlöchern ist. Étienne sieht unsere Enttäuschung und versucht, einen früheren Termin zu bekommen, indem er die persönliche Saite anschlägt. Er stellt Léo als seinen künftigen Schwager vor, worauf Rose zusammenzuckt. Dann erinnert er witzelnd an *Lichter der Großstadt*, den sie zusammen in einem Kino in Brooklyn gesehen haben, als er, ein noch ganz junger Augenarzt, in der Klinik arbeitete.

Und außerdem?

Étienne bringt die Hoffnung zum Ausdruck, dass es mir besser ergehen wird als dem armen Charlie Chaplin. Alles scheint unwiderruflich verloren, doch Étienne macht sich weiter Notizen auf einem Briefblock und beendet das Gespräch mit einem herzlichen »*Thanks a lot my dear James.*«

Um der alten Freundschaft willen hat der Kollege ausnahmsweise eine Operation, die in drei Tagen stattfinden sollte und bei der keinerlei Eile besteht, verschoben, damit Léo früher behandelt werden kann.

Drei Tage.

Wir haben nur drei Tage, um alles vorzubereiten, den Papierkram für die Einreise, weitere Augenuntersuchungen und das Flugticket.

Ich stoße einen Freudenschrei aus, umarme Étienne, Léo, meine Schwester, trinke auf die Gesundheit aller und lade sie zum Abendessen ein. Léo will nicht zurückstehen und lädt uns alle ins Kino ein. Eine seiner Kundinnen habe *The Artist* gesehen und ihm den Film wärmstens empfohlen. Étienne, meine Schwester und ich sehen uns an, amüsiert und verlegen zugleich. Dann brechen wir in Gelächter aus. Léo erkundigt sich nach dem Grund unserer Heiterkeit.

Étienne ist es, der ihn aufklärt: »Es ist praktisch ein Stummfilm. Deine Kundin hat sich einen Scherz mit dir erlaubt.«

Léo beißt sich verärgert auf die Lippen und erklärt: »Wenn ich sie das nächste Mal unter den Händen habe, bekommt sie keine Marrakesch-Massage, sondern was Sportliches für Sumo-Ringer.«

Rose und ich leeren die Champagnerflasche und trinken auf die Lieben unseres Lebens. Sie ist ein bisschen beschwipst, als sie mir die Hand auf die Schulter legt und mich beiseitezieht.

»Was die Dividenden angeht, das hat keine Eile. Du zahlst, so viel du möchtest und wenn es dir möglich ist.«

44

Kévin weiß gar nicht, was er noch alles tun kann, um meine Verzeihung zu erringen und wieder in meiner Gunst zu stehen. Kaum ist er da, serviert er mir einen Kaffee und überreicht mir, wie versprochen, den Schädel der kleinen Kellnerin. Der ist inzwischen in einem Rucksack unter meinem Schreibtisch.

Jetzt poliert er die Plaketten, fährt mit dem Staubwedel über die Särge und wässert die heute Morgen gelieferten Hyazinthen. Gestern Abend hat er sogar noch nach der Arbeit die Ausstellungshalle bis in den letzten Winkel ausgefegt.

Abdelmoumen, der ebenfalls für einiges Abbitte zu leisten hat, hat einen Tisch im Mandarin de Pékin reserviert, einem Lokal auf den Höhen von Belleville, das unter Liebhabern der chinesischen Küche einen guten Ruf genießt.

»Tut mir leid, tut mir wirklich leid, aber um die Mittagszeit hab ich zu tun.«

»Ach.«

Das »Ach« eines zutiefst enttäuschten Ritualmeisters. Ich schlage ihm vor, mich durch Georges, Lucas, Marcel oder, warum nicht, Kévin zu ersetzen. Er zuckt die Achseln, entfernt sich ein paar Schritte, dreht sich noch einmal um und wagt es schließlich, mich für heute Abend zum Essen einzuladen - in aller Ehrbarkeit, wie er glaubt, hinzufügen zu müssen.

Ich bin spät dran, ich gehe nicht darauf ein, sondern bin schon wieder auf dem Bürgersteig und halte nach einem Taxi Ausschau, um zu Léo ins Krankenhaus Quinze-Vingt zu fahren.

Eine Staustunde später bin ich wieder in Étiennes Sprechzimmer. Sie hatten nur noch auf mich gewartet, um anzufangen. Ich setze mich neben Léo, und wir halten uns an der Hand, als hätten wir Angst einander zu verlieren. Étienne setzt sich auf eine Ecke seiner Untersuchungsliege, sein düsterer Blick ist wenig verheißungsvoll. Nachdem er Léo noch ein letztes Mal durch den Computertomografen geschickt hat, muss er uns mitteilen, dass der Sehnerv noch weiter eingesunken ist. Er blockiere fast alle Mitochondrien, diese kleinen Zellen, welche die nötige Energie liefern, damit das Licht und die Bilder im Gehirn umgesetzt werden können. Seiner Ansicht nach wäre ein Erfolg, der gestern noch fraglich war, jetzt geradezu ein Wunder. Léo ist am Boden zerstört. Er will nicht mehr nach New York, er will nicht, dass ich mich für eine aussichtslose Sache ruiniere.

Étienne steht auf, legt Léo freundschaftlich eine Hand auf die Schulter und sagt: »Auch wenn die Chancen auf einen Erfolg nur eins zu hundert stehen, musst du dein Glück um Adèles Liebe willen versuchen.«

Léos Atem geht flach und krampfhaft, als bekäme er nicht genug Luft.

Étienne drängt: »Also, versuchst du es mit dieser Operation?«

Ich antworte an Léos Stelle, dass er die Sache, sei es nun um meinet- oder um einer anderen willen, durchziehen müsse.

Jetzt ist alles gesagt.

Étienne wird die Untersuchungsergebnisse und die Verwaltungsunterlagen noch heute Nachmittag an seinen Kollegen mailen. Ich brauche jetzt bloß noch einen Flug für übermorgen zu buchen. Étienne zieht seinen weißen Kittel aus und den Blazer mit den goldenen Knöpfen an, er könne leider nicht mit uns essen gehen, er sei mit Rose zu einer Wohnungsbesichtigung verabredet. Er verabschiedet sich mit männlich festem Händedruck von Léo und wünscht ihm für die nächsten Tage das Allerbeste. Dann umarmt er mich und sagt, ich sei wunderbar. Ein Sturkopf, aber wunderbar.

Ich begleitete Léo bis zur Metro, er suchte nach einfachen Worten, um mir seine ganze Liebe zu gestehen, doch ihm fiel nichts Passendes ein, daher packte ich ihn bei den Aufschlägen seines Trenchcoats und küsste ihn, und zwar gründlich. Dann sah ich ihm hinterher, als er im Schlund der Metro verschwand. Auf der letzten Stufe stolperte er, ein alter Herr mit Schirmmütze half ihm wieder auf und führte ihn anschließend am Arm, als wäre er ein bedauernswerter Blinder, was er ja auch ist. Es zerriss mir das Herz. Ich dachte, was immer aus uns werden würde, ich würde ganz sicher nie bereuen, was ich für ihn tue.

Ich hob das Gesicht dem Himmel entgegen, der gerade ein schönes Blau trug, kickte eine Dose weg und ging summend zu meinem Laden zurück.

Was ich summte?

Einen Slow, in dem es um das Meer ging, um ihn, um mich und um einen Sonnenbrand. Den Titel weiß ich nicht mehr.

Sobald ich da war, reservierte ich auf einem Billig-Buchungsportal einen Flug nach New York. Dann machte ich mit zwei Kundinnen weiter. Die Erste, etwas angejahrt, hatte im Fernsehen eine Sendung über Kryokonservierung gesehen. Sie wollte sich nicht etwa nach ihrem klinischen Tod einfrieren lassen, denn die Wissenschaftler hätten gesagt, es sei nutzlos, einen bereits zerfallenen Körper im Eis zu konservieren, stattdessen hätten sie empfohlen, den Betreffenden zu narkotisieren und ihn danach in einen minus hundertsechsundneunzig Grad kalten Behälter zu tauchen. Madame war zu einer ersten Kontaktaufnahme gekommen, um dann die entsprechenden Schritte einzuleiten. Mit einem solchen Fall hatte ich zum ersten Mal zu tun. Leider oder vielleicht auch zum Glück konnte ich ihr nicht helfen, denn dergleichen gibt es nur in Amerika oder Großbritannien. Bei uns werde eine Leiche begraben, eingeäschert oder der Wissenschaft überlassen, aber nicht eingefroren, erklärte ich ihr. Sie äußerte sich enttäuscht darüber, dass wir den zivilisierteren Nationen derart hinterherhinken.

Und sie wollte meine Meinung dazu hören.

Meine Meinung war, dass ich wenig Sinn darin sähe, in ein oder zwei Jahrhunderten in einer anderen Welt wieder aufzuwachen, in einer Welt, in der ich niemanden kennen würde, die vielleicht nach einem katastrophalen Dritten Weltkrieg nur noch Schutt und Asche wäre. Sie fand mich altmodisch und pessimistisch. Echt französisch eben! Ich empfahl ihr, sich an den Kollegen nebenan zu wenden.

Die andere Kundin hatte gerade ihren Mann verloren, nach langer Krankheit, wie man schamhaft sagt, um nicht vom Krebs sprechen zu müssen. Ich verkaufte ihr den Sarg Saint-Georges, den Grabstein Divinas in perlgrauem Granit, Trauerkarten und eine Anzeige im *Figaro*, eine Messe in der Kirche Saint-Médard und die Beerdigung auf dem Père-Lachaise, gleich in der Nähe von Yves Montand, ihrem Lieblingsstar. Eine schöne Beerdigung also.

An der Tür sprach ich ihr noch einmal mein Beileid aus.

Sie neigte dankend den Kopf, holte ein Handy aus ihrer Handtasche und hielt es mir hin. Ich solle es in den Sarg legen, für den Fall, dass ihr Gatte wieder zum Leben erwache.

Ich nahm es und stotterte verwirrt: »Keine Sorge, wird erledigt.« Dann fragte ich: »Ist es denn wenigstens aufgeladen?«

Das hatte sie getan, bevor sie mich aufsuchte.

Es ist achtzehn Uhr, gerade ist eine Mail vom Office funéraire gekommen. Morgen früh wird mir der Pérenissima geliefert. »Okay«, schreibe ich zurück, »und herzliche Grüße an Monsieur Combray.«

Meine Jungs kommen zurück, todmüde vom Tag, und ziehen sich im Hinterzimmer um, bevor sie ein letztes Glas im Bistro gegenüber trinken. Alle außer Abdelmoumen, der noch einmal versucht, mich in den Mandarin de Pékin einzuladen. Er tut es sichtlich mehr der Form halber als aus dem echten Wunsch heraus, mit mir zu essen, denn er gähnt, dass ihm die Tränen in die Augen treten. Ich empfehle ihm, eine gute Suppe zu essen und bald schlafen zu gehen. Dann gebe ich ihm noch das Blatt mit den Anweisungen für den nächsten Tag und das Handy für den Sarg. Er steckt es in die Tasche und seufzt, er habe in dieser Branche wirklich schon einiges gesehen und erlebt, dann folgt er seinen Kollegen ins Bistro.

Kévin ist noch da und fegt den Ausstellungsraum. Ich rufe ihn; er kommt augenblicklich und steht mit steifem Nacken und zusammengeschlagenen Hacken vor mir wie ein strammstehender Soldat. Ich bitte ihn, das Gitter herunterzulassen und dann mit seinem Rucksack, also mit dem Schädel von Thérèse, ins Hinterzimmer zu kommen. Ohne mit der Wimper zu zucken, folgt er meinen Anweisungen.

Ich hole meine Schuhe, die beiden schwarzen Kleider und die weiße Bluse für Notfälle aus meinem Sarg und poliere ihn auf Hochglanz. Dann hilft mir Kévin, ihn flach auf den Boden zu stellen. Ich öffne den Rucksack, befreie den Schädel aus der Luftpolsterfolie, klemme ihn zwischen zwei rosa Seidenkissen, schließe dann den Deckel meines Sargs und frage: »So hat Thérèse es doch besser, oder?«

Kévin nickt verstört. Wir tragen ihn, er vorn, ich hinten, auf die Terrasse hinaus. Kévin rennt zur Garage und kommt mit einer Schaufel und Seilen zurück, die wir durch die Tragegriffe ziehen. Dann lassen wir den Sarg hinunter in das Grab, das wir rasch mit Schutt und Lehm verschließen. Kévin verspricht, gleich morgen früh eine Zementschicht darüber zu gießen, sodass nichts mehr zu sehen sein wird.

Voilà, es ist geschafft, die kleine Kellnerin mit der weißen Schürze aus dem Bistro gegenüber liegt nun für immer am

Boulevard de Ménilmontant begraben, im Bestattungsinstitut Reverdy und Tochter.

Kévin steht neben mir und fragt mich mit gesenktem Kopf, ob er hoffen könne, dass ich ihn behalte.

Ich zwinkere ihm verschwörerisch zu. Und er kann wieder lächeln.

45

Léo ist nervös, er knetet seine Finger, geht im Zimmer hin und her und stößt sich dabei mal am Bett und mal am Tisch. Sein Koffer. Er will sich noch einmal vergewissern, dass er nichts vergessen hat. Zum dritten Mal tastet er durch seine Sachen. Alles ist schon ganz durcheinander. Er klappt den Koffer wieder zu und setzt seine Wanderungen fort. Seine Mutter. Er will sie anrufen, bevor er abreist. Ich tippe die Nummer des Krankenhauses ein und gebe ihm mein Handy, das Gespräch ist kurz, einige wenige unbeholfene, aber liebevolle Worte; bevor er auflegt, schickt er ihr tausend Küsse und verspricht, er werde sie gleich nach seiner Rückkehr wiedersehen. Ich weise ihn darauf hin, dass er nicht davon gesprochen hat, sie zu besuchen, sondern sie wiederzusehen. Er lacht nervös.

»Vielleicht weil ich mich schon ohne meine dunkle Brille und den weißen Stock sehe.«

Dann geht er weiter hin und her. Sein Stress überträgt sich auf mich. Endlich setzt er sich aufs Bett, dann streckt er sich aus, nimmt die dunkle Brille ab, schließt die Augen und schläft ein. Ich schaffe inzwischen Ordnung in der Wohnung. Ich öffne den Schrank, um einen Pullover wegzuräumen, und habe, wie jedes Mal, das Poster des Zirkus Amar vor der Nase, den Schwarzen Engel und die schöne Clara, Hand in Hand. Und wie jedes Mal packen mich Zerstörungsgelüste. Am liebsten würde ich diese Zurschaustellung ihres Glücks in tausend Fetzen reißen und in alle Winde zerstreuen.

Étienne ruft an, er hat die letzten Formalitäten geregelt, alle Patientenunterlagen losgeschickt und bittet mich um einen Scheck, denn die Bezahlung der Klinik erfolgt über ihn.

Und außerdem?

Ein Fahrer der Klinik wird Léo am Flughafen von New York abholen.

Und außerdem?

Einen Kuss von ihm und meiner Schwester, die bei ihm ist.

Und außerdem?

Nichts. Er beendet das Gespräch.

Ich lege mich neben Léo und sehe durchs Dachfensterchen zu, wie uns der Abend langsam umarmt.

Ein Stern streichelt Léos Augen. Er wacht auf.

Wir gehen nicht zum Abendessen ins Terminus Nord, wir haben überhaupt keinen Appetit.

Inzwischen ist es stockdunkel. Ich ziehe mich aus, ich bin nackt, wir liegen Haut an Haut.

Er küsst meine Fingerspitzen, streichelt meine Brust und fragt: »Sollen wir uns lieben? Das würde uns entspannen.«

»Ich hab anderes im Kopf.«

»Was hast du denn im Kopf?«

»Dich, mich, uns, morgen, übermorgen. Denkst du etwa nicht an uns beide und an die kommenden Tage?«

»An die kommenden Tage? Ich weiß nicht. Seit ich dich kenne, geht alles zu schnell für mich. Mehr als zwei Jahre lang lebte ich wie in Zeitlupe, ich war ein lebender Toter und unfähig, mir ein Leben außerhalb der Thermes du Paradis vorzustellen, und dann kamst du. Du hast mein Leben erhellt. Du bist ein Engel, Adèle. Du bist mein Engel.«

»Ich will nicht dein Engel sein. Ich möchte, dass es zwischen uns weitergeht wie bisher, auch wenn die Operation scheitert. Ich möchte, dass deine Hände mich weiterhin lieben. Ich möchte dein einziger Horizont sein. Ich möchte dafür sorgen, dass du Clara vergisst.«

»Wie willst du das tun? Gestern Abend war sie noch da. Sie ist inzwischen diejenige, die mir vorschreibt, welche Teile ihres Körpers ich massieren soll. Ich hasse sie so sehr, dass ich denke, es ist nicht normal, jemanden, den man so sehr geliebt hat, derart zu hassen.«

»Auch Hass ist noch Liebe.«

»Adèle, lass uns in dieser letzten Nacht an uns denken. Nur an uns. Mit ein wenig Glück ist es vielleicht unsere letzte Nacht in der Finsternis.«

Ich schließe die Augen. »Ich hatte mich so sehr daran gewöhnt, unsere Nächte im Dunkeln zum Tage zu machen.«

Er legt den Kopf auf meinen Bauch und flüstert: »Ich möchte dir weitere unentdeckte Gebiete zeigen, wie damals in unserer ersten Nacht.«

»Ich bin schon auf der Reise.«

»Wo bist du?«

»Auf der *La Paloma*, ich bin schon auf hoher See.«

»Wohin willst du?«

»Ich habe das Kap des dreißigsten Geburtstags umschifft. Das Schiff schlingert.«

»Ich könnte mit an Bord kommen.«

»Ich warne dich, der Wind ist rau, und ich navigiere ohne Kompass.«

»Das Risiko gehe ich ein.«

46

Léo ist schon seit zwei Tagen in New York, seit zwei Tagen habe ich nichts mehr von ihm gehört, und seit zwei Tagen lässt Étienne mich auf dem Anrufbeantworter auflaufen, weil er es satthat, dass ich ihn im Stundentakt bestürme, er solle seinen amerikanischen Kollegen anrufen.

Heute Morgen hat er mich endlich angerufen, um mir zu sagen, dass die Ergebnisse der postoperativen Untersuchungen eher erfreulich seien. Allerdings könne noch nichts Endgültiges gesagt werden, solange sich die Blutzufuhr für den Sehnerv nicht stabilisiert habe. Es könne noch eine Woche dauern. Vielleicht auch länger.

Und außerdem?

Wünscht er mir Mut und Geduld und findet, Léo habe großes Glück gehabt, an ein Mädchen wie mich zu geraten.

Es ist spät, es wird dunkel, meine Jungs machen sich einer nach dem anderen auf den Heimweg. Kévin verharrt kurz vor meiner Tür und zeigt mit einer Kinnbewegung auf die Terrasse, eine gebeugte Männergestalt steht andächtig vor dem Pérenissima. Es ist mein alter Arthur.

Ich gehe zu ihm.

Er deutet ein trauriges Lächeln an, zeichnet mit dem

Finger die in den Stein gravierten Buchstaben T, H, É, R, È, S, E nach und flüstert mir zu: »Danke, auch in ihrem Namen.«

Ich lasse ein kurzes Schweigen eintreten, bevor ich sage: »Das Mandarin de Pékin soll richtig toll sein. Hättest du Lust, mit mir zu Abend zu essen?«

Er nickt und wischt sich eine Träne aus dem Augenwinkel. Dann schlägt er den Mantelkragen hoch, wirft einen letzten Blick auf das Grab der kleinen Kellnerin mit der weißen Schürze und hakt sich bei mir unter.

Jetzt ist Léos Operation schon vier Tage her, und ich habe immer noch keine weitere Nachricht. Gestern Abend habe ich versucht, ihn anzurufen, doch ich wurde wie jedes Mal auf eine Mailbox weitergeleitet, die mir anbot, ich könne eine Nachricht hinterlassen. Ich habe ihm gesagt, dass er mir fehlt, ein bisschen, sehr, ganz fürchterlich, und dass ich mich nach ihm sehne. Danach hatte ich Angst, schlafen zu gehen, denn seit er weg ist, habe ich einen Albtraum. Immer denselben. Ich gehe ganz leise in sein Zimmer, öffne seinen Schrank, und dann kommt zu meinem Schrecken Leben in das Plakat. Unter dem Beifall der ganzen Zirkustruppe geben sich Clara und Léo einen leidenschaftlichen Kuss. Ich wache schweißgebadet auf und wage es nicht mehr, die Augen zu schließen.

Heute Morgen döste ich mit dem Kopf auf dem Schreibtisch, und als ich kurz davor war, richtig einzuschlafen, klingelte mein Handy.

Léo, endlich.

Er habe schreckliche Kopfschmerzen, aber der gräuliche Schein löse sich langsam auf und werde durch eine Welt in Schwarz und Weiß ersetzt. Er könne die Umrisse von Gegenständen erkennen, wenn er sie ganz dicht vor die Augen halte. Ich war so glücklich darüber, seine Stimme zu hören, dass ich mich nicht länger zurückhalten konnte und ihn fragte, ob ich ihm genauso fehle wie er mir. Just jetzt fing es wie in den richtig grottenschlechten Liebesfilmen an, in der Leitung zu knistern, und dann ertönte ein langer Fiepton. Ich verstand kein Wort von seiner Antwort. Ich versuchte sofort zurückzurufen, doch ich wurde, schon wieder, an den Anrufbeantworter weitergeleitet.

Und so schlage ich einen weiteren Abend lang die Zeit tot, indem ich im Schneidersitz auf dem Bett sitze, Erdnussflips knabbere und mein Handy fest im Auge behalte, für den Fall, dass Léo auf die gute Idee kommt, mich anzurufen. Aber nicht er weckt mich aus meiner leichten Lethargie, sondern Leïla. Sie juchzt schrille Freudenschreie in den Hörer, weil das französische Institut für Thanatopraxie ihre Bewerbung angenommen hat. Morgen unterschreibt sie den Vertrag, und im nächsten Monat wird sie mit den Kursen beginnen. Ich solle mich schnell schön machen, damit wir dieses glückliche Ereignis im Caruso, einer Karaoke-Bar in Saint-Germain-des-Prés, feiern könnten.

Wie an den schönsten Abenden unseres früheren Lebens tranken und sangen wir, stießen miteinander an und animierten andere Mädels, die ebenfalls ohne Kerl da waren, zum Mitmachen. Als Kahled »Aïcha« sang, löste sie ihr langes Haar und führte unter donnerndem Applaus einen orientalischen Tanz auf. Dann kam Francis Cabrel aus seiner Holzhütte hinten im Garten. Und wir sangen alle mit ihm: *»Je l'aime à mourir«*, ich könnte sterben, so verliebt bin ich. Und wie an den schönsten Abenden unseres früheren Lebens blieben wir, bis das Lokal geschlossen wurde, und gingen dann untergehakt und herrlich beschwipst nach Hause.

Ich brachte Leïla in ihr Schlafzimmer und legte sie ins Bett, während sie leicht lallend immer wieder sagte: »Hundertfünfzig Bewerbungen auf eine Stelle, und ich habe sie gekriegt. Deine beste Freundin ist gar nicht so übel.«

Ich stopfte die Decke um sie fest, und sie schlief ein.

Ich selbst war auch völlig hinüber und legte mich angezogen aufs Bett. Ich schloss die Augen, um einschlafen zu können. Doch vergeblich. Wieder erschien mir Clara. Sie sagte nichts, sie war dieses Mal nicht einmal mit Léo zusammen. Sie stand mir einfach nur vor Augen, beleidigend schön.

Ich hielt es nicht mehr im Schlafzimmer aus. Ich setzte mich im Wohnzimmer aufs Sofa und schaltete den Fernseher ein, sie wiederholten Auszüge aus *Petits ruisseaux* … Clara war immer noch bei mir. Ich schaltete den Fernseher aus und ging wieder schlafen. Clara wartete am Fußende meines Betts auf mich. Ein Albtraum, jetzt und immerdar.

Heute Morgen wachte ich zerschlagen und verdrossen auf. Leïla behauptet, es liege daran, dass ich nicht genug schlafe. Ich bin ja nicht blöd, ich weiß selbst, dass es daher kommt. Ich kann nicht mehr schlafen, seit mich Clara jede Nacht verhöhnt. Nicht einmal Schlaftabletten helfen. Ich bin also wahrhaft von ihr besessen. Auch Léo geht mir auf den Geist. Das letzte Mal hat er mich – ich schaue auf dem

Handy nach – vor siebzig Stunden und siebenunddreißig Minuten angerufen. Um mir zu sagen, dass er die Farben des Regenbogens sieht und auf dem Flur bereits einen ersten Gang ohne seinen weißen Stock unternommen hat.

Ich zähle die Minuten, ich sehe mich im Spiegelchen meiner Puderdose an und stelle fest, wie groß die Schäden sind, die meine schlaflosen Nächte angerichtet haben. Ich habe bräunliche Augenringe, rote Äderchen im Weiß meiner Augen und einen echten Mumienteint, der meine lange Nase bestens zur Geltung bringt.

Eine Kundin klopft an die Tür, ich versuche, ein freundlich aufmerksames Gesicht aufzusetzen. Ich halte es keine dreißig Sekunden durch. Wahrscheinlich sehe ich genauso betrübt aus wie sie, denn sie fragt mich, ob auch ich einen Toten zu beklagen habe. Ich verlasse mein Büro und bitte Abdelmoumen, mich zu vertreten.

Ich suche im Hinterzimmer Zuflucht, inzwischen habe ich nicht einmal mehr die Kraft, die Stunden und Minuten zu zählen.

Mein Handy klingelt. Es ist Léo. Ich suche nach Worten, um Streit mit ihm anzufangen, doch mir fällt nichts ein, also schweige ich und höre zu.

Er hat für morgen einen Flug gebucht, um achtzehn Uhr kommt er in Orly an. Er hat es eilig, nach Paris zurückzukommen, er will mir unbedingt so schnell wie möglich zeigen, wie sehr ihn die Tatsache, dass er die Welt wieder erkennen kann, zu einem neuen Menschen macht.

Ob ich ihn abholen würde?

Meine Stimme ist belegt vor Rührung, als ich antworte: »Na klar.«

Er macht Kuss-Geräusche, um das Gespräch zu beenden. Das Handy fällt mir aus der Hand, ich kann nicht mehr, ich gehe nach Hause.

Letzte Nacht habe ich vor dem Einschlafen die doppelte Dosis Schlafmittel genommen, und ich habe geschlafen, wenn auch schlecht. Ich weiß nicht mehr, unter welchen Breitengraden es geschah und wie es mich dorthin verschlagen hatte, aber ich war von einer Legion Claras umgeben, die in eine Armee von Léos verliebt war, und sie hatten jede Menge Spaß, sie liebten sich und sie vögelten, und ich musste bei diesen Orgien zuschauen.

Um fünf Uhr wachte ich schweißgebadet auf, und auch dieses Mal wagte ich es nicht, wieder einzuschlafen.

Die vier Tassen Kaffee, die ich getrunken habe, nützen gar nichts, ich bin völlig am Ende, auch mit den Nerven. Ich bekomme eine Depression, so viel ist sicher. Leïla meint, ich solle sofort zum Arzt gehen und etwas dagegen unternehmen, damit ich nicht aussehe wie der lebendige Tod.

Ich stehe vom Tisch auf, raffe meine letzten Energiereserven zusammen und begebe mich in die Einkaufspassage des Gare de l'Est, um mein Problem mit mir selbst in den Griff zu bekommen, bevor ich endgültig verrückt werde.

Clara erkennt mich sofort. Sie freut sich, mich wiederzusehen, behauptet sie. Wahrscheinlich stimmt es, denn ihr Gesicht wird von einem hübschen Lächeln erhellt.

Ich schwitze, vermutlich habe ich Herzrasen, vor meinen Augen scheint ein blauer Schleier zu hängen. Sie fragt, ob ich einen Kaffee oder Espresso möchte, sie brauche bloß auf einen Knopf zu drücken. Ich lehne ab. Sie räumt einen blau-weiß geringelten Pulli in ein Regal und fragt: »Und, hat das kleine schwarze Oberteil, das Sie bei mir gekauft haben, Eindruck auf Ihren Léo gemacht?«

Ich nicke.

»Da war ich auch ganz sicher. Es gibt nichts Besseres, um den Busen zur Geltung zu bringen. Davon verkaufe ich fünf oder sechs am Tag. Ich habe gerade Kaschmirpullis hereinbekommen, die sind total hübsch. Auch mit denen kann man Männerherzen brechen. Soll ich sie Ihnen zeigen?«

Sie breitet einige Modelle in Frühlingsfarben auf der Theke aus.

Ich greife aufs Geratewohl nach einem davon, streiche darüber, um die Qualität zu spüren, lege ihn wieder hin, räuspere mich und sage: »Was meinen Sie, wird er Ihren Léo beeindrucken?«

Sie faltet ihre Pullis nervös wieder zusammen und vermeidet eine Antwort.

Doch ich hake nach: »Glauben Sie, er wird beeindruckt sein?«

»Ich habe ihn schon seit Tagen nicht mehr im Hamam gesehen. Sein Chef hat mir ausrichten lassen, er sei in New York. Ich glaube, das ist nur eine Ausrede, er weicht mir aus. Er hat Angst, mir doch nicht widerstehen zu können.«

»Meiner ist auch in New York.«

»Und was macht er dort, Ihr Léo?«

»Er hat sich die Augen operieren lassen. Es ist ganz gut gelaufen.«

Plötzlich wird ihr Nacken steif, ihr sonst so sanftes Gesicht erstarrt in einer seltsamen Grimasse. Sie mustert mich ungläubig, dann bricht sie in schallendes Gelächter aus. Ein Gelächter, in dem auch Verachtung steckt. Léo habe ihr von mir erzählt, doch sie habe gedacht, er habe damit nur bluffen wollen. Ich sage ihr, dass ich ihn liebe. Sie ist jedoch sicher, dass er zu ihr zurückkehren wird. Sie werde warten, solange es nötig sei, sie werde ihn auf jeden Fall zurückerobern, denn so lange sei es noch nicht her, dass sie sich den Mond vom Himmel versprochen hätten.

Ihre Hände verkrampfen sich und zerknittern die hübschen Kaschmirpullis; sie kehrt mir den Rücken zu.

Ich sage: »Auf Wiedersehen, Clara.« Und füge hinzu: »Er kommt morgen in Orly an, um achtzehn Uhr.«

47

Das Flugzeug aus New York ist gerade in Orly gelandet. Clara ist da, sie hält sich von mir fern und ignoriert mich. Ich habe mich schön gemacht. Leïla hat die Klamotten ausgesucht, sie sind eher streng und klassisch. Auch um meine Frisur hat sie sich gekümmert. Sie hat mein Haar zurückgekämmt und mit einem Hauch Gel gefestigt, damit sie nicht beim ersten Luftzug durch die Gegend fliegen. Ich habe eine Tube gezuckerte Kondensmilch in die Handtasche gesteckt. Für alle Fälle.

Mir ist heiß, mich fröstelt, pinkeln müsste ich auch.

Passagiere, die laut Amerikanisch sprechen, kommen durch den Ausgang. Ich knete meine Finger und beiße mir auf die Lippen. Clara weicht mir immer noch aus. Es ist so weit, ich sehe Léo, er hat keinen weißen Stock mehr, trägt aber immer noch seine dunkle Brille. Er geht langsam, ich bin unfähig, einen Schritt in seine Richtung zu machen. Er sieht sich um. Ich möchte seinen Namen schreien, doch ich bin stumm, bringe keinen Ton heraus. Clara teilt die Menge, jetzt steht sie vor ihm, sie zieht ihn an sich, drückt ihm einen Kuss auf den Mund, dann nimmt sie seinen Arm. Sie machen einen Schritt, zwei … zehn, zwanzig. Sie entfernen sich, verlieren sich in der Menge. Sie sind nur noch zwei Schatten, die sich an der Hand halten.

Ich öffne meine Handtasche, packe die Tube gezuckerte Kondensmilch und sauge wild daran, in meinen Augen brennen Tränen.

Ich möchte kotzen.

Ich möchte alles auskotzen.

Ich werde alles auskotzen.

Plötzlich bleiben sie stehen, diskutieren ausgiebig. Eine Ewigkeit. Léo dreht sich um, kommt zurück.

Mir ist nicht mehr zum Kotzen.

Ich bin leichter als ein Schmetterling und schwebe ihm entgegen. Da ist er, einen Atemzug entfernt, er nimmt die dunkle Brille ab, lächelt mir zu und sagt …

Nein, er sagt nichts, er schließt mich in die Arme und küsst mich voller Liebe.